Treize Raisons

Jay Asher

Treize Raisons

Traduit de l'anglais (américain)
par Nathalie Peronny

Albin Michel litt'

Jay Asher est né en Californie dans une famille qui a toujours encouragé ses goûts artistiques, de la guitare à l'écriture. *Treize Raisons*, son premier roman, a remporté de nombreux prix et a été traduit dans plus de trente langues.

Titre original :
THIRTEEN REASONS WHY
(Première publication : Penguin Young Readers Group,
New York, 2007)
© Jay Asher, 2007

Pour la traduction française :
© Éditions Albin Michel, 2010, 2014

Pour la présente édition :
© Éditions Albin Michel, 2017

À JoanMarie

– Jeune homme ? me répète la femme. Quel délai de livraison souhaitez-vous ?

Je me frotte le sourcil gauche du bout des doigts, très fort. La douleur s'est intensifiée.

– Aucune importance.

L'employée prend mon paquet. La même boîte à chaussures trouvée devant ma porte il y a moins de vingt-quatre heures ; remballée à neuf dans du papier kraft, scellée avec du scotch transparent, exactement telle que je l'ai reçue. Sauf qu'elle est désormais adressée à un nouveau destinataire. Le suivant sur la liste d'Hannah Baker.

Je secoue la tête.

– Ça fera combien ?

La femme place le paquet sur une balance en caoutchouc et pianote sur son clavier.

Je repose mon gobelet de café acheté à la station-service et surveille l'écran. Je sors deux trois billets de mon portefeuille, plus quelques pièces de monnaie du fond de ma poche, et j'étale la somme sur le comptoir.

– La caféine n'a pas encore agi, dit-elle. Il manque un dollar.

Je le lui tends, puis me frotte les yeux pour tâcher de me ranimer. Quand je prends une gorgée de mon café, il est tiède, pas très agréable à avaler. Mais il faut bien que je me réveille.

À moins que. Je devrais peut-être traverser cette journée dans un semi-coma. C'est peut-être même le seul moyen d'y survivre.

– Votre paquet devrait être livré demain, ou après-demain, dit l'employée.

Avant de le jeter négligemment dans un chariot derrière elle.

J'aurais dû attendre la fin des cours. J'aurais dû accorder à Jenny un dernier jour de paix.

Bien qu'elle ne l'ait pas mérité.

En rentrant chez elle demain, ou après-demain, elle découvrira un paquet devant sa porte. Ou, si l'un de ses parents est déjà arrivé, posé bien sagement sur son lit. Et elle sera dévorée de curiosité. Je l'étais, moi aussi. Un paquet sans nom d'expéditeur ? Est-ce une erreur, ou un oubli délibéré ? Un admirateur secret ?

– Voulez-vous le reçu ? me demande la femme.

Je fais non de la tête.

Sa petite imprimante m'en sort un quand même. Je la regarde déchirer le ticket contre la languette en plastique dentelé de l'appareil et le mettre à la poubelle.

Il n'y a qu'un seul bureau de poste en ville. Je me demande si c'est cette même employée qui a servi les autres gens de la liste, ceux qui ont reçu le paquet avant moi. Ont-ils conservé

10

leur reçu en souvenir ? Caché dans leur tiroir à sous-vêtements, épinglé sur un tableau en liège ?

Je manque de me raviser. Je suis sur le point d'ouvrir la bouche pour lui dire : « Excusez-moi, j'ai changé d'avis, puis-je avoir un reçu ? » Juste en souvenir.

Mais si j'avais voulu un souvenir, j'aurais gardé la carte ou fait un double des cassettes. Sauf que les réentendre est à jamais au-dessus de mes forces. Même si je sais que le son de sa voix me hantera toujours et que les maisons, les rues de cette ville, mon lycée seront toujours là pour me la rappeler.

Ça n'est plus de mon ressort à présent. Le colis est parti. Je quitte le bureau de poste, sans reçu.

Derrière mon sourcil gauche, au fond de ma tête, la douleur continue à me lancer. Ma salive a un goût âcre au fond de ma gorge et plus l'entrée du lycée se rapproche, plus je me sens près de défaillir.

Je voudrais défaillir. Je voudrais m'écrouler ici, sur le trottoir, et ramper jusqu'au buisson de lierre pour m'y cacher. Parce que au-delà de ce buisson de lierre, mes pas suivront un sentier en courbe longeant le parking du lycée. M'emmèneront à travers la pelouse au pied du bâtiment principal. Puis, passé l'entrée, dans un couloir bordé de salles de classe et de rangées de casiers jusque devant une autre porte, toujours ouverte, celle de mon tout premier cours de la journée.

Là, au pied du tableau, face aux élèves, trônera le bureau de Mr Porter. Le dernier de la liste à recevoir prochainement un paquet anonyme. Et au centre, un cran vers la gauche, il y aura le pupitre d'Hannah Baker.

Vide.

Un colis de la taille d'une boîte à chaussures repose en équilibre contre notre porte d'entrée. Celle-ci est pourtant équipée d'une fente pour y glisser le courrier, mais toute enveloppe plus épaisse qu'une savonnette est condamnée à rester sur le paillasson. L'adresse, griffonnée à la hâte sur le papier kraft, indique Clay Jensen. Je ramasse le paquet et j'ouvre la porte.

Dans la cuisine, je le pose sur le plan de travail. J'ouvre le tiroir fourre-tout et je sors une paire de ciseaux afin d'inciser le pourtour de l'emballage, puis je soulève le couvercle. La boîte contient une forme oblongue emmaillotée dans du papier bulle. En le déroulant, je découvre sept cassettes audio sans boîtiers.

Toutes portent un chiffre inscrit en haut à droite, au vernis à ongles bleu, semble-t-il. Chaque face est numérotée. 1 et 2 pour la première cassette, 3 et 4 pour la deuxième, 5 et 6, etc. La dernière cassette porte le numéro 13 d'un côté, mais rien de l'autre.

Qui peut bien m'envoyer une boîte à chaussures remplie de cassettes audio ? Plus personne n'utilise ça, à notre époque. Ai-je même de quoi les écouter ?

Dans le garage ! La chaîne hi-fi de l'établi. Mon père l'a achetée dans une brocante pour une bouchée de pain. Comme c'est un vieux machin, ça lui est égal de balancer de la sciure ou des gouttes de peinture dessus. Et surtout, on peut y lire les cassettes audio.

Je traîne un tabouret devant l'établi, je pose mon sac à dos par terre et je m'assois devant la chaîne pour presser le bouton EJECT de la platine. Un boîtier en plastique s'ouvre. J'insère la première cassette.

K7 N° 1 : FACE A

▶

Salut, tout le monde. Ici Hannah Baker. En live et en stéréo.

Je n'en crois pas mes oreilles.

Il n'y aura pas d'autres dates. Pas de rappels. Et cette fois, aucune intervention du public.

Non, c'est impossible. Hannah Baker s'est suicidée.

J'espère que vous êtes prêts, parce que je vais vous raconter l'histoire de ma vie. Ou plus exactement, la raison pour laquelle elle s'est arrêtée. Et si vous êtes en train d'écouter ces cassettes, c'est que vous êtes l'une de ces raisons.

Hein ? Non !

Je ne vous dirai pas laquelle de ces cassettes vous concerne personnellement. Mais n'ayez crainte : si vous avez reçu cette charmante petite boîte, votre nom surgira à un moment ou à un autre... c'est promis.

Et la parole d'une morte, c'est sacré.

Tiens ! Ça me rappelle une blague. Quel est l'autre nom du croquemort ? Réponse : Le mord-bide.

C'est un genre de lettre d'adieu tordue, ou quoi ?

15

Allez. Riez.

Bon, tant pis. Je trouvais ça drôle.

Avant sa mort, Hannah a enregistré des cassettes audio. Pourquoi ?

Les règles sont simples. Et au nombre de deux seulement. Petit un : écouter. Petit deux : faire passer les cassettes à la personne suivante. L'un comme l'autre, je l'espère, devraient vous être très pénibles.

– Qu'est-ce que tu écoutes ?

– Maman !

Je me jette sur la platine, presse plusieurs boutons à la fois.

▶ ◀◀ ▶▶ ⏸

– Tu m'as fait peur. C'est rien. Juste un devoir pour le lycée.

Ma réponse automatique, idéale en toutes circonstances. Rentré tard le soir ? Un boulot pour le lycée. Besoin d'argent ? Un boulot pour le lycée. Et aujourd'hui, des cassettes enregistrées par une fille. Une fille qui, il y a deux semaines, a avalé un tube entier de cachets.

Un boulot pour le lycée.

– Je peux écouter ? me demande ma mère.

– Ce n'est pas à moi, dis-je en frottant ma semelle sur le ciment. J'aide un pote. Pour le cours d'histoire. Pas très passionnant.

– C'est fort généreux de ta part.

Ma mère se penche par-dessus mon épaule et soulève un torchon poussiéreux (l'un de mes vieux langes) pour récupérer un mètre à mesurer caché dessous. Elle m'embrasse le front.

– Je te laisse tranquille.

16

J'attends que la porte se referme, puis je pose l'index sur la touche PLAY. Doigts, mains, bras, nuque, je me sens faible de partout. Même pas la force d'enfoncer un bouton de chaîne hi-fi.

Je prends le torchon et le jette sur le carton à chaussures pour le faire disparaître de ma vue. J'aurais préféré ne jamais poser mes yeux sur cette boîte. Ni sur les sept cassettes qu'elle contient. Démarrer la platine était facile, la première fois. Un jeu d'enfant. Je n'avais pas idée de ce qui m'attendait.

Mais à présent, c'est l'une des choses les plus terrifiantes que j'aie jamais faites.

Je baisse le volume et je rappuie sur le bouton.

▶

... un : écouter. Petit deux : faire passer les cassettes à la personne suivante. L'un comme l'autre, je l'espère, devraient vous être très pénibles.

Quand vous aurez écouté chacune des treize faces – car il y a treize facettes différentes à chaque histoire – rembobinez-les, refaites un paquet et expédiez-le à la personne qui vient après vous dans le déroulement des cassettes. Quant à l'heureux numéro treize, il aura le droit de les expédier directement en enfer. Selon sa religion, il est même possible qu'on se retrouve là-bas.

Au cas où vous seriez tenté d'enfreindre les règles, sachez que j'ai fait des copies de chacun de ces enregistrements. Copies qui seront révélées au grand public si la chaîne de transmission des cassettes n'est pas respectée jusqu'au bout.

Je n'ai pas décidé ça sur un coup de tête.

Ne me prenez pas pour ce que je ne suis pas... plus cette fois.

Non. Elle ne pouvait pas penser une chose pareille.

On vous surveille.

▌▌

Mon estomac se contracte, comme prêt à se vider de son contenu si je ne reprends pas le dessus immédiatement. Je repère un seau en plastique posé à l'envers sur un escabeau. En deux enjambées, s'il le faut, je peux l'empoigner et le retourner.

Je n'ai pas bien connu Hannah Baker. Enfin, j'aurais voulu la connaître plus. Si j'en avais eu l'opportunité. On avait tous les deux travaillé au cinéma local l'été dernier. Et récemment, à une soirée, on était même sortis ensemble. Sans avoir vraiment l'occasion de mieux se connaître. Mais je ne l'ai jamais prise pour ce qu'elle n'était pas. Pas une seule fois.

Ces cassettes n'ont rien à faire ici. Chez moi. Ce doit être une erreur.

Ou une très mauvaise blague.

Je vais chercher la poubelle. J'ai beau l'avoir déjà fait, je vérifie à nouveau le papier d'emballage. Il doit bien y avoir l'adresse de l'expéditeur quelque part. J'ai dû mal chercher.

Les cassettes du suicide d'Hannah Baker circulent sous le manteau au lycée. Un petit malin en a fait une copie et me les a envoyées pour se payer ma tête. Demain, il éclatera de rire en me voyant ou bien esquissera un rictus avant de détourner le regard. Alors je saurai.

Et après ? Je suis censé faire quoi ?

Aucune idée.

▶

J'allais oublier. Si vous êtes sur ma liste, vous avez dû recevoir un plan de la ville.

Ma main relâche les débris d'emballage dans la poubelle.

Ce n'est donc pas une erreur.

Il y a quelques semaines, deux ou trois jours avant qu'Hannah n'avale ces cachets, quelqu'un a glissé une enveloppe dans mon casier à travers la petite grille. Dessus, au feutre rouge, on pouvait lire : « À CONSERVER – TU EN AURAS BESOIN ». À l'intérieur, plié en deux, se trouvait un plan de la ville, marqué d'une douzaine d'étoiles rouges réparties en divers endroits.

À l'école primaire, nous utilisions ces plans édités par la chambre de commerce pour apprendre les points cardinaux. Des chiffres bleus renvoyaient à une liste de magasins numérotés dans la marge.

J'avais gardé le plan d'Hannah dans mon sac à dos. Je voulais le montrer autour de moi, histoire de savoir si quelqu'un d'autre l'avait reçu aussi. Si quelqu'un comprenait ce que ça signifiait. Mais avec le temps, l'enveloppe s'était perdue entre mes cahiers et mes livres, et j'avais fini par l'oublier.

Jusqu'à aujourd'hui.

Au fil des cassettes, je mentionnerai certains endroits précis de notre chère ville comme lieux de pèlerinage. Je ne peux obliger personne, mais si vous avez envie d'en savoir un peu plus, vous n'aurez qu'à suivre la piste aux étoiles. Ou si vous préférez, balancez la carte aux orties. Je ne le saurai jamais.

À mesure que sa voix résonne dans les haut-parleurs poussiéreux, je sens le poids de mon sac à dos peser contre ma jambe. À l'intérieur, quelque part au fond, tout froissé, se trouve son plan.

19

Ou peut-être que si. Au fond, je ne sais pas trop comment ça marche, la mort. Si ça se trouve, je me tiens derrière vous en ce moment même.

Je me penche en avant, les coudes posés sur l'établi. J'enfouis mon visage entre mes mains et passe mes doigts dans mes cheveux, étonnamment moites.

Désolée. J'aurais pu m'abstenir.

Prêt, Mister Foley ?

Justin Foley. Un terminale. Le premier petit ami d'Hannah.

Mais d'où est-ce que je sais ça ?

Justin, chéri. Tu as été mon tout premier baiser. Le premier garçon que j'ai tenu par la main. Tu n'avais pourtant rien d'extraordinaire. Je ne dis pas ça méchamment, je t'assure. Mais tu dégageais un je-ne-sais-quoi qui me donnait envie de sortir avec toi. Aujourd'hui encore, impossible de mettre le doigt dessus. Mais l'attirance était là... d'une force incroyable.

Tu ne le sais pas mais, il y a deux ans, quand j'étais en troisième et toi en seconde, je te suivais à la trace. L'après-midi, en dernière heure, j'étais de permanence au bureau des absences, si bien que je connaissais ton emploi du temps. J'en avais même fait une photocopie, qui doit d'ailleurs encore traîner chez moi quelque part. Quand les gens fouilleront mes affaires, ils penseront sans doute que c'était un détail sans importance, qu'une amourette de lycée ne peut porter à conséquence... Ah bon ?

Pour moi, ce n'était pas un détail sans importance. J'ai même dû remonter jusqu'à toi pour trouver une introduction à mon récit. Car oui, c'est là que tout commence.

Où se situe ma place dans ces histoires ? Suis-je en deuxième, en troisième position ? Est-ce que ça empire au fur et à mesure ? Hannah a bien précisé que l'heureux n° 13 pourrait expédier ces cassettes en enfer.

20

Quand tu auras fini d'écouter, Justin, j'espère que tu comprendras quel rôle tu as joué dans tout ça. Parce que c'est peut-être un rôle minime, pour le moment, mais ça n'en reste pas moins un rôle clé. Au final, tout compte.

Le sentiment d'avoir été trahi. L'un des pires qui existent.

Je sais que tu n'avais pas l'intention de me blesser. En fait, la plupart d'entre vous qui m'écoutez n'avez sans doute pas la moindre idée de ce que vous faisiez... de ce que vous me faisiez, à moi.

Que t'ai-je donc fait, Hannah Baker ? Parce que honnêtement, je n'en ai pas la moindre idée. Cette nuit-là, s'il s'agit bien de celle à laquelle je pense, a été aussi étrange pour moi que pour toi. Peut-être plus encore, étant donné que je n'ai toujours pas compris ce qui s'était passé.

Notre première étoile se situe en C-4. Suivez la ligne C du doigt jusqu'au croisement avec la case 4. Oui, comme à la bataille navale. Quand cette première face sera terminée, allez donc y faire un tour. Je n'y ai vécu que très peu de temps, l'été juste avant mon entrée au lycée, mais c'était notre toute première maison en arrivant dans cette ville.

Et c'est là que je t'ai vu pour la première fois, Justin. Tu t'en souviens peut-être. Tu étais amoureux de ma copine Kat. Il restait encore deux mois avant la rentrée et Kat étant ma voisine, c'était la seule personne que je connaissais. Elle m'a expliqué que tu l'avais draguée à mort pendant toute l'année scolaire. Enfin, façon de parler : tu passais surtout ton temps à la dévorer des yeux et à la croiser par hasard dans les couloirs.

Car c'était toujours un hasard, n'est-ce pas ?

Kat m'a raconté qu'au bal de fin d'année, tu avais enfin trouvé le courage de dépasser le simple stade des coups d'œil et des rencontres

21

accidentelles de couloir. Vous aviez dansé tous les slows ensemble. Et bientôt, m'a-t-elle confié, elle accepterait de sortir avec toi. Son premier vrai baiser. Quel honneur !

Ces histoires doivent être terribles. Vraiment horribles. C'est pour cela que les cassettes se transmettent sous le manteau, de la main à la main. Par peur.

Sinon, qui réexpédierait par la poste une série de cassettes lui reprochant d'avoir poussé quelqu'un au suicide ? Personne. Mais Hannah tient à ce que nous, ceux qu'elle a choisis, écoutions son message jusqu'au bout. Et nous nous plierons aux règles, nous transmettrons les cassettes à l'accusé suivant – ne serait-ce que pour éviter de les voir atterrir entre les mains de gens extérieurs à la liste.

« La Liste. » On dirait presque un club secret. Une élite.

Et pour une raison que j'ignore, j'en fais partie.

J'étais curieuse de voir enfin ta tête, Justin. Nous t'avons donc appelé de chez moi pour te proposer de passer. De chez moi, parce que Kat ne voulait pas que tu saches où elle habitait... enfin, pas encore... même si sa maison était juste à côté de la mienne.

Tu avais un entraînement sportif quelconque – basket, base-ball ou autre – et tu ne pouvais pas venir tout de suite. Alors nous t'avons attendu.

Basket. Nous étions nombreux à nous entraîner cet été-là dans l'espoir d'intégrer la ligue junior à la rentrée. Justin, qui n'était qu'en seconde, avait déjà sa place en équipe officielle. Pas mal de types allaient s'entraîner avec lui pour tenter de progresser. Et certains ont réussi.

D'autres, hélas, ont échoué.

On s'était installées chez moi devant la baie vitrée et on papotait

depuis des heures quand, tout à coup, tu es apparu au bout de la rue
avec un de tes copains – salut, Zach !

Zach ? Zach Dempsey ? La seule fois où j'avais aperçu Zach et Hannah ensemble, très brièvement, c'était le soir où je l'avais rencontrée.

Il y avait une intersection devant chez moi, ça formait comme un T à l'envers. Bref, vous veniez droit dans notre direction, au beau milieu de la rue.

‖

Minute. Une minute. Besoin de réfléchir.

Je gratte une tache de peinture orange écaillée sur l'établi. À quoi bon écouter tout ça ? Je veux dire, pourquoi m'infliger un truc pareil ? Pourquoi ne pas tout simplement ressortir la cassette du lecteur et balancer le paquet à la poubelle ?

Je déglutis péniblement. Des larmes me picotent au coin des yeux.

Parce que c'est la voix d'Hannah. Une voix que je croyais ne plus jamais entendre. Je ne peux pas la balancer à la poubelle.

Et à cause des règles du jeu, aussi. J'observe les contours du carton à chaussures, caché sous mon vieux lange. Hannah a affirmé avoir fait une copie de chacune de ces cassettes. Et si c'était faux ? Si la chaîne de transmission se brisait, si je ne réexpédiais pas les cassettes... Peut-être que tout s'arrêterait. Peut-être ne se passerait-il rien du tout.

Mais si ces cassettes contenaient quelque chose susceptible de me faire du mal ? Si Hannah disait vrai ? Dans ce cas, un second jeu ferait son apparition... C'est bien ce qu'elle a promis. Et tout le monde entendrait ce qu'il y a sur ces bandes.

La tache de peinture se détache comme la croûte d'une cica-trice.

Qui voudrait courir un tel risque ?

▶

Arrivé au bout de la rue, tu es monté sur le trottoir et tu as posé un pied sur la pelouse devant chez moi. Mon père avait fait tourner les arroseurs automatiques toute la matinée, si bien que l'herbe était trempée. Ta semelle a glissé, et tu es tombé en arrière. Zach, qui était trop occupé à mater la fenêtre pour voir à quoi ressemblait la nouvelle copine de Kat – votre humble narratrice –, Zach donc, a trébuché sur toi et s'est étalé par terre à son tour.

Tu l'as repoussé d'un geste et tu t'es remis debout. Puis il s'est levé lui aussi et vous vous êtes regardés, comme si vous hésitiez. Et qu'avez-vous décidé, alors ? Vous êtes repartis ventre à terre pendant que Kat et moi étions pliées de rire derrière la vitre.

Je me souviens de cette histoire. Kat l'adorait. Elle me l'avait racontée à sa soirée d'adieu, cet été-là.

La soirée où j'avais vu Hannah Baker pour la première fois.

Le choc. Elle était tellement jolie. Et nouvelle, en plus, ce qui avait achevé de me faire craquer. En présence du sexe opposé (surtout à l'époque), ma langue faisait de tels nœuds que même un boy-scout se serait découragé devant la tâche. Mais avec elle, je pouvais devenir un Clay Jensen nouveau, vierge de tout passé, simple lycéen de première année[1].

Kat a quitté la ville avant la rentrée, et je suis tombée amoureuse

---

1. Aux États-Unis, certains lycées incluent la classe de troisième, ce qui est le cas ici.

du garçon qu'elle laissait derrière elle. Et puis, très vite, il a commencé à manifester de l'intérêt pour moi. Sans doute n'était-ce pas sans rapport avec le fait qu'il me croisait constamment sur son chemin.

Nous n'avions aucun cours en commun, mais des salles de classe presque voisines en première, quatrième et cinquième heures de la journée. Bon, j'exagère un peu pour le dernier cours : le temps que j'arrive sur place, tu étais parfois déjà parti, mais pour la première et la quatrième heure, nous partagions au moins le même couloir.

À la soirée de Kat, tout le monde avait plus ou moins squatté le patio dehors malgré la température glaciale. Sûrement la nuit la plus froide de l'année. Et bien sûr, j'avais oublié mon blouson.

Au bout de quelque temps, je me suis mise à te saluer en te croisant. Et au bout de quelque temps, tu as fini par faire pareil. Jusqu'au jour où je suis passée à côté de toi sans rien dire, ce qui a déclenché notre premier échange.

Non, c'est faux. J'avais laissé mon blouson chez moi pour montrer mon nouveau tee-shirt.

Quel abruti.

Tu m'as interpellée : « Eh ! On dit plus bonjour ? »

J'ai souri, inspiré un grand coup, et je me suis retournée. « Pourquoi, je devrais ? t'ai-je répondu.

– Mais oui, tu le fais tous les jours. »

Je t'ai demandé comment tu connaissais mes habitudes, et tu m'as répondu qu'au contraire, tu ignorais tout de moi.

À la soirée de Kat, je m'étais penché pour refaire mon lacet pendant ma première conversation avec Hannah Baker. Et je n'avais pas réussi. Je n'avais pu nouer mon abruti de lacet parce que mes doigts étaient trop engourdis par le froid.

À son crédit, Hannah avait proposé de m'aider. J'avais refusé, naturellement. À la place, j'avais attendu que Zach s'incruste dans notre discussion maladroite pour m'éclipser à l'intérieur et passer mes doigts frigorifiés sous le robinet.

La honte totale.

Plus jeune, quand j'avais demandé à ma mère le meilleur moyen d'attirer l'attention d'un garçon, elle m'avait répondu : « Jouer les inaccessibles. » J'ai donc suivi ses conseils. Et bien sûr, ça a marché. Tu t'es mis à m'attendre à la sortie de mes cours.

Il a bien dû s'écouler des semaines avant que tu me demandes enfin mon numéro. Mais sachant que tu le ferais tôt ou tard, je m'entraînais à le dire à voix haute. D'une voix calme et pleine d'assurance, un peu blasée. Comme si je donnais mon numéro de téléphone aux garçons cent fois par jour.

Bien sûr, dans mon ancien lycée, on me l'avait déjà demandé. Mais ici, tu étais le premier.

Non. Faux. On me l'avait déjà demandé. Mais tu étais le premier à qui j'acceptais de le donner.

Non pas que je refusais par principe. Je me montrais prudente, voilà tout. Nouvelle ville. Nouveau bahut. Et cette fois, j'avais bien l'intention de contrôler l'image que les gens se faisaient de moi. Combien de fois obtient-on réellement une seconde chance dans la vie ?

Avant toi, Justin, chaque fois qu'on me demandait mon numéro, je commençais à répondre normalement. Puis brusquement, je paniquais et je terminais sur un faux chiffre... Un genre d'acte manqué, j'imagine.

Je hisse mon sac à dos sur mes genoux et ouvre la poche principale.

J'exultais en te voyant noter mon numéro. Heureusement, tu étais trop nerveux pour remarquer quoi que ce soit. Au moment d'annoncer le dernier chiffre – et le bon ! –, j'avais le sourire jusqu'aux oreilles.

Quant à toi, ta main tremblait si fort que j'ai cru que tu allais noter de travers. Et il n'en était pas question.

Je sors le plan d'Hannah Baker et le déplie sur l'établi.

J'ai désigné le chiffre que tu étais en train d'inscrire. « Ça devrait être un sept, ai-je objecté.

– C'est un sept. »

J'aplanis le papier à l'aide d'une règle en bois.

« Ah. Bon, tant que tu sais qu'il s'agit d'un sept...

– Je le sais, oui. » Mais tu l'as quand même barré pour en tracer un autre encore plus tremblant à côté.

J'ai tiré ma manche à l'intérieur de ma paume et j'ai failli tendre la main pour essuyer la sueur qui perlait sur ton front... Un truc que ma mère aurait fait. Heureusement, je me suis retenue. Tu n'aurais plus jamais osé demander son numéro à une fille, après ça.

Derrière la porte, j'entends ma mère m'appeler. Je baisse le son, prêt à appuyer sur STOP si elle refait irruption dans le garage.

– Oui ?

Quand je suis rentrée chez moi, tu avais déjà cherché à me joindre. Deux fois.

– Je ne voudrais pas t'empêcher de travailler, mais j'aimerais savoir si tu comptes dîner à la maison.

Ma mère m'a demandé qui tu étais, et j'ai répondu que nous étions en cours ensemble. Tu avais sans doute une question à propos des devoirs. Elle m'a dit que c'était exactement la raison que tu lui avais donnée.

Je baisse les yeux vers la première étoile. C-4. Je vois où ça se situe. Mais est-ce une bonne idée ?

Je n'en croyais pas mes oreilles, Justin. Tu avais menti à ma mère.

Pourquoi étais-je si heureuse ?

– Non, dis-je. Je vais chez un copain. Pour son devoir d'histoire.

Parce que nos mensonges collaient. C'était un signe.

– D'accord, me lance ma mère. Je te garde ta part au frigo, tu n'auras qu'à la réchauffer en rentrant.

Elle m'a demandé quel cours nous avions en commun, et j'ai répondu maths, ce qui n'était pas totalement un mensonge. Nous avions cours de maths tous les deux. Mais pas en même temps. Et pas sur le même programme.

« Ça tombe à pic, m'a-t-elle rétorqué. C'est aussi ce qu'il m'a dit. »

Je l'ai accusée de ne pas faire confiance à sa propre fille, je lui ai pris ton numéro des mains et j'ai grimpé les marches quatre à quatre jusqu'à ma chambre.

Je vais y aller. Je me rendrai à la première étoile. Mais avant cela, à la fin de cette face, je ferai un tour chez Tony.

Tony n'a jamais changé son autoradio, un vieux modèle qui ne lit que des cassettes. Ça lui permet de garder le contrôle de la musique. S'il emmène quelqu'un en voiture et que ce quelqu'un veut passer des CD, dommage pour lui. « Incompatibilité de format », répond Tony.

Quand tu as décroché, j'ai dit : « Justin ? C'est Hannah. Ma mère m'a dit que tu avais appelé pour un problème de maths. »

La voiture de Tony est une vieille Mustang héritée de son frère, qui l'avait héritée de leur père, qui l'avait lui-même sans doute héritée de son propre père. Au lycée, il existe peu d'histoires passionnelles comparables à celle existant entre Tony et sa caisse. Il s'est fait plaquer plus souvent pour cause de jalousie automobile que je n'ai embrassé de filles.

Tu étais un peu troublé, mais tu as fini par te souvenir du pipeau que tu avais raconté à ma mère et, comme un bon petit garçon, tu t'es excusé.

Tony n'est pas vraiment un ami proche mais nous avons déjà bossé deux trois fois ensemble sur des dossiers ou des exposés, si bien que je sais où il habite. Et surtout, il possède un vieux walkman à cassettes – jaune, avec de minuscules écouteurs en plastique – que je n'aurai sûrement aucun mal à lui emprunter. J'emporterai quelques cassettes avec moi, histoire de les écouter en me baladant dans l'ancien quartier d'Hannah, à guère plus d'un pâté de maisons de chez lui.

« Alors, Justin, et ce problème de maths ? » t'ai-je demandé. Tu n'allais pas t'en sortir comme ça.

À moins d'aller écouter les cassettes ailleurs. Dans un lieu intime. Parce que ici, impossible. Non pas que mes parents risquent de reconnaître la voix dans les haut-parleurs, mais j'ai besoin d'espace. De place pour respirer.

Tu m'as répondu au quart de tour. Tu m'as dit que le train A partait de chez toi à 15 h 45, et le train B de chez moi dix minutes plus tard.

Tu n'as rien vu, bien sûr, mais j'ai réellement levé la main comme si j'étais en classe et non assise sur mon lit. « Moi, moi, Mister Foley ! J'ai la réponse ! »

Quand tu as prononcé mon nom, « Oui, Miss Baker ? », j'ai flanqué aux orties les précieux conseils de ma mère sur les filles inaccessibles.

29

Je t'ai répondu que les deux trains se retrouvaient au parc Eisenhower en bas du toboggan fusée.

Que pouvait-elle bien trouver à Justin ? Je n'ai jamais compris. Elle-même reconnaissait qu'elle ne savait pas trop. Mais pour un type au physique aussi quelconque, il a une nuée d'admiratrices.

Bon, il est plutôt grand. Et il doit leur paraître mystérieux. Il a toujours les yeux rivés vers la fenêtre, comme occupé à regarder ailleurs.

Il y a eu un silence de ton côté, Justin. Un long, très long silence. « Et en combien de temps les trains se retrouvent-ils ? m'as-tu demandé.

– Un quart d'heure. »

Tu m'as répondu qu'un quart d'heure te semblait follement long pour deux trains lancés à pleine vitesse.

Oh là. Doucement, Hannah.

Je sais ce que vous pensez. Hannah Baker n'est qu'une traînée.

Oups. Vous avez entendu ? « Hannah Baker est ». On ne peut plus dire ça, maintenant.

Il y a une pause.

Je rapproche le tabouret de l'établi. À l'intérieur de la platine, derrière la paroi du boîtier en plastique fumé, les deux pivots font lentement défiler la bande d'un côté à l'autre. Un doux chuintement émane des haut-parleurs. Un souffle parasite, très léger.

À quoi pense-t-elle ? A-t-elle les yeux fermés ? Est-elle en train de pleurer ? Ou d'attendre, le doigt posé sur la touche STOP, de trouver la force d'appuyer dessus ? Qu'est-ce qu'elle fabrique ? Je n'entends rien !

Eh bien, vous avez tout faux.

Sa voix est tendue par la colère. Presque tremblante.

Hannah Baker n'est pas, et n'a jamais été, une traînée. Ce qui m'amène à la question suivante : qu'avez-vous entendu dire sur moi ?

Un baiser, c'est tout ce que je voulais. Je n'étais qu'une lycéenne de première année qui n'avait pas encore connu de vrai baiser. Jamais. Mais je flashais sur un garçon qui flashait sur moi aussi, et j'avais envie de l'embrasser. La voilà, la vérité. C'est aussi simple que ça.

Quelle était la rumeur officielle, déjà ? Parce que j'avais entendu un autre son de cloche, en effet.

Les nuits précédant le jour de notre rendez-vous au parc, j'ai fait plusieurs fois le même rêve. Exactement le même. Du début à la fin. Et pour votre plus grand plaisir, chers auditeurs, je vais vous le raconter.

Mais d'abord, petite remise en contexte.

Dans la ville d'où je venais, il y avait aussi un parc possédant au moins un point commun avec celui-ci : le toboggan fusée. Sûrement le même modèle fabriqué par la même société, parce qu'ils se ressemblaient comme deux gouttes d'eau. Même nez rouge pointant vers le ciel. Mêmes barres métalliques partant du sommet jusqu'aux ailerons verts qui le surélevaient au-dessus du sol. Et entre les deux, trois plate-formes, reliées par trois échelles. Au niveau supérieur se trouvait une roue de gouvernail et, au milieu, un toboggan descendant jusqu'au terrain de jeu.

Très souvent, le soir, en attendant le jour de la rentrée dans mon nouveau lycée, je grimpais au sommet de la fusée et je m'appuyais la tête en arrière contre la roue. La brise nocturne qui soufflait entre les barreaux m'apaisait. Je fermais les yeux, et je repensais à chez moi.

Je suis monté tout en haut, une seule fois, à l'âge de cinq

31

ans. Je m'étais mis à hurler, à pleurer, je ne voulais plus redescendre. Mais mon père était trop corpulent pour se glisser dans les étages et il avait appelé les pompiers, qui avaient envoyé une femme me récupérer à l'aide d'une échelle. Ça ne devait être ni le premier ni le dernier incident de ce genre car, il y a quelques semaines, un communiqué de la mairie a annoncé le démontage du toboggan fusée.

Je crois que c'est la raison pour laquelle, dans mes rêves, mon premier baiser se déroulait toujours au pied de cette fusée. Elle m'évoquait l'innocence. Et c'est exactement comme ça que je me représentais mon premier baiser. Innocent.

Voilà pourquoi elle n'a pas mis d'étoile rouge dans le parc, j'imagine. La fusée sera sûrement démolie avant même que les cassettes n'arrivent au bout de la chaîne.

Bref, revenons à mes fameux rêves qui avaient commencé le jour où tu t'étais mis à m'attendre à la sortie de mes cours. Le jour où j'ai compris que je te plaisais.

Hannah avait enlevé le haut et laissé Justin la tripoter à travers son soutien-gorge. C'est ça. La version qu'on m'avait racontée à propos de leur baiser dans le parc.

Une minute. Pourquoi aurait-elle fait une chose pareille au beau milieu d'un parc ?

Au début de mon rêve, je suis au sommet de la fusée, agrippée au volant. Ce n'est que la fusée du terrain de jeux, pas une vraie, mais chaque fois que je tourne le volant à gauche, les arbres du parc décollent leurs racines et se déplacent d'un cran à gauche. Quand je tourne le volant à droite, ils font un pas vers la droite.

Alors j'entends ta voix m'appeler d'en bas. « Hannah ! Hannah ! Cesse de jouer avec les arbres et rejoins-moi. »

Je lâche le volant et je descends l'échelle. Mais quand j'arrive à l'étage du dessous, mes pieds ont tellement grandi qu'ils ne passent plus à travers le trou suivant.

De grands pieds ? Sérieusement ? Je n'ai pas l'habitude d'analyser les rêves, mais elle se demandait peut-être ce que Justin avait dans le pantalon.

Je passe la tête entre les barreaux pour te crier : « J'ai de trop grands pieds. Tu veux toujours que je descende ? »

Tu me réponds : « J'adore les grands pieds. Rejoins-moi en passant par le toboggan. Je te rattraperai à l'arrivée. »

Je m'assois donc au sommet du toboggan, et je m'élance. Mais je suis considérablement ralentie par la résistance de mes pieds au vent. Pendant toute la durée de ma descente, j'ai le temps de remarquer que tu as des pieds minuscules, presque inexistants.

Je le savais !

Tu te postes à l'arrivée, bras écartés, prêt à me réceptionner. Et là, comme par magie, au moment où je jaillis en bas du toboggan, mes grands pieds n'écrasent même pas tes petits pieds.

« Tu vois ? Nous sommes faits l'un pour l'autre », me dis-tu. Puis tu te penches vers moi pour m'embrasser. Tes lèvres s'avancent, encore plus près... de plus en plus près... et... je me réveille.

Chaque nuit, pendant une semaine, je me réveillais systématiquement au moment de t'embrasser. Mais cette fois, Justin, j'allais enfin te retrouver. Dans ce parc. Au pied de ce toboggan. Et bon sang, j'avais bien l'intention que tu m'embrasses pour de vrai, que ça te plaise ou non.

Hannah. Si tu embrassais déjà comme tu m'as embrassé à la soirée, crois-moi : ça lui a plu.

Je t'ai donné rendez-vous dans un quart d'heure. Bien sûr, j'ai dit ça

33

uniquement pour être sûre d'y être avant toi. Je voulais me trouver au sommet de la fusée quand tu entrerais dans le parc, comme dans mes rêves. Et c'est exactement ce qui s'est passé... sans les arbres qui bougent et les pieds aux formes bizarroïdes.

Depuis mon observatoire, je t'ai vu arriver à l'autre bout du parc. Tu consultais ta montre tous les deux mètres et tu te dirigeais vers la fusée en regardant tout autour de toi, sauf vers le haut.

J'ai donc tourné le volant de toutes mes forces pour faire du bruit. Tu as reculé d'un pas, tu as levé la tête et appelé mon nom. Mais ne t'inquiète pas : j'avais beau vouloir revivre mon rêve, je ne m'attendais pas à ce que tu connaisses toutes les répliques et que tu me cries de cesser de jouer avec les arbres pour te rejoindre.

« J'arrive ! » t'ai-je lancé.

Tu m'as dit de ne pas bouger. Tu allais venir jusqu'à moi.

Mais j'ai répliqué : « Non ! Je prends le toboggan. »

Et tu m'as répondu ces mots magiques, irréels : « Je te rattraperai. »

À côté de ça, mon premier baiser fait carrément minable. Année de cinquième, Andrea Williams, derrière le gymnase. Elle était venue me voir pendant le déjeuner, m'avait chuchoté sa proposition à l'oreille, et j'avais eu une érection pendant le reste de la journée.

Quand ça a été fini, trois secondes de gloss à la fraise plus tard, elle a tourné les talons pour partir en courant. J'ai jeté un regard circulaire et vu deux de ses copines lui tendre chacune un billet de cinq. Je n'en revenais pas ! Mes lèvres n'avaient été qu'un pari à dix dollars.

Était-ce une bonne ou une mauvaise chose ? Plutôt mauvaise, avais-je tranché.

Mais depuis ce jour, j'adore le gloss à la fraise.

Je ne pouvais m'empêcher de sourire en descendant l'échelle. Je me suis assise sur le toboggan – le cœur battant. Le grand moment était arrivé. Dans mon ancienne ville, toutes mes copines avaient connu leur premier baiser au collège. Le mien m'attendait au pied de ce toboggan, exactement comme je l'avais rêvé. Je n'avais plus qu'à m'élancer.

Et c'est ce que j'ai fait.

Je sais que ça ne s'est pas vraiment déroulé comme ça mais quand j'y repense, je revois la scène au ralenti. Ma prise d'élan. Ma descente. Mes cheveux voltigeant derrière moi. Toi les mains tendues, prêt à me réceptionner. Moi levant les bras pour te faciliter la tâche.

Quand avais-tu décidé que tu m'embrasserais, Justin ? Pendant ta traversée du parc ? Ou bien est-ce arrivé comme ça, quand j'ai atterri entre tes bras ?

OK. Vous voulez savoir à quoi j'ai pensé pendant mon premier baiser ? Réponse : « Quelqu'un ici a mangé un hot-dog sauce piment. »

Quelle classe, Justin.

Désolée. Ce n'était pas si grave, mais c'est juste la première chose qui m'ait traversé l'esprit.

Je préfère de loin le gloss à la fraise.

J'étais très angoissée quant au déroulement de ce premier baiser – mes copines m'avaient raconté tellement de trucs différents ! Mais le nôtre appartenait à la catégorie des vrais, beaux baisers. Tu ne m'as pas enfoncé ta langue jusqu'aux amygdales. Tu ne m'as pas touché les fesses. Nos lèvres se sont rapprochées... et on s'est embrassés.

Voilà.

Non, attendez. Ne rembobinez pas. Inutile de revenir en arrière, vous avez bien entendu. Laissez-moi vous le redire encore une fois. Il... ne s'est rien... passé d'autre.

Est-ce que vous auriez entendu une autre version ?

Un frisson me parcourt l'échine.

Oui, j'avais entendu une autre version. Nous avions tous entendu une autre version.

Eh bien, vous avez raison. Il s'est passé autre chose. Justin m'a pris par la main, nous nous sommes dirigés vers les portiques et nous nous sommes balancés. Puis il m'a de nouveau embrassée, exactement comme la première fois.

Et ensuite ? Hannah, et après ? Que s'est-il passé après ?

Alors... Nous avons quitté le parc. Il est reparti d'un côté, et moi de l'autre.

Oh. Mille excuses. Vous attendiez un truc plus croustillant, n'est-ce pas ? Vous espériez entendre comment mes petites mains baladeuses avaient commencé à jouer avec sa braguette. Vous espériez entendre...

Mais oui, au fond, qu'espériez-vous entendre ? Parce que j'ai entendu tant de versions différentes que j'ignore laquelle est la plus répandue. Je sais en revanche laquelle l'est moins.

La vérité.

Maintenant au moins, c'est celle-là que vous retiendrez.

Je revois Justin au milieu de ses copains, au lycée. Je revois Hannah passant à côté d'eux. Le silence s'était fait d'un coup. Ils avaient regardé ailleurs. Et dès qu'elle s'était éloignée, ils avaient éclaté de rire.

Pourquoi ai-je gardé cette scène en mémoire ?

Parce que j'ai souvent eu envie de parler à Hannah, après la fête d'adieu de Kat, mais j'étais bien trop timide pour ça. Trop peureux. En voyant Justin et sa bande, ce jour-là, j'ai eu le sentiment que j'ignorais encore beaucoup de choses sur elle.

Puis plus tard, j'avais entendu dire qu'elle s'était laissé peloter au pied de la fusée. Elle était arrivée depuis trop peu de temps au lycée : les rumeurs ont pris le pas sur tout le reste.

Hannah était hors de ma portée, avais-je conclu. Trop expérimentée pour daigner s'intéresser à quelqu'un comme moi.

Alors merci à toi, Justin. Sincèrement. Mon premier baiser était divin. Et pendant le mois (ou à peu près) que nous avons passé ensemble, tous nos baisers ont été divins. Tu étais divin.

Et puis tu t'es mis à dire des choses sur moi.

Une semaine a passé sans que je comprenne quoi que ce soit. Mais comme il fallait s'y attendre, les rumeurs ont fini par revenir jusqu'à moi. Or une rumeur, ça ne se réfute jamais.

Je sais. Je sais ce que vous pensez. À mesure que je vous parle, je me dis la même chose. Un baiser ? Un simple ragot à propos d'un baiser, et voilà ce que tu as fait ?

Non. Un simple ragot à propos d'un baiser, et un souvenir que je chérissais a été anéanti. Un simple ragot à propos d'un baiser, et on m'a collé une réputation à laquelle les gens ont cru et réagi en conséquence. Et parfois, un simple ragot à propos d'un baiser peut faire boule de neige.

Un simple ragot à propos d'un baiser, et ce n'est que le commencement.

Retournez la cassette pour entendre la suite.

Je tends la main vers la platine, prêt à appuyer sur STOP.

Et Justin, trésor, reste avec nous. Tu ne devineras jamais quand ton nom ressurgira.

Le doigt en suspens, j'écoute le souffle des haut-parleurs, le grincement des pivots en plastique qui font défiler la bande, guettant le retour de sa voix.

Mais il n'y a plus rien. Fin de l'épisode.

Quand j'arrive chez Tony, sa Mustang est garée le long du trottoir. Le capot est ouvert, et son père et lui sont penchés au-dessus du moteur. Tony tient une lampe de poche pendant que son père, le bras plongé tout au fond, resserre quelque chose à l'aide d'une clé à molette.

– Le moteur a un pépin, ou c'est juste pour le plaisir ? dis-je.

Tony tourne la tête et, m'apercevant, lâche sa lampe torche à l'intérieur du capot.

– Merde.

Son père se redresse et essuie ses mains tachées de cambouis sur son tee-shirt graisseux.

– Tu plaisantes ? C'est toujours par plaisir. (Il regarde son fils et me décoche un clin d'œil.) Encore plus quand c'est vrai-ment grave.

Tony se renfrogne et enfonce le bras à l'intérieur du capot pour récupérer sa lampe de poche.

– C'est Clay, p'pa. Tu te souviens ?

– Bien sûr, bien sûr. Ravi de te revoir.

Il ne fait pas mine de vouloir me serrer la main ; vu la quan-tité de graisse étalée sur son tee-shirt, je ne le prends pas mal du tout.

Mais il ment. Il ne me remet absolument pas.

– Ah oui, s'exclame-t-il. Je me souviens. Tu es resté dîner un soir, c'est ça ? Très merci par-ci, s'il vous plaît par-là.

Je souris.

– Après ton départ, la mère de Tony nous a harcelés pendant une semaine pour qu'on prenne exemple sur toi.

Qu'est-ce que j'y peux ? Les parents m'adorent.

– Ouais, c'est bien lui, confirme Tony en prenant un torchon pour s'essuyer les mains. Alors, quoi de neuf, Clay ?

Je me répète ces mots intérieurement. Quoi de neuf ? Quoi de neuf ? Eh bien, puisque tu me poses la question, je viens de recevoir un paquet de cassettes enregistrées par une nana qui s'est suicidée. Il paraît que j'y suis plus ou moins pour quelque chose, mais je ne sais pas trop pour quoi, alors je me demandais si je pouvais t'emprunter ton walkman, histoire de mieux comprendre.

– Rien de neuf, dis-je.

Son père me demande si je veux bien m'asseoir dans la voiture pour démarrer le moteur.

– La clé est déjà dans le contact.

Je jette mon sac à dos sur le siège passager et m'installe derrière le volant.

– Une seconde... Attends ! Tony, braque un peu ta lampe par ici.

Tony se tient sur le côté de la voiture, à m'observer. Quand nos yeux se croisent, impossible de détourner les miens. Sait-il quelque chose ? Est-il au courant, pour les cassettes ?

– Tony, répète son père. La lumière.

Tony tourne la tête et se penche par-dessus le moteur avec la lampe torche. Son regard ne cesse de faire l'aller-retour entre le tableau de bord et le capot, moi et le moteur.

Et s'il figurait lui aussi sur les cassettes ? Si son histoire arrivait juste avant la mienne ? Est-ce lui qui m'a envoyé le paquet ?

Bon sang, je deviens parano. Il ne sait rien, si ça se trouve.

J'ai peut-être simplement un air coupable et ça l'intrigue, voilà tout.

En attendant le signal pour tourner la clé, je jette un regard circulaire. Derrière le siège passager, par terre, j'aperçois le walkman. Juste posé là, le fil des écouteurs bien enroulé autour du boîtier. Mais quelle excuse pourrais-je bien invoquer ? Pourquoi ai-je besoin de cet appareil ?

– Tony, prends la clé à molette et donne-moi la lampe, grogne son père. Tu bouges trop.

Ils échangent leurs outils et, en un éclair, je m'empare du walkman. Comme ça, d'un coup. Sans réfléchir. La poche intermédiaire de mon sac à dos est ouverte, et je fourre l'appareil à l'intérieur avant de fermer la fermeture éclair.

– OK, Clay ! me crie son père. Vas-y !

Je tourne la clé, et le moteur démarre aussi sec.

Par l'interstice du capot, j'observe le sourire du père de Tony. Quoi qu'il ait fait, il semble satisfait.

– Simple réglage pour mieux la faire chanter, lance-t-il par-dessus le bruit du moteur. Tu peux couper le contact, Clay.

Tony referme le capot.

– Je te retrouve à l'intérieur, p'pa.

Celui-ci hoche la tête, prend une boîte en métal posée par terre pour y jeter quelques torchons graisseux roulés en boule et repart en direction du garage.

J'attrape mes affaires et je ressors de la voiture.

– Merci, me dit Tony. Si tu ne t'étais pas pointé, on y aurait sûrement passé la nuit.

J'enfile mon sac à dos.

– J'avais besoin d'air, dis-je. Ma mère me tapait sur le système.

Tony jette un œil vers le garage.

– M'en parle pas. Il faut que je me mette à mes devoirs, mais mon père a été pris d'une soudaine envie de bricoler sous le capot.

Juste au-dessus de nous, un lampadaire s'allume en clignant.

– Alors, Clay, qu'est-ce qui t'amène ?

Je sens le poids du walkman au fond de mon sac.

– Je passais là, je vous ai vus dehors... Je voulais juste dire bonsoir.

Il me dévisage avec un peu trop d'insistance et je tourne la tête vers sa voiture.

– Je vais faire un tour chez Rosie, dit-il. Je te dépose quelque part ?

– Merci. Je passais juste dans le coin.

Il enfonce ses mains dans ses poches.

– Vers où ?

Bon sang, j'espère qu'il n'est pas sur la liste. Mais si c'est le cas ? S'il a déjà écouté les cassettes, s'il sait exactement ce qui se passe dans ma tête en ce moment même ? S'il sait précisément où j'ai l'intention de me rendre ? Ou pire encore, s'il n'a pas encore reçu les cassettes ? S'il est seulement censé les recevoir plus tard, au fil de la chaîne ?

Dans ce cas, il se souviendra de cet instant. De mes airs fuyants. De mon refus de me confier à lui ou de le mettre en garde.

– Nulle part, dis-je. (À mon tour, j'enfonce mes mains dans mes poches.) Bon, bah, on se voit demain.

Il ne prononce pas un mot. Il me regarde tourner les talons et m'éloigner. À chaque seconde, je m'attends à ce qu'il crie :

41

« Eh ! Où est mon walkman ? » Mais rien ne se passe. Je repars, ni vu ni connu.

Je prends à droite au premier croisement. Au loin la Mustang démarre, ses pneus crissent sur le gravier. Puis Tony accélère, franchit l'intersection derrière moi et continue tout droit.

J'enlève mon sac à dos pour le poser sur le trottoir. J'en sors le walkman. Je déroule le fil, pose le casque en plastique jaune sur ma tête et pousse les minuscules écouteurs à l'intérieur de mes oreilles. J'ai emporté les quatre premières cassettes, c'est-à-dire une ou deux de plus que ce que j'aurai le temps d'écouter ce soir. Les autres sont restées chez moi.

J'ouvre la petite poche de mon sac et en sors la cassette numéro un. Je l'insère dans le lecteur, côté face B, et referme le boîtier.

K7 N° 1 : FACE B

▶

Re-bonsoir tout le monde. Et merci d'être restés pour la deuxième partie.

J'enfonce le walkman dans la poche de mon blouson et j'augmente le volume.

Si vous écoutez ceci, il s'est passé l'une des deux choses suivantes. Petit a : vous êtes Justin, et après avoir entendu votre petite histoire vous mourez d'envie de savoir la suite. Petit b : vous êtes quelqu'un d'autre et vous attendez de voir si c'est votre tour.

Roulement de tambour...

Mes tempes deviennent moites.

Alex Standall, c'est à toi.

Une goutte de sueur ruisselle le long de ma tempe et je l'essuie d'un geste.

Tu n'as sûrement pas la moindre idée de ce que tu fais ici, Alex. Tu crois sans doute m'avoir rendu un fier service, n'est-ce pas ? Tu m'as élue Plus Belles Fesses de Première Année. Qui pourrait se plaindre d'un tel honneur ?

Eh bien, ouvre grand tes oreilles.

43

Je m'assois sur le rebord du trottoir, les pieds dans le caniveau. Au niveau de mon talon, quelques brins d'herbe ont percé l'asphalte. Bien que le soleil ait à peine entamé sa descente derrière les arbres et les toits, les lampadaires sont allumés de chaque côté de la rue.

D'abord, Alex, si tu me trouves ridicule... Si tu penses que je ne suis qu'une pauvre idiote qui prend la mouche pour un rien et qui n'a aucun sens de l'humour, personne ne t'oblige à rester. Je sais, je te mets un peu la pression avec cette histoire de double des cassettes, mais après tout, quelle importance si tout le monde dans cette ville apprend ce que tu penses de mon postérieur ?

Dans les maisons alentour, mais aussi chez moi, à quelques rues d'ici, des gens sont en train de finir de dîner. De charger le lave-vaisselle. Ou de se mettre à leurs devoirs.

Pour ces familles, c'est une soirée normale.

Je peux citer toute une liste de gens que ça passionnerait. Toute une liste de personnes qui seraient très intéressées par les révélations de ces cassettes.

Alors commençons, veux-tu ?

Je me recroqueville sur moi-même, les bras autour de mes jambes et le front sur mes genoux.

Je m'en souviens. J'étais en deuxième heure de la matinée le jour où ta liste a fait son apparition. De toute évidence, Miss Strumm avait passé un week-end génial parce qu'elle n'avait absolument rien préparé pour le cours.

Elle nous a passé l'un de ses documentaires insipides. Je ne sais même plus de quoi ça parlait. Mais le narrateur avait un accent britannique à couper au couteau. Et je me rappelle que je jouais avec un vieux morceau de scotch collé sur mon bureau pour m'empêcher de tomber de sommeil. Pour moi, la voix off de la télé n'était rien de plus qu'un bruit de fond.

Enfin, la voix off de la télé... et les murmures.

Quand j'ai levé la tête, ils se sont arrêtés net. Tout le monde s'est mis à éviter mon regard. Mais j'ai vu un papier passer de table en table. Une simple feuille volante remontant et descendant les allées. Elle a fini par atteindre le bureau derrière moi, celui de Jimmy Long, dont la chaise a grincé sous le poids quand il s'est penché.

Vous tous qui étiez présents ce matin-là, ôtez-moi d'un doute : Jimmy se rinçait l'œil par-dessus le dossier de ma chaise, n'est-ce pas ? C'est tout ce que j'ai pu en déduire en l'entendant murmurer « Tu m'étonnes ».

Je resserre mes bras autour de mes genoux. Jimmy le Lourdaud.

Quelqu'un a chuchoté : « Lourdaud, espèce d'idiot. »

Je me suis retournée, mais je n'étais pas d'humeur à faire des messes basses. « Qu'est-ce qui t'étonnes ? »

Jimmy, toujours ravi d'obtenir une marque d'attention féminine, a esquissé un petit sourire et baissé les yeux vers la feuille posée sur son bureau. Quelqu'un a répété « Idiot » tout bas... Et cette fois, le murmure a fait le tour de la classe, comme si tout le monde voulait m'exclure de quelque chose.

Quand j'ai lu la liste pour la première fois, en cours d'histoire, j'y ai aperçu quelques noms que je ne connaissais pas. Des nouveaux que je n'avais pas encore rencontrés, ou que je n'étais pas sûr d'identifier. Mais Hannah, je connaissais son nom. Et ça m'a fait rire. Elle commençait à se bâtir une sacrée réputation en un rien de temps.

Aujourd'hui, je réalise que cette réputation était un pur produit de l'imagination de Justin Foley.

45

J'ai incliné la tête pour lire le titre – à l'envers : PALMARÈS DES PREMIÈRE ANNÉE – CANON OU BOUDIN ?

La chaise de Jimmy a grincé de nouveau quand il s'est rappuyé contre le dossier, et j'ai compris que Miss Strumm venait droit sur nous. Mais je voulais absolument savoir où figurait mon nom. Je me fichais de la catégorie. À l'époque, je crois même que je me fichais de savoir de quel côté de la liste je me trouvais. C'est juste que quand tout le monde s'accorde sur un détail précis – un détail qui vous concerne –, ça vous donne comme des papillons dans le ventre. Et à mesure que la prof se rapprochait, prête à confisquer la liste avant que j'aie le temps d'y voir mon nom, les papillons s'affolaient de plus en plus.

Où est mon nom ? Où ça, où est-il ? Ah, le voilà !

Plus tard, ce jour-là, en croisant Hannah dans le couloir, je me suis retourné sur son passage. Et j'ai dû reconnaître que c'était vrai. Elle n'avait pas volé son titre.

Miss Strumm a saisi la feuille et j'ai fait volte-face sur ma chaise, droite comme un I. Au bout de quelques minutes, après avoir rassemblé tout mon courage, j'ai jeté un œil de l'autre côté de la classe. Comme je m'y attendais, Jessica Davis semblait furax.

Pourquoi ? Parce que juste en face de mon nom, dans l'autre colonne, on pouvait lire le sien.

Son crayon battait contre son cahier à la vitesse d'un message en morse et elle avait le visage cramoisi.

Qu'ai-je aussitôt pensé ? Dieu merci, je ne connais pas le code morse.

La vérité, c'est que Jessica Davis est bien plus mignonne que moi. Si on dressait la liste comparative de nos deux corps, partie par partie, elle remporterait systématiquement une petite croix dans chaque case.

Tu te trompes, Hannah. Sur toute la ligne.

46

Tout le monde sait que cette histoire de Plus Grosses Fesses de Première Année était un mensonge pur et simple. Il n'y avait pas la moindre véracité là-dedans. Mais personne ne se souciait de savoir pourquoi Jessica avait atterri de ce côté-ci de ta liste, Alex.

Enfin, personne à part toi... moi... et Jessica, bien sûr.

Sauf qu'un paquet d'autres gens est sur le point de le découvrir, maintenant.

Certains considèrent sans doute que tu as bien fait de me choisir. Je ne pense pas. Ou plutôt, reformulons les choses autrement. Je ne crois pas que mes « fesses » – comme tu dis – aient été le facteur décisif. Je crois que le facteur décisif a surtout été... la vengeance.

J'arrache les brins d'herbe du caniveau et je me remets debout. Tout en marchant, je les effrite entre mes doigts.

Mais le vrai problème n'est pas ta motivation, Alex. Même s'il va bientôt en être question. Le problème, c'est le changement d'attitude des autres quand ils voient votre nom sur une liste stupide. C'est...

Une pause soudaine dans son monologue. J'enfonce ma main dans ma poche pour augmenter le son. Elle est en train de déplier une feuille de papier. De l'aplanir.

OK. Je viens de relire la liste des noms – des histoires – cités sur ces cassettes. Et tu sais quoi ? Aucun de ces événements, jusqu'au plus insignifiant, ne serait peut-être jamais arrivé si tu n'avais pas mis mon nom sur cette liste, Alex. C'est aussi simple que ça.

Tu avais besoin d'un nom en face de celui de Jessica. Et puisque tout le monde avait déjà une mauvaise image de moi grâce au petit numéro de vantardise de Justin, j'étais le choix idéal, pas vrai ?

Roule, roule, petite boule de neige. Merci à toi, Justin.

La liste d'Alex n'était qu'une blague. De mauvais goût, certes. Mais il ne se doutait pas que ça affecterait Hannah à ce point. C'est un peu injuste.

47

Bon, et moi... Qu'est-ce que j'ai fait ? De quelle manière ai-je blessé Hannah, selon elle ? Parce que je nage dans le flou total, là. Quand les autres auront entendu mon histoire, que penseront-ils de moi ? Certains des membres de la liste, au moins deux d'entre eux, connaissent déjà la raison de ma présence sur ces cassettes. Me voient-ils d'un autre œil, à présent ?

Non. C'est impossible. Parce que mon nom n'a pas sa place au milieu des leurs. Je n'ai rien à faire ici, j'en suis certain.

Je n'ai rien fait de mal !

Bref. En résumé, mon but n'est pas de débattre de tes motivations, Alex. Mais des conséquences de tes actes. Ou plus exactement, de leurs répercussions sur moi. De ces petites choses que tu n'avais pas antici-pées... Que tu ne pouvais pas anticiper.

Non. J'hallucine.

||

La première étoile rouge. L'ancienne maison d'Hannah. J'y suis.

Mais je crois rêver.

Je suis déjà entré dans cette maison, une fois. Après une fête. Un couple de retraités y habite, désormais. Un soir, il y a un mois, le mari roulait en voiture à quelques rues d'ici, tout en parlant à sa femme sur son portable, quand il a percuté un autre véhicule.

Je ferme les yeux et secoue la tête pour chasser ce souvenir. Je ne veux pas revivre ce moment. Mais c'est plus fort que moi. L'homme était dans tous ses états. Il sanglotait. « Il faut que je la rappelle ! Il faut que je parle à ma femme ! » Son portable s'était volatilisé dans l'accident. On avait essayé avec le mien, mais la

48

ligne était occupée. Sa femme était sous le choc, trop angoissée pour raccrocher. Elle voulait rester en ligne, sur le portable avec lequel son mari lui parlait au moment de l'accident.

Elle était cardiaque, m'a-t-il expliqué. Il fallait absolument qu'elle sache qu'il était sain et sauf.

J'ai appelé la police de mon portable et promis à l'homme de continuer à essayer de joindre sa femme. Mais il a insisté, il devait absolument lui parler. Lui dire qu'il était hors de danger. Ils n'habitaient pas très loin.

Un attroupement s'était formé et des gens s'occupaient du blessé dans l'autre automobile. C'était un gars du lycée. Un terminale. Et il était bien plus amoché que le vieil homme. J'ai hurlé à deux trois personnes de bien vouloir lui tenir compagnie en attendant l'ambulance. Puis je me suis rendu chez le vieil homme à toutes jambes pour rassurer sa femme. Mais j'ignorais que la maison vers laquelle je me précipitais était aussi celle où Hannah avait vécu autrefois.

Cette maison-là.

Sauf que cette fois, je marche. Comme Justin et Zach, j'avance au beau milieu de la chaussée en direction d'East Floral Canyon où deux rues se croisent en formant une sorte de T à l'envers, tel qu'Hannah l'avait décrit.

Les rideaux de la baie vitrée sont tirés pour la nuit. L'été juste avant notre entrée au lycée, Hannah s'était assise là avec Kat. Ensemble elles avaient regardé par la fenêtre, à l'endroit où je me tiens à présent, et observé les garçons arriver. Elles les avaient vus monter sur le trottoir, déraper sur la pelouse humide et trébucher l'un sur l'autre.

Je continue à marcher. Arrivé au bout de la rue, je shoote légèrement contre le rebord du trottoir. Puis je monte sur la

49

pelouse et je me tiens planté là, immobile. Rien qu'un pas, une marche d'escalier. Je ne dérape pas, et je ne peux m'empêcher de me demander comment les choses auraient tourné si Justin et Zach avaient atteint la porte de chez Hannah. Serait-elle tombée amoureuse de Zach, au lieu de Justin, quelques mois plus tard ? Justin aurait-il disparu du tableau ? Les rumeurs auraient-elles jamais existé ?

Hannah serait-elle encore en vie ?

▶

Je n'ai pas été traumatisée plus que ça le jour où ta liste est apparue. J'ai survécu. Je savais que ce n'était qu'une blague. Et les gens que je voyais dans les couloirs, agglutinés autour de celui ou celle d'entre eux qui en brandissait une copie, ils savaient que c'était un gag, eux aussi. Rien qu'un bon gros gag idiot.

Mais que se passe-t-il quand quelqu'un décrète que vous avez les plus belles fesses de première année ? Laisse-moi te l'expliquer, Alex, parce que c'est un truc que tu ne sauras jamais. Cela donne aux gens – certains, en tout cas – le feu vert pour vous traiter comme si vous n'étiez plus que cette partie-là de votre anatomie.

Besoin d'un exemple ? Pas de problème. B-3 sur la carte. Le Blue Spot Liquor.

C'est juste à côté.

J'ignore pourquoi ce magasin s'appelle comme ça, mais il se trouvait à une rue de chez moi. J'y allais à pied chaque fois que j'avais des envies de chocolat. Traduction : j'y allais tous les jours.

Le Blue Spot m'a toujours semblé peu engageant de l'extérieur, si bien que je n'y ai jamais mis les pieds.

Neuf fois sur dix, c'était désert. Il n'y avait que moi et le type derrière le comptoir.

À mon avis, beaucoup de gens ne remarquent même pas l'existence du Blue Spot parce qu'il est minuscule et coincé entre deux autres boutiques, qui ont d'ailleurs fermé depuis. Vu de l'extérieur, ça ressemble à un panneau d'affichage pour pubs d'alcool et de cigarettes. Et à l'intérieur, me direz-vous ? Eh bien, c'est à peu près pareil.

Je longe le trottoir devant la maison d'Hannah. L'allée du garage monte en pente douce avant de disparaître derrière une porte en bois défraîchie.

Devant le comptoir est accroché un présentoir contenant les meilleures barres chocolatées du monde. Mes préférées, en tout cas. Et dès que j'ouvre la porte, le vendeur enregistre la somme exacte sur sa caisse – cha-ching ! – avant même que je me sois servie. Car il sait exactement ce que je vais prendre.

Quelqu'un a dit un jour de lui qu'il avait une face de noix. Et c'est vrai ! Sans doute parce qu'il fume trop. Mais il faut dire qu'il s'appelle Wally[1], et ça n'aide pas non plus.

Dès le premier jour, Hannah avait pour habitude de se rendre au lycée sur un vélo bleu. Je la revois presque. Là, sous mes yeux. Sac à dos arrimé sur ses épaules, elle descend l'avenue en roue libre. Elle tourne son guidon et, d'un coup de pédale, passe devant moi sur le trottoir. Je la regarde filer en ligne droite entre les rangées d'arbres, de maisons et de voitures garées sur le bas-côté. Je reste là, à la regarder, jusqu'à ce que son image disparaisse.

À nouveau.

Puis, lentement, je tourne les talons et je repars.

Honnêtement, toutes les fois où je me suis rendue au Blue Spot, je ne

---

1. Jeu de mot avec *walnut*, qui signifie « noix » en anglais.

crois pas avoir jamais entendu Wally prononcer un seul mot. Je lutte en vain pour me remémorer un « bonjour » ou un « salut », voire un grognement amical. Mais l'unique son qu'il ait jamais émis devant moi, Alex, c'est à toi que je le dois.

Quel pote.

Alex ! Ça me revient. Hier, quelqu'un l'a bousculé dans le couloir. Quelqu'un l'a heurté exprès pour qu'il me rentre dedans. Mais qui ?

Ce jour-là, comme d'habitude, la clochette de l'entrée a tinté quand j'ai ouvert la porte. Cha-ching ! a retenti la caisse. J'ai pris une barre chocolatée sur le présentoir... Je ne saurais dire laquelle car je ne m'en souviens plus.

J'ai rattrapé Alex pour l'empêcher de trébucher. Je lui ai demandé si ça allait, mais il m'a ignoré, il s'est contenté de ramasser son sac et s'est éloigné en courant. Je me suis demandé si je lui avais fait quelque chose. Je ne voyais pas quoi.

Si je voulais, je pourrais citer le nom de l'individu qui est entré dans la boutique pendant que je cherchais mon porte-monnaie dans mon sac à dos. Je m'en souviens encore. Mais après tout, ce n'est que l'un des nombreux salopards que j'ai croisés sur mon chemin au fil des ans.

Je devrais peut-être tous les dénoncer, un jour. Je ne sais pas trop. Mais concernant ton rôle dans cette histoire, Alex, son geste – geste horrible, répugnant – n'était qu'une conséquence du tien.

De toute manière, il aura une face de cassette à lui tout seul, plus tard...

Je grimace. Qu'a-t-il bien pu se passer dans ce magasin à cause de la liste d'Alex ?

Non, je ne veux pas savoir. Et je n'ai aucune envie de recroiser Alex. Ni demain. Ni après-demain. Ni lui ni Justin. Ou ce gros porc de Jimmy le Lourdaud. Nom de Dieu, qui d'autre est impliqué là-dedans ?

Il a ouvert la porte du Blue Spot. « Eh, Wally ! » a-t-il lancé. Avec une arrogance monstre, qui semblait pourtant si naturelle venant de lui. J'ai tout de suite compris que ce n'était pas la première fois qu'il se comportait ainsi avec Wally, comme s'il lui était supérieur. « Tiens, Hannah, salut. Je t'avais pas vue. »

Ai-je précisé que je me tenais devant le comptoir, juste face à la porte ?

Je lui ai adressé un vague sourire, j'ai sorti mon porte-monnaie et payé ce que je devais directement dans la main burinée de Wally qui, pour ce que j'en ai vu, n'a pas fait mine de saluer le nouvel arrivant. Il n'a même pas voulu croiser son regard, pas esquissé le moindre geste, le moindre sourire – attentions dont il me gratifiait, moi, quand j'entrais dans la boutique.

Je tourne au coin, m'éloignant des quartiers pavillonnaires en direction du Blue Spot.

C'est fou comme une ville peut changer de visage au détour d'une rue. Les maisons derrière moi ne sont ni grandes ni luxueuses. Disons très classe moyenne. Mais elles côtoien directement l'autre partie de la ville, celle qui meurt à petit feu depuis des années.

« Eh, Wally, tu sais quoi ? » J'ai senti son souffle sur mon épaule.

J'ai refermé mon sac, qui était resté posé près de la caisse. Wally a baissé les yeux comme s'il fixait un point juste au-delà du rebord du comptoir, au niveau de ma taille, et j'ai tout de suite compris.

J'ai senti une main sur mes fesses. Et c'est là qu'il l'a dit.

« Les Plus Belles Fesses de Première Année, Wally. Ici, devant toi, dans ton magasin ! »

Je peux visualiser plus d'un mec de ma connaissance faisant cela. Ce sarcasme. Cette arrogance.

Est-ce que ça m'a blessée ? Non. Mais ça n'a pas d'importance, n'est-ce pas ? Parce que la vraie question est : avait-il le droit de faire une chose pareille ? Et la réponse, je l'espère, est évidente.

Je l'ai repoussé vivement d'une claque sur la main, geste que toute fille se devrait de maîtriser. Et c'est alors que Wally est sorti de sa coquille. En émettant un son. Sa bouche est restée fermée, et il n'a produit qu'un simple claquement de langue, mais ce petit bruit m'a prise au dépourvu. Au fond de lui, je le savais, Wally bouillait de rage.

Ça y est, j'y suis. Devant l'enseigne en néon du Blue Spot Liquor.

II

Il ne reste que deux commerces sur cette portion de la rue : Blue Spot Liquor et Restless Video sur le trottoir d'en face. Le Blue Spot semble toujours aussi cradingue que la dernière fois où je suis passé devant. Même les publicités d'alcools et de cigarettes n'ont pas changé. Comme du papier peint dans la vitrine.

Une clochette retentit quand je pousse la porte. La même que celle qu'entendait Hannah chaque fois qu'elle venait se procurer sa dose de chocolat. Au lieu de laisser le battant claquer derrière moi, je le retiens et je le repousse tout doucement, l'œil fixé sur la cloche qui sonne à nouveau au passage.

– Vous désirez ?

Sans même regarder, je sais déjà qu'il ne s'agit pas de Wally. Mais pourquoi suis-je déçu ? Je ne venais pas pour lui.

L'homme répète sa question, un peu plus fort :

– Vous désirez ?

Je n'arrive pas à tourner la tête. Pas encore. Je ne veux pas imaginer Hannah debout devant le comptoir.

Au fond du magasin, derrière un mur de portes vitrées, sont entreposées les boissons fraîches. J'ai beau ne pas avoir soif, je mets le cap droit sur elles. J'ouvre une armoire réfrigérée et je prends un soda à l'orange dans une bouteille en plastique, la première qui me tombe sous la main. Je me dirige vers la caisse et sors mon porte-monnaie.

Un présentoir en métal plein de barres chocolatées est suspendu au rebord du comptoir. Les préférées d'Hannah.

Mon œil gauche commence à palpiter.

– Ce sera tout ? fait l'homme.

Je pose mon soda sur le comptoir et baisse la tête pour me frotter l'œil. La douleur part d'un peu plus haut mais s'enfonce profondément à l'intérieur de mon crâne. Derrière mon sourcil. Un tiraillement comme je n'en ai jamais éprouvé de ma vie.

– Il y en a d'autres derrière vous, déclare l'employé.

Il doit penser que je regarde les barres chocolatées.

J'attrape une barre Butterfinger, la pose à côté de mon soda. Je fais glisser quelques dollars en travers du comptoir.

Cha-ching !

L'homme me rend un peu de monnaie. Je remarque un badge en plastique fixé à la caisse.

– Est-ce qu'il travaille toujours ici ? dis-je.

– Wally ?

L'homme soupire.

– Il travaille la journée.

Quand je ressors, la clochette retentit.

▶

J'ai jeté mon sac à dos par-dessus mon épaule et probablement mur-muré « Excuse-moi » mais, en passant devant lui, j'ai délibérément évité son regard.

Je me tenais dans l'axe de la porte, prête à partir, quand il m'a rat-trapée par le poignet pour me forcer à me retourner.

Il a dit mon prénom et quand j'ai levé les yeux vers lui, la rigolade était terminée.

J'ai voulu me dégager, mais sa poigne était ferme.

En face, sur l'autre trottoir, l'enseigne au néon du Restless Video émet des clignements erratiques.

Je sais de qui elle parle, à présent. Je reconnais cette manie de saisir les filles par le poignet. Ça me donne chaque fois envie de l'attraper par son tee-shirt et de le repousser jusqu'à ce qu'il lâche sa proie.

Mais à la place, je fais semblant de ne rien voir.

Que pourrais-je bien faire, de toute manière ?

Alors ce salopard m'a lâché le bras et il a posé sa main sur mon épaule. « C'est juste pour rire, Hannah. Relax. »

OK, analysons un peu cette scène. J'y ai repensé pendant tout le trajet à pied jusque chez moi, ce qui explique sans doute pourquoi je ne me sou-viens plus de la marque de barre chocolatée que j'ai achetée ce jour-là.

Je m'assois au bord du trottoir défoncé devant le Blue Spot, ma bouteille de soda posée à côté et ma barre Butterfinger en équilibre sur mes genoux. Non pas que j'aie la moindre envie de sucrerie.

Pourquoi ai-je acheté ça ? Est-ce seulement parce que Hannah venait se ravitailler ici en chocolat ? Et pourquoi est-ce si important ? Je me suis rendu à la première étoile rouge indiquée sur le plan. Et à la deuxième. Je n'ai pas à aller partout où elle l'ordonne, ni à suivre tout ce qu'elle dit.

D'abord, les mots – ensuite les actes.

Déclaration numéro un : « C'est juste pour rire, Hannah. »

Traduction : ton postérieur est mon jouet personnel. On croirait pourtant avoir son mot à dire, en tant que propriétaire de ses fesses, mais c'est faux. Du moins, pas tant que « c'est juste pour rire ».

Je tapote l'extrémité de ma barre chocolatée sur mes genoux.

Déclaration numéro deux : « Relax. »

Traduction : allez, Hannah, je n'ai fait que te toucher sans la moindre invitation de ta part. Si ça peut te faire plaisir, vas-y, touche-moi aussi, quand tu veux.

Parlons maintenant des actes, voulez-vous ?

Geste numéro un : me mettre une main aux fesses.

Interprétation : permettez-moi de revenir un peu en arrière et de déclarer que ce mec ne m'avait jamais pelotée auparavant. Alors, pourquoi maintenant ? Mon pantalon n'avait rien de spécial. Il n'était pas particulièrement moulant. Certes, la taille était un peu basse et laissait probablement entrevoir un petit bout de mes hanches, mais il n'a pas posé sa main sur mes hanches. Il l'a posée sur mes fesses.

Je commence à saisir. Je commence à comprendre ce qu'Hannah veut dire. Et cette prise de conscience m'ouvre un trou béant au fond du ventre.

Plus Belle Bouche. Une autre catégorie de la liste.

Alex, suis-je en train de dire que ta liste lui donnait le droit de me peloter les fesses ? *Non. Tout ce que je dis, c'est qu'elle lui donnait une excuse. Et c'est exactement ce dont ce type avait besoin.*

Avant la liste, je n'avais jamais prêté attention à la bouche d'Angela Romero. Mais après, je suis devenu totalement fasciné. Quand je la regardais faire des exposés en cours, je n'avais pas la moindre idée de ce qu'elle pouvait raconter. J'observais seulement le mouvement de ses lèvres de haut en bas. Hypnotisé lorsqu'elle prononçait des mots comme « slalom géant » ou « pente glissante », qui exposaient brièvement le dessous de sa langue.

Geste numéro deux : m'attraper le poignet, puis poser sa main sur mon épaule.

Vous savez quoi ? Je ne vais même pas me lancer dans une analyse. Juste vous expliquer pourquoi ces deux gestes m'ont mise hors de moi. Je m'étais déjà pris des mains aux fesses dans ma vie – pas de quoi en faire une montagne. Mais cette fois, je me prenais une main aux fesses parce que quelqu'un avait marqué mon nom sur une liste. Et quand ce type a vu que j'étais choquée, s'est-il excusé ? Non. Au contraire, il est devenu agressif. Avec la pire condescendance possible, il m'a dit de me calmer. Puis il a posé sa main sur mon épaule, comme si le fait de me toucher devrait suffire à me consoler.

Petit conseil. Quand vous touchez une fille, même pour rire, et qu'elle vous repousse... fichez-lui la paix. Stop. Ne la touchez plus. Nulle part ! Votre contact la dégoûte, un point c'est tout.

Le reste du corps d'Angela était loin d'exercer sur moi la même fascination que sa bouche. Pas mal, mais rien d'exceptionnel.

Et puis l'été dernier, chez un pote, on avait lancé une partie d'action ou vérité en faisant tourner une bouteille, après que

58

certains d'entre nous avaient avoué n'y avoir jamais joué. Et j'ai refusé de laisser le jeu se terminer sans que ma bouteille désigne Angela. Ou qu'elle me désigne, moi. Et quand cela s'est produit, j'ai pressé mes lèvres – avec une précision, une lenteur insupportables – contre les siennes.

Il existe toutes sortes de tordus autour de nous, Alex. Peut-être en fais-je partie, d'ailleurs. Mais le problème, c'est que lorsqu'on ridiculise quelqu'un publiquement, il faut assumer la responsabilité de ce qui arrive à cette personne quand les autres en profitent.

Plus tard, Angela et moi nous sommes embrassés avec fougue sur le perron derrière chez elle. Je ne me lassais pas de ces lèvres.

Tout ça à cause d'une liste.

Cela dit, j'exagère. Tu ne m'as pas ridiculisée, n'est-ce pas ? Après tout, mon nom figurait du bon côté de la liste. Jessica, elle, a atterri dans la mauvaise colonne. C'était une humiliation publique. Et c'est là que l'effet boule de neige commence à prendre de la vitesse.

Jessica, ma chère... voici ton tour.

II

J'ouvre le walkman et j'en sors la première cassette.

Dans la petite poche de mon sac à dos, je prends la suivante. Celle dotée d'un 3 peint en bleu dans le coin supérieur droit. Je la glisse dans le lecteur et je referme le boîtier d'un claquement sec.

▶

Le retour de la voix d'Hannah est précédé d'une pause.

Pas à pas. C'est ainsi que nous progresserons. Un pied devant l'autre.

De l'autre côté de la rue, derrière les bâtiments, le soleil continue à décliner. Je prends mon Butterfinger, mon soda, et je me relève.

Nous avons déjà terminé une cassette entière – deux faces – alors restez avec moi. Ça devient de mieux en mieux, ou de pire en pire, selon le point de vue où l'on se place.

J'avise une poubelle, un bidon d'huile repeint à la bombe de peinture bleue, près de la porte du Blue Spot Liquor. J'y jette ma barre Butterfinger encore intacte, incapable d'ingérer le moindre aliment solide, et je me remets en route.

C'est l'impression que ça donne, je sais, mais je n'étais pas complètement isolée en arrivant dans mon nouveau lycée. Deux autres élèves de première année, qui figurent eux aussi dans mon Best of, étaient nouveaux, comme moi. Alex Standall et Jessica Davis. Nous ne sommes jamais vraiment devenus intimes, mais nous nous sommes épaulés pendant les premières semaines de cours.

J'ouvre ma bouteille de soda. Il y a un petit *pschitt* et j'avale une gorgée.

Une semaine avant la rentrée, Miss Antilly m'a téléphoné pour m'inviter à la rencontrer au lycée. Simple petite réunion d'orientation pour les nouveaux arrivants, m'a-t-elle expliqué.

Au cas où vous l'auriez oublié, Miss Antilly était la conseillère pédagogique de tous les élèves aux noms de A à G. En cours d'année, elle est partie dans une autre académie.

Je me souviens qu'elle a été remplacée par Mr Porter. C'était censé être un remplacement temporaire, mais il a conservé sa double casquette depuis. Prof d'anglais et conseiller pédagogique.

Ce qui est fort dommage, d'ailleurs. Mais gardons cela pour une prochaine cassette.

Une sueur glacée inonde mon front. Mr Porter ? Jouerait-il un rôle dans cette histoire ?

Le monde se met à tanguer autour de moi. Je m'agrippe au tronc d'un arbre maigrichon planté sur le trottoir.

Si elle m'avait avoué la véritable raison de cette réunion, à savoir me présenter à une autre nouvelle, je n'y serais pas allée. Et si nous n'avions rien en commun ? Si je décevais atrocement cette fille en décrétant que nous n'avions aucun atome crochu ? Ou à l'inverse, si je me faisais de grands films sur notre amitié, et pas elle ?

Le résultat aurait pu être désastreux.

Je presse mon front contre l'écorce lisse de l'arbre et m'efforce de respirer calmement.

Mais l'autre fille en question était Jessica Davis. Et elle n'avait pas plus envie d'être là que moi.

Nous nous attendions toutes les deux à ce que Miss Antilly nous

62

bassine avec son blabla pseudo-psy. Connaissez-vous la valeur – et le prix – du succès dans les études ? Savez-vous que ce lycée n'accueille que les meilleurs élèves de la région ? Que tout le monde a les mêmes chances au départ, et qu'il suffit de se donner la peine ?

Mais au lieu de ça, elle nous offrait à chacune une nouvelle amie.

Je ferme les yeux. Je refuse de voir les choses en face, mais c'est l'évidence même. Quand les rumeurs sur l'absence inexpliquée d'Hannah ont commencé à circuler au lycée, Mr Porter nous a demandé en cours pourquoi tout le monde répétait son prénom dans les couloirs. Il semblait nerveux. Presque nauséeux. Comme s'il connaissait la réponse mais qu'il espérait entendre le contraire.

Puis une fille a murmuré :

– Quelqu'un a vu une ambulance partir de chez elle.

Quand Miss Antilly nous a expliqué la raison de notre présence, Jessica et moi nous sommes regardées. Sa bouche s'est entrouverte comme si elle voulait dire quelque chose. Mais que pouvait-elle bien dire, avec moi assise juste à côté ? Elle avait l'air désarçonnée. Perplexe. Trahie.

Je savais ce qu'elle éprouvait, parce que je ressentais exactement la même chose.

Et je n'oublierai jamais la réaction de Miss Antilly. Deux mots brefs, lâchés d'un ton las. « Ou... pas. »

Je ferme les yeux très fort, m'efforçant de me remémorer cette journée le plus clairement possible.

Était-ce de la douleur sur les traits de Mr Porter ? Ou bien de la peur ? Il est resté planté là, les yeux vissés sur le bureau d'Hannah. Son regard semblait le traverser. Et personne n'a rien dit, mais on a tous tourné la tête pour se regarder. Entre nous.

Alors il est parti. Le prof a quitté la classe et il n'est pas revenu de la semaine.

Pourquoi ? Savait-il quelque chose ? Était-il au courant parce qu'il n'avait pas la conscience tranquille ?

Pour autant que je me souvienne, voici la conversation telle qu'elle s'est déroulée :

Moi : Excusez-moi, Miss Antilly, mais j'ignorais que c'était le motif de cette réunion.

Jessica : Pareil. Sinon, je ne serais pas venue. Je veux dire, je suis sûre que Hillary et moi avons un tas de points communs et que c'est quelqu'un de génial, mais...

Moi : Hannah. C'est Hannah.

Jessica : Je viens de t'appeler Hillary ? Désolée.

Moi : Ce n'est rien. Je me disais juste que tu devrais connaître mon prénom si on est censées devenir amies pour la vie.

Là, on s'est esclaffées toutes les trois. Jessica et moi avions un peu le même rire, ce qui n'a fait que redoubler notre hilarité. Celui de Miss Antilly semblait un peu moins spontané, plus du genre fou rire nerveux... mais elle riait quand même. Elle a juré qu'elle n'avait jamais essayé de provoquer l'amitié entre deux personnes et qu'on ne l'y reprendrait plus.

Pourtant, devinez quoi. Après la réunion, Jessica et moi sommes reparties ensemble.

Sournois, Miss Antilly. Trrrrrrès sournois.

Nous sommes ressorties du lycée. Au début, la discussion était un peu maladroite, mais c'était sympa d'avoir quelqu'un à qui parler en dehors de mes parents.

Un bus municipal s'arrête le long du trottoir juste devant moi. Peinture argentée, rayures bleues.

Nous avons dépassé le croisement où je devais normalement tourner.
Je n'ai rien dit. Je ne voulais pas interrompre notre conversation, mais
je ne voulais pas non plus l'inviter chez moi. Après tout, on ne se connais-
sait pas très bien. Nous avons donc continué à marcher jusqu'au
centre-ville. J'ai réalisé qu'elle avait fait comme moi, et qu'elle avait
dépassé la rue où elle habitait histoire de me tenir compagnie plus
longtemps.

Et où sommes-nous allées ? E-7 sur votre carte. Au Monet's Garden
Café.

La porte du bus s'ouvre en coulissant.

Aucune de nous n'était vraiment amatrice de café, mais ça semblait
un endroit agréable où papoter.

À travers les vitres embuées, je note que presque tous les
sièges sont vides.

On a commandé des chocolats chauds. Elle trouvait ça rigolo. Moi ?
Je prends toujours du chocolat chaud.

Je n'ai jamais pris le bus municipal. Jamais eu besoin de le
faire. Mais la nuit tombe, et il commence vraiment à faire
froid.

II

Les bus sont gratuits le soir, alors je monte dedans. Je passe
devant la conductrice sans que nous échangions un mot. Elle
ne me regarde même pas.

Je descends l'allée centrale tout en refermant mon blouson
pour me protéger du froid, concentré sur chaque bouton. Tout
est bon pour ne pas voir les autres passagers. Je sais très bien
quelle tête je dois avoir. La mine trouble. Coupable. L'air de
quelqu'un en train de s'effondrer.

Je choisis une banquette entourée de trois ou quatre places vides. Le vinyle bleu du siège est déchiré au milieu, son rembourrage jaunâtre prêt à se répandre. Je me colle contre la fenêtre.

La paroi de la vitre est glaciale, mais la sensation du froid contre mon crâne m'aide à me détendre.

▶

Pour être honnête, je ne me rappelle pas grand-chose de notre discussion cet après-midi-là. Et toi, Jessica ? Parce qu'il suffit que je ferme les yeux pour voir tout défiler en une sorte de montage. Nos éclats de rire. Nos efforts pour ne pas renverser nos tasses. Nos mains qui s'agitent pendant que nous parlons.

Je ferme les yeux. La vitre rafraîchit mon visage brûlant. Peu m'importe la direction de ce bus. Si je peux, j'y resterai des heures. Assis là, à écouter les cassettes. Et peut-être même finirai-je par m'endormir.

À un moment donné, tu t'es penchée vers moi. « Je crois que le mec là-bas est en train de te regarder », m'as-tu chuchoté.

Je savais exactement de qui tu parlais, parce que je le surveillais du coin de l'œil moi aussi. Sauf qu'il ne s'intéressait pas à moi.

« C'est toi qu'il regarde », t'ai-je répondu.

Au petit jeu de celle qui n'a pas froid aux yeux, sachez, chers auditeurs, que Jessica remporte l'épreuve haut la main.

« Excuse-moi, a-t-elle lancé à Alex – au cas où vous n'auriez pas deviné l'identité de l'inconnu mystère – mais laquelle de nous es-tu en train de mater ? »

Quelques mois plus tard, après la rupture d'Hannah et de Justin Foley, après les premières rumeurs, Alex rédigera une liste. Canon ou Boudin. Mais à ce moment-là, au Monet's Garden, personne ne savait encore à quoi cette rencontre aboutirait.

Je veux presser le bouton STOP du walkman et rembobiner toute leur conversation. Rembobiner le passé pour les prévenir. Ou les empêcher de se rencontrer.

Mais c'est impossible. Nul ne peut rembobiner le passé.

Alex a rougi. Quand je dis rougi, je veux dire que tout le sang de son corps a brusquement afflué vers son visage. Il a commencé à nier, mais Jessica lui a coupé la parole.

« Ne mens pas. Laquelle de nous étais-tu en train de mater ? »

Derrière la vitre glacée par le givre défilent les lampadaires et les néons du centre-ville. La plupart des magasins sont fermés. Restaurants et bars restent ouverts.

À cet instant, j'aurais tout donné pour gagner l'amitié de Jessica. C'était la fille la plus extravertie, honnête et franche que j'aie jamais rencontrée.

En silence, j'ai remercié Miss Antilly pour son intervention.

Alex a bafouillé et Jessica s'est penchée vers lui, les doigts gracieusement appuyés sur sa table.

« Écoute, on t'a bien vu. Nous sommes nouvelles dans cette ville, toutes les deux, et nous aimerions savoir qui tu regardais. C'est important. »

Alex a balbutié : « J'ai juste... enfin, j'ai entendu... C'est-à-dire, je suis nouveau, moi aussi. »

Je crois que Jessica et moi avons lâché un « oh » de surprise en même temps. Puis rougi à notre tour. Ce pauvre Alex voulait seulement participer à notre conversation. Alors nous l'avons laissé faire. Et je crois que nous avons discuté pendant au moins une heure – sans doute plus. Trois adolescents heureux de découvrir qu'ils ne passeraient pas le jour de la rentrée à errer seuls dans les couloirs. À déjeuner seuls. À se perdre seuls.

Non pas que ça me préoccupe, mais où va ce bus ? Se rend-il dans une autre ville ? Ou tourne-t-il éternellement en rond dans les mêmes quartiers ?

J'aurais peut-être dû me renseigner avant de monter à bord.

Cet après-midi au Monet's Garden a été un soulagement pour chacun de nous. Combien de soirs m'étais-je endormie terrifiée à l'idée du premier jour de cours dans mon nouveau lycée ? Beaucoup trop. Et après le Monet's Garden ? Plus aucun. À présent, j'avais hâte.

Et pour info, sachez que je n'ai jamais considéré Alex ou Jessica comme des amis. Pas même au début, alors que je n'aurais pas craché sur deux nouvelles amitiés spontanées.

Et je sais que c'est ce qu'ils ressentaient eux aussi, car nous en avons discuté. Nous avons parlé de nos anciens copains, et comment ils l'étaient devenus. Nous nous sommes confié ce que nous attendions de nos futurs amis dans ce nouveau lycée.

Mais durant ces toutes premières semaines, avant que nos chemins ne finissent par se séparer, le Monet's Garden a été notre havre de paix secret. Quand l'un d'entre nous avait du mal à s'intégrer ou se sentait seul, on se donnait rendez-vous au café. À notre table habituelle. Au fond à droite du patio.

Je ne sais plus qui a initié ce rituel, mais celui ou celle d'entre nous qui avait passé la pire journée posait sa main au centre de la table en déclarant « Abracadabra ». Les deux autres posaient chacun une main par-dessus et ne la bougeaient plus. Puis nous écoutions en sirotant nos boissons d'une seule main. Jessica et moi commandions toujours un chocolat chaud. Alex, lui, avait fini par tester toute la carte.

Je ne suis allé que trois ou quatre fois au Monet's Garden,

mais il me semble que c'est justement dans la rue où je suis en ce moment.

Oui, la ringardise totale. Navrée si cette petite anecdote vous donne la nausée. Si ça peut vous rassurer, j'avoue que c'est presque trop fleur bleue pour moi. Mais le Monet's Garden remplissait un vide que nous avions besoin de combler, à l'époque. Tous les trois.

Mais n'ayez crainte... ça n'a pas duré.

Je glisse le long de la banquette puis je me lève pour gagner l'allée centrale.

Le premier à quitter le navire a été Alex. On se saluait dans les couloirs, mais ça n'allait pas plus loin que ça.

En tout cas, pas avec moi.

Je me dirige vers l'avant du bus en me raccrochant aux dossiers des autres sièges.

Quand il n'est plus resté que nous deux, Jessica et moi, les choses ont changé très vite. Nos conversations sont devenues de simples échanges de banalités, sans plus.

– Où est le prochain arrêt ? dis-je à la conductrice.

Je sens ces mots jaillir de ma gorge, mais ils ne sont que des murmures par-dessus la voix d'Hannah et le vrombissement du moteur.

La femme me jette un œil dans son rétroviseur.

Puis Jessica a cessé de venir aux rendez-vous. J'ai continué à me rendre au Monet's, dans l'espoir de les voir surgir, elle ou lui, mais j'ai fini par me faire une raison.

Jusqu'à ce que...

– Tout le monde dort, répond la conductrice. (J'observe attentivement le mouvement de ses lèvres pour être sûr de comprendre.) Je peux vous déposer où vous voulez.

Le truc sympa, à propos de Jessica, c'est que toute son histoire se déroule plus ou moins au même endroit, ce qui ne vous fait qu'un seul pèlerinage à effectuer.

Le bus passe devant le Monet's Garden.

– Ici, c'est parfait, dis-je.

Oui, j'ai rencontré Jessica pour la première fois dans le bureau de Miss Antilly. Mais c'est au Monet's que nous avons appris à nous connaître.

Je garde fermement mon équilibre tandis que le bus ralentit pour s'arrêter le long du trottoir.

Et c'est au Monet's que nous avons vraiment fait la connaissance d'Alex. Et puis... il s'est passé cette chose.

La porte s'ouvre en coulissant.

Un beau jour, au lycée, Jessica est venue me trouver dans le couloir. « Il faut qu'on parle », a-t-elle déclaré. Elle ne m'a pas précisé où, ni pourquoi, mais je savais qu'elle voulait dire au Monet's... et j'ai cru comprendre de quoi il retournait.

Je descends le marchepied, saute dans le caniveau et remonte sur le trottoir. Puis je réajuste mes écouteurs et je repars dans le sens inverse du bus, sur quelques dizaines de mètres environ.

À mon arrivée, Jessica était affalée sur une chaise, les bras ballants de chaque côté comme si elle attendait là depuis une éternité. Et peut-être était-ce le cas. Peut-être avait-elle espéré que je sécherais ma dernière heure de cours pour la rejoindre.

Je me suis assise et j'ai posé ma main au centre de la table. « Abracadabra ? »

D'un geste sec, elle a plaqué une feuille de papier sur la table. Puis l'a fait glisser dans ma direction et l'a retournée pour que je puisse la lire. Mais cette précaution était inutile, car j'avais déjà lu ce même document à l'envers sur le bureau de Jimmy. CANON OU BOUDIN ?

Je savais de quel côté de la liste je me trouvais – d'après Alex. Et mon prétendu contraire était assis pile en face de moi. Dans notre havre de paix secret, par-dessus le marché. Le mien... le sien... celui d'Alex.

« Quelle importance ? ai-je soupiré. Ça ne signifie rien du tout. »

Je déglutis péniblement. Quand j'ai lu cette liste, je l'ai fait passer devant moi sans réfléchir. À l'époque, ça me semblait plutôt marrant.

« Hannah, m'a-t-elle rétorqué, peu m'importe qu'il t'ait préférée à moi. »

J'ai tout de suite compris où cette discussion allait nous mener, et je refusais d'en arriver là.

Et maintenant ? Quel effet me fait-elle, cette liste ?

J'aurais dû saisir toutes les copies que je pouvais et les balancer à la poubelle.

« Il ne m'a pas préférée à toi, Jessica. Il m'a choisie pour se venger de toi, et tu le sais très bien. Il savait que mon nom te blesserait plus que n'importe quel autre. »

Elle a fermé les yeux et dit mon prénom, presque dans un souffle. « Hannah. »

Tu t'en souviens, Jessica ? Parce que moi, oui.

Quand quelqu'un prononce votre prénom de cette manière et refuse de vous regarder dans les yeux, il n'y a plus rien à dire. Plus rien à faire. Son avis est déjà tranché.

« Hannah. Je connais les rumeurs.

– Personne ne devrait jamais croire une rumeur », ai-je rétorqué. J'étais peut-être un peu trop sensible, mais j'avais espéré – idiote que j'étais

71

– qu'il n'y aurait plus de rumeurs maintenant que ma famille avait déménagé ici. Que j'avais laissé les ragots et les on-dit derrière moi... pour de bon. « Tu peux entendre une rumeur, mais tu ne peux jamais la connaître. »

Tu as de nouveau lâché mon prénom. « Hannah. »

Oui, j'étais au courant de ces rumeurs. Et je t'ai juré que je n'avais jamais vu Alex seul en dehors des cours. Mais tu refusais de me croire.

Et pourquoi m'aurais-tu fait confiance ? Pourquoi refuser de croire un nouveau ragot qui collait si bien au précédent ? Hein, Justin ? Pourquoi ?

Jessica a sans doute entendu dire un tas de choses à propos d'Hannah et Alex. Mais tout était faux.

Pour Jessica, il était plus facile de me voir comme Hannah la garce que comme la personne qu'elle avait appris à connaître au Monet's Garden. Plus facile à accepter. Plus facile à comprendre.

Pour elle, les rumeurs étaient forcément vraies.

Je me souviens d'une bande de mecs narguant Alex dans les vestiaires. Ils chantaient une chanson paillarde, *Ah qu'ils sont beaux les ananas de ma nana*, puis quelqu'un a lancé à Alex : « Ah qu'ils sont beaux les ananas d'Hannah » et tout le monde a éclaté de rire.

Après leur départ, je me suis retrouvé seul avec Alex. Une pointe de jalousie me titillait. Depuis la soirée d'adieu de Kat, je ne pensais qu'à Hannah. Mais je n'arrivais pas à lui demander si ces rumeurs étaient fondées. Parce que si oui, je ne tenais pas à les entendre.

Tout en nouant ses lacets, sans même me regarder, Alex a démenti la chose. « Pour ton information. »

« Parfait, ai-je déclaré. Parfait, Jessica. Merci de m'avoir aidée

pendant les premières semaines de cours. Ça a beaucoup compté pour moi. Et je suis désolée qu'Alex ait tout gâché avec sa saleté de liste. Mais il l'a fait. »

Je lui ai dit que j'étais au courant, pour eux deux. Le tout premier jour, au Monet's Garden, il dévorait des yeux l'une de nous. Et ce n'était pas moi. Et oui, j'étais jalouse. Et si ça pouvait l'aider à tourner la page, j'acceptais tous les reproches dont elle voulait m'accabler concernant leur rupture. Mais... le reste... le reste n'était qu'un tissu de mensonges !

J'arrive devant le Monet's Garden.

Deux types sont appuyés contre le mur, près de l'entrée. L'un fume une cigarette, l'autre est emmitouflé dans son manteau.

Mais Jessica n'a retenu que la partie où je disais que j'acceptais ses reproches.

Elle s'est levée d'un bond – le regard noir – et a fait un geste du bras.

Dis-moi, Jessica, qu'avais-tu l'intention de faire ? Me frapper, me griffer ? Parce que ça tenait un peu des deux. Comme si tu ne parvenais pas à te décider.

Et de quoi m'as-tu traitée, déjà ? Non pas que ça m'importe, c'est juste histoire de tirer les choses au clair. Parce que j'étais trop occupée à lever la main pour parer le coup – en vain, car tu m'as eue quand même ! – et je n'ai pas entendu ce que tu as dit.

Cette minuscule cicatrice que vous avez tous aperçue au-dessus de mon sourcil, c'est la forme de l'ongle de Jessica... que j'ai dû extraire moi-même.

J'avais repéré cette cicatrice il y a quelques semaines. À la soirée. Un microscopique défaut sur un si joli visage. Je lui avais dit que je trouvais ça craquant.

Quelques minutes plus tard, ses nerfs avaient lâché.

À moins que vous ne l'ayez jamais remarquée. Moi, je la revois chaque matin en me préparant pour aller en cours. « Bonjour, Hannah », me dit-elle. Et chaque soir avant d'aller me coucher. « Bonne nuit. »

Je pousse la lourde porte de bois et de verre du Monet's Garden. Une bouffée d'air chaud m'assaille et tout le monde se retourne, agacé par cette soudaine intrusion du froid. Je me dépêche d'entrer et de refermer la porte.

Mais c'est plus qu'une simple égratignure. C'est un coup de poing dans le ventre, une gifle en pleine face. C'est un couteau planté dans le dos, parce que tu as préféré une fausse rumeur à ce que tu savais être la vérité.

Jessica, ma chère, je serais curieuse de savoir si tu t'es traînée à mon enterrement. Et si oui, as-tu remarqué ta propre cicatrice ?

Et vous tous qui m'écoutez... Avez-vous remarqué les cicatrices que vous laissiez derrière vous ?

Non. Ça m'étonnerait.

C'était impossible.

Parce que la plupart de ces cicatrices ne se voient pas à l'œil nu.

Parce qu'il n'y a pas eu d'enterrement, Hannah.

Non, c'est parce...

■

K7 N° 2 : FACE B

En l'honneur d'Hannah, je devrais commander un chocolat chaud. Au Monet's Garden, on vous les sert avec de minuscules marshmallows flottant à la surface. C'est le seul café de ma connaissance à faire ça.

Mais quand la serveuse s'approche, je lui commande un café. Parce que je suis radin et qu'une tasse de chocolat coûte un dollar de plus.

La fille me fait glisser un mug vide en travers du comptoir et me désigne l'espace libre-service. Je verse juste assez de crème pour recouvrir le fond de ma tasse. Le reste, je le remplis de Hairy Chest Blend, dont la teneur en caféine semble idéalement élevée pour me maintenir éveillé et me permettre d'écouter les cassettes jusqu'au bout.

Je crois que j'ai besoin de les écouter en entier. Ce soir.

Mais est-ce une bonne idée ? En une nuit ? Ne devrais-je pas plutôt chercher la cassette qui parle de moi, l'écouter, puis attendre le début de la face suivante pour savoir à qui je suis censé réexpédier le paquet ?

– Qu'est-ce que vous écoutez ?

C'est la serveuse du bar. Elle vient de surgir à côté de moi, soulève le plateau métallique contenant les récipients de crème liquide avec ou sans matières grasses et de lait de soja. Elle vérifie s'ils sont remplis. Deux traits noirs, tatoués, jaillissent de son col de chemise pour disparaître dans ses cheveux taillés en brosse.

Je baisse les yeux vers le casque jaune posé autour de mon cou.

– Oh... des cassettes.

– Des cassettes audio ? (Elle soulève le pot de lait de soja et le tient posé contre elle.) Intéressant. Je connais, peut-être ?

Je fais non de la tête, ajoute trois morceaux de sucre dans mon café.

– On était au lycée ensemble, il y a deux ans. Tu t'appelles bien Clay ?

Je repose ma tasse et lui serre la main. Sa paume est douce et chaude.

– On avait un cours commun, précise-t-elle. Mais on ne se parlait pas beaucoup.

Son visage m'est vaguement familier. Elle a peut-être changé de coiffure.

– Tu ne m'aurais jamais reconnue. J'ai beaucoup changé depuis le lycée. (Elle roule des yeux, qu'elle a lourdement maquillés.) Dieu merci.

Je prends une touillette en bois pour mélanger mon café.

– C'était quel cours ?

– Travaux manuels. Ébénisterie.

Je ne la remets toujours pas.

– Le seul truc que m'ait apporté ce cours, ce sont des échardes. Ah oui, j'ai fabriqué un tabouret de piano, aussi. Je n'ai pas encore de piano, mais au moins j'ai le tabouret. C'est déjà ça. Tu te souviens de ce que tu as fabriqué ?

76

Je continue à touiller mon café.

– Une étagère à épices.

La crème se mélange au reste et la boisson prend une teinte marron clair, avec quelques traces de marc bien noir remontant à la surface.

– J'ai toujours trouvé que t'étais un type adorable, poursuit-elle. D'ailleurs, c'était l'avis général au bahut. Assez réservé, mais c'est pas plus mal. Moi, on me reprochait d'être trop bavarde.

Un client se racle la gorge devant le comptoir. Nous le regardons, mais il continue à fixer la liste des boissons.

La fille se retourne vers moi, et nous nous serrons à nouveau la main.

– Bon... à un de ces jours, peut-être. Quand on aura le temps de faire la causette.

Et elle repart derrière son comptoir.

C'est tout moi. Clay, Monsieur le Type Adorable.

Serait-elle toujours de cet avis si elle entendait ces cassettes ?

Je me dirige vers le fond du café, jusqu'à la porte fermée donnant sur le patio. Sur mon chemin, les clients attablés qui étendent leurs jambes ou reculent leurs chaises m'imposent un tel parcours d'obstacles que ce serait un miracle que je ne renverse rien.

Une goutte de café chaud m'éclabousse la main. Je la regarde couler sur mon doigt, puis s'écraser par terre ; je frotte la tache du bout de ma chaussure pour la faire disparaître. Je repense brusquement à ce bout de papier que j'ai vu tomber à mes pieds, plus tôt dans la journée.

Après le suicide d'Hannah, mais avant l'arrivée des cassettes, je me suis souvent surpris à passer devant le magasin de chaussures de ses parents. C'était pour cette boutique qu'ils avaient déménagé ici. Après trente ans dans le métier, l'ancien propriétaire avait décidé de prendre sa retraite. Et les parents d'Hannah cherchaient un commerce à racheter.

J'ignore pourquoi je passais si souvent par là. Je cherchais peut-être un moyen de me connecter à elle, en dehors du lycée, et c'était le seul que j'avais trouvé. Avide de réponses à des questions que je ne savais pas comment poser. Sur sa vie. Sur tout.

Je ne me doutais pas encore que ces cassettes viendraient bientôt tout expliquer.

Le lendemain de son suicide, je me suis retrouvé pour la première fois devant le magasin, planté sur le pas de la porte. Les lumières étaient allumées. Un morceau de papier était scotché sur la vitrine. ROUVERTURE PROCHAINE, pouvait-on lire en grosses lettres tracées au marqueur noir.

Ces mots semblaient avoir été griffonnés dans l'urgence. Il manquait le É de réouverture.

Sur la porte, un livreur avait collé un avis de passage. La mention « Prochain passage demain » était cochée parmi une liste d'options.

Quelques jours plus tard, je suis retourné devant le magasin. Il y avait encore plus de mots sur la porte.

En rentrant du lycée, tout à l'heure, je suis à nouveau passé devant la boutique. Tandis que je parcourais les dates des messages, le plus ancien s'est détaché pour voltiger jusqu'à terre, quasiment à mes pieds. Je l'ai ramassé, puis j'ai cherché le message le plus récent sur la porte. J'en ai décollé un coin et j'ai glissé l'ancien par-dessous.

Ils seront bientôt de retour, ai-je pensé. Ils ont dû repartir l'enterrer chez eux. Dans sa ville d'avant. Contrairement à la vieillesse ou au cancer, le suicide prend toujours au dépourvu. Ses parents sont partis sans avoir le temps de mettre de l'ordre dans leurs affaires.

J'ouvre la porte du patio en veillant à ne plus renverser mon café.

Dehors, les lumières ont été tamisées afin de créer une ambiance plus détendue. Toutes les tables sont occupées, y compris celle d'Hannah, tout au fond. Trois types coiffés de casquettes de base-ball sont penchés en silence sur leurs manuels et leurs cahiers.

Je retourne à l'intérieur et je prends une petite table près d'une fenêtre. Celle-ci donne sur le patio, mais la table d'Hannah est cachée par une colonne en brique ornée de lierre.

J'inspire profondément.

À mesure que les histoires s'enchaînent, l'une après l'autre, je suis soulagé de ne pas entendre mon nom. Avant d'être saisi d'une bouffée de terreur à l'idée de ce qu'elle n'a pas encore dit, ou de ce qu'elle dira quand mon tour viendra.

Car ce sera bientôt à moi. Je le sais. Et j'aimerais déjà en finir.

Que t'ai-je donc fait, Hannah ?

▶

En attendant que sa voix résonne, je laisse errer mes yeux derrière la fenêtre. Il fait plus sombre dehors que dedans. Quand je me ressaisis et que je focalise mon regard, j'aperçois mon reflet dans la vitre.

Je détourne la tête aussitôt.

J'observe le walkman posé devant moi sur la table. Il n'y a toujours aucun son, bien que le bouton PLAY soit enfoncé. Peut-être la bande n'est-elle pas bien enclenchée.

J'appuie sur STOP.

■

Puis de nouveau sur PLAY.

▶

Rien.

Je passe mon pouce sur la manette du volume. Le souffle s'amplifie dans les écouteurs. Je rebaisse le son. Et j'attends.

Chut !... Si vous bavardez dans une bibliothèque.

Sa voix. Un chuchotement.

Chut !... Au cinéma ou dans une église.

Je tends l'oreille.

Parfois, il n'y a personne pour vous dire de parler moins fort... De faire moins de bruit. Parfois, on a besoin de parler moins fort même quand on est seul. Comme moi, en ce moment.

Chut !...

Autour de moi, les clients du café bavardent. Mais les seuls mots que j'entends sont ceux d'Hannah. Le reste ne se réduit bientôt plus qu'à un bruit de fond étouffé, ponctué de temps à autre par un vif éclat de rire.

Par exemple, mieux vaut être le plus discret possible – le plus silencieux possible – quand on a l'intention de jouer les voyeurs. Car que se passerait-il si vous étiez découverts ?

Je soupire de soulagement. Ce n'est pas mon tour. Pas encore.

Que se passerait-il si elle... si moi... si on vous prenait la main dans le sac ?

Car devine quoi, Tyler Down ? Je t'ai pris la main dans le sac.

Je me renfonce dans mon siège et je ferme les yeux.

J'ai de la peine pour toi, Tyler. Vraiment. Tous les gens cités sur ces cassettes doivent se sentir un peu soulagés. Ils passent peut-être pour des menteurs, des ordures ou des frustrés mal dans leur peau, cherchant à se venger des autres. Mais toi, Tyler... ton cas est plutôt malsain.

J'avale ma première gorgée de café.

Tyler, un voyeur ? Première nouvelle.

D'ailleurs, je me sens un peu mal à l'aise de raconter tout ça. Pourquoi ? Parce que j'essaie de me rapprocher de toi, Tyler. J'essaie de comprendre l'excitation qu'on éprouve à mater quelqu'un derrière la fenêtre de sa chambre. Quelqu'un qui ignore qu'on l'observe. D'essayer de le surprendre en plein...

En plein quoi, Tyler ? As-tu été déçu du spectacle ? Ou agréablement surpris ?

OK, que ceux qui ont la réponse lèvent la main : où suis-je ?

Je repose ma tasse, me penche en avant et tâche de l'imaginer en train d'enregistrer ces paroles.

Où est-elle ?

Qui peut deviner où je me trouve en ce moment même ?

Tout à coup, je comprends et je secoue la tête... J'en ai mal pour lui.

Si vous avez répondu « devant chez Tyler », vous avez gagné. Et c'est en A-4 sur vos cartes.

Tyler n'est pas à la maison pour l'instant... Mais ses parents, si. Et j'espère qu'ils n'ont pas l'intention de sortir. Heureusement, il y a un gros buisson bien épais juste sous sa fenêtre, un peu comme chez moi, alors je me sens protégée.

Quel effet ça fait, Tyler ?

Je n'imagine même pas ce qu'il a dû ressentir en réexpédiant ces cassettes. Conscient qu'il transmettait son secret au monde entier.

Il y a réunion du comité de rédaction de l'album-souvenir du lycée, ce soir. Traduction : pizzas et potins à gogo. Je sais donc que tu ne seras pas de retour chez toi avant qu'il fasse bien joliment noir. En ma qualité de voyeuse débutante, je t'avoue que ça m'arrange.

Merci, Tyler. Merci de me faciliter autant la tâche.

Quand Tyler a écouté ceci, était-il attablé ici, au Monet's Garden, s'efforçant de garder l'air détaché tout en suant à grosses gouttes ? Ou bien était-il allongé sur son lit, fixant la fenêtre avec des yeux exorbités ?

Profitons de ton absence pour jeter un œil dans ta chambre, veux-tu ? La lumière du couloir est allumée, j'ai donc une vue imprenable. Et oui, le spectacle est exactement tel que je m'y attendais : du matériel photo aux quatre coins de la pièce.

Tu possèdes une sacrée collection, Tyler. Un objectif pour chaque occasion.

Y compris pour la prise de vue nocturne. Tyler a gagné un concours régional grâce à cet objectif. Premier prix de la catégorie humour. Un vieil homme promenant son chien la nuit. L'animal s'était arrêté pour satisfaire un besoin pressant contre un arbre, et Tyler avait déclenché son appareil. La vision nocturne donnait l'impression d'un rayon laser vert jaillissant d'entre les pattes du chien.

Je sais, je sais. Je t'entends déjà. « C'est pour l'album, Hannah. Je *suis le photographe officiel du lycée. »* Et je suis sûre que c'était la raison pour laquelle tes parents ne regardaient pas à la dépense. Mais est-ce vraiment la seule finalité de tout ce matériel ? Livrer un instantané de la vie lycéenne ?

Ah, oui. Un instantané de la vie lycéenne.

Avant de venir ici, j'ai vérifié « instantané » dans le dictionnaire. Ça fait partie de ces mots dotés d'un tas de définitions différentes, mais l'une d'entre elles est particulièrement appropriée. Et la voici, récitée par cœur pour votre plus grand plaisir : « En photographie, se dit d'un cliché obtenu par une exposition de très courte durée saisissant le sujet à l'état naturel et spontané, sans qu'il ait posé devant l'objectif. »

Alors dis-moi, Tyler. Toutes ces nuits où tu as fait le guet devant ma fenêtre, étais-je assez spontanée pour toi ? M'as-tu surprise dans mon état naturel, sans que je pose devant...

Une seconde. Vous avez entendu ça ?

Je me redresse, et pose mes coudes sur la table.

Une voiture se rapproche.

Je plaque mes mains sur mes oreilles.

C'est toi, Tyler ? Le véhicule est de plus en plus près. Je vois les phares.

Quelque chose vrombit derrière la voix d'Hannah. Un bruit de moteur.

Mon cœur semble intimement persuadé que c'est toi. Il cogne à cent à l'heure.

La voiture roule dans l'allée du garage.

Des pneus frottent l'asphalte. Le moteur tourne au ralenti.

C'est toi, Tyler. C'est toi. Comme tu n'as pas encore coupé le contact, je continue à parler. Et oui, c'est excitant. Je comprends le frisson, à présent.

Quelle terreur il a dû ressentir en écoutant cela. Et pire encore, de savoir qu'il n'était pas le seul.

OK, chers auditeurs. Vous êtes prêts ? Ouverture de la portière... et... Chut !

Long silence. Son souffle se fait léger. Contrôlé.

Une portière claque. Clés. Bruit de pas. Une autre porte qui s'ouvre.

OK, Tyler. Je te décris la scène en direct. Tu viens d'entrer et de refermer la porte. Tu es soit en train de faire ton rapport auprès de papa et maman, en leur disant que tout s'est bien passé et que ce sera le plus bel album-souvenir de tous les temps, soit déjà en route vers la cuisine parce que tes parents n'ont pas prévu assez de pizzas.

En attendant, je vais revenir un peu en arrière, histoire de raconter aux autres comment cette histoire a démarré. Et si je me trompe dans la chronologie, Tyler, n'hésite pas à aller trouver tes petits camarades pour leur expliquer que les débuts de ta carrière de voyeur remontent à bien plus tôt.

Tu le feras, n'est-ce pas ? Et vous tous, aussi ? Vous remplirez les cases manquantes ? Parce que chacune des histoires que je raconte laisse derrière elle un paquet de questions sans réponses.

Sans réponses ? J'aurais répondu à toutes tes questions, Hannah. Mais tu ne m'as jamais rien demandé.

Par exemple, depuis combien de temps m'espionnais-tu, Tyler ? Comment savais-tu que mes parents s'étaient absentés cette semaine ?

Au lieu de me poser des questions à la fête, ce soir-là, tu t'es mise à me crier dessus.

Bon, je vais vous faire une confidence. Le règlement, chez moi, stipule que je n'ai pas le droit de sortir le soir avec des garçons quand mes parents ne sont pas là. La raison à cela, bien qu'ils n'aient jamais

84

osé me le dire franchement, est qu'ils pensent que je serais tentée de profiter de leur absence pour inviter le garçon à entrer.

Sur les cassettes précédentes, je vous ai dit que les rumeurs sur moi étaient fausses. Et je le maintiens. Mais je n'ai jamais prétendu être une sainte nitouche non plus. Il m'arrivait de sortir quand mes parents n'étaient pas là, mais seulement parce que je n'avais pas de couvre-feu. Et comme tu le sais, Tyler, le soir où tout a commencé, le garçon avec qui j'étais m'a raccompagnée jusque devant chez moi. Il a attendu que je sorte mes clés pour ouvrir la porte... et il est parti.

J'ai peur de regarder autour de moi. Peur que les clients du café aient tous les yeux rivés sur moi. Peuvent-ils deviner à mes réactions que je ne suis pas en train d'écouter de la musique ?

Mais peut-être n'ont-ils rien remarqué. Pourquoi s'intéresse-raient-ils à moi, ou à ce que j'écoute ?

La chambre de Tyler est toujours plongée dans le noir. Il doit être en pleine discussion avec ses parents, ou alors il a encore très faim. Parfait. Fais comme tu le sens, Tyler. En attendant, je vais continuer à parler de toi.

Espérais-tu que j'inviterais ce garçon à entrer, ou cela aurait-il aiguisé ta jalousie ?

Je fais tourner ma touillette dans mon café.

Bref. Une fois rentrée chez moi – seule ! –, je suis allée me débarbouiller et me laver les dents. Et à peine avais-je mis le pied dans ma chambre... **Clic.**

Tout le monde reconnaît le bruit caractéristique d'un appareil photo qui se déclenche. Même certains numériques en sont équipés par pur plaisir nostalgique. Et je laisse toujours ma fenêtre entrouverte d'un ou deux centimètres, histoire d'aérer la pièce. J'ai donc tout de suite compris qu'il y avait quelqu'un dehors.

85

Mais j'ai nié l'évidence. C'était bien trop terrifiant, pile le premier soir où mes parents n'étaient pas là. Non. Je me montais simplement la tête parce que je n'étais pas habituée à dormir seule chez moi.

Cela dit, je n'étais pas stupide au point de me déshabiller devant la fenêtre. Je me suis donc assise sur le lit. Clic.

Ce que tu peux être stupide, Tyler. Au collège, certains pensaient que tu étais attardé mental. Mais ils se trompaient. Tu étais juste idiot.

Peut-être n'était-ce pas vraiment un clic, me suis-je dit à moi-même pour me convaincre, plutôt un crac. Mon lit est doté d'un cadre en bois qui craque un peu. Oui, bien sûr. Sûrement un craquement du bois.

Je me suis glissée sous les draps pour me déshabiller. J'ai enfilé mon pyjama, le plus lentement possible, de peur d'être de nouveau prise en photo. Après tout, j'ignorais ce qui excitait les voyeurs.

Une minute... Une autre photo serait la preuve qu'il est encore là, non ? Je pourrais alors appeler la police, et...

Mais la vérité, c'est que je ne savais plus quoi penser. Mes parents n'étaient pas là. J'étais seule. J'ai décidé d'ignorer mon voyeur. Et il avait beau se trouver dehors, j'avais trop peur des conséquences s'il me voyait décrocher le téléphone.

Raisonnement idiot ? Oui. Mais ça semblait logique... sur le coup.

Tu aurais dû prévenir les flics, Hannah. Ça aurait pu empêcher l'effet boule de neige. Celui dont tu parles. Celui qui a tout emporté sur son passage, nous y compris.

Pourquoi était-ce si facile pour Tyler de m'espionner dans ma chambre ? C'est la question que vous vous posez, j'en suis sûre. Avais-je pour habitude de dormir sans volets ?

Bonne question, chers amis. Mais ce n'était pas si simple. Mes stores étaient descendus pile au niveau que j'aimais. Par ciel clair, la tête posée sur mon oreiller, je pouvais m'endormir en regardant les étoiles. Et les nuits d'orage, je voyais les éclairs illuminer les nuages.

J'ai déjà fait ça – m'endormir en regardant par la fenêtre. Mais au premier étage, je n'ai pas à m'inquiéter d'être observé de l'extérieur.

Quand mon père a découvert que je gardais mes stores ouverts – même juste un peu – il est sorti sur le trottoir pour s'assurer que personne ne pouvait me voir de la rue. Et on ne voyait rien, en effet. Il a ensuite traversé la pelouse pour venir devant ma fenêtre. Et là, qu'a-t-il constaté ? Qu'à moins d'être assez grand et de se planter juste devant sur la pointe des pieds, j'étais invisible.

Alors combien de temps es-tu resté dans cette position, Tyler ? Cela devait être inconfortable. Et si tu étais prêt à endurer cette épreuve pour m'apercevoir une poignée de secondes, j'espère au moins que tu en as tiré quelque chose.

Oh oui. Mais pas ce qu'il voulait. À la place, voilà ce qu'il a gagné.

Si j'avais su que c'était lui, si je m'étais glissée discrètement jusqu'à ma fenêtre pour le voir de mes yeux, je me serais ruée dehors pour lui coller la honte de sa vie.

Ce qui m'amène d'ailleurs à la partie la plus intéressante de...

Mais une seconde ! Te voilà. Nous garderons cette anecdote pour plus tard.

Je repousse ma tasse de café, encore plus qu'à moitié pleine, à l'autre bout de la table.

Laissez-moi vous décrire la fenêtre de Tyler, chers auditeurs. Les stores sont baissés jusqu'en bas, mais je peux quand même voir à l'intérieur. Ce sont des stores en bambou, ou en imitation bambou, avec des interstices de largeurs diverses entre les lamelles. Si je me *tiens sur la pointe des pieds, comme Tyler, je tombe pile face à un interstice suffisamment large pour y voir.*

OK, il allume la lumière et... referme la porte. Il... il s'assoit sur son lit. Il balance ses chaussures... puis ses chaussettes...

Je laisse échapper un grognement. Ne fais rien que tu pourrais regretter, Tyler, par pitié. C'est ta chambre, tu es libre d'y faire ce que tu veux, mais n'aggrave pas ton cas.

Je devrais peut-être le prévenir. Lui laisser une chance de se cacher. De se déshabiller sous ses draps. Je devrais peut-être frapper à la vitre. Ou donner un coup contre le mur. Qu'il ait la même frousse que celle que j'ai eue.

Elle parle de plus en plus fort. Cherche-t-elle à se faire surprendre ?

Après tout, ne suis-je pas là pour ça ? Me venger ?

Non. Ça aurait pourtant été amusant. La vengeance, même si ce n'est pas joli joli, m'aurait apporté une certaine satisfaction. Mais ma présence ici, devant la fenêtre de sa chambre, ne m'en apporte aucune. J'en suis sûre et certaine.

Alors pourquoi ? Que suis-je venue faire ici ?

Qu'est-ce que je viens de dire ? Que je n'étais pas venue là pour moi. Et si vous faites bien circuler les cassettes, seules les personnes citées entendront parler de cette histoire. Alors pourquoi suis-je ici ?

Dis-nous. Je t'en prie, Hannah. Dis-moi pourquoi je suis en train de t'écouter. Pourquoi moi ?

Je ne suis pas là pour t'épier, Tyler. Calme-toi. Je me fiche de savoir ce que tu fais. D'ailleurs, je ne te regarde même pas. Je suis appuyée contre le mur, face à la rue.

C'est l'une de ces rues aux trottoirs bordés d'arbres dont les branches se rejoignent très haut, tout au sommet, comme des doigts qui s'entrelacent. Poétique, non ? J'ai même écrit un poème, une fois, pour comparer ce genre de rues à ma comptine préférée : Voici l'église, voici le clocher, ouvre-le[1]... et bla et bla et bla.

L'un d'entre vous l'a même lu. Nous y reviendrons plus tard.

Ce n'est pas moi. J'ignorais qu'Hannah écrivait de la poésie.

Mais revenons-en à Tyler. Je me trouve encore dans sa rue. Sa rue sombre et déserte. Il ne se doute même pas que je suis là... pour l'instant. Alors finissons-en, avant qu'il aille faire dodo.

Le lendemain de la petite virée de Tyler sous ma fenêtre, j'ai tout raconté à une fille assise devant moi en cours. Cette fille est réputée pour sa capacité d'écoute, sa gentillesse, et j'avais envie que quelqu'un s'inquiète pour moi. Partage la peur que j'avais éprouvée.

Eh bien, je m'étais trompée de personne. Cette fille possède un esprit tordu dont peu de gens ont conscience.

« Un voyeur ? m'a-t-elle demandé. Un vrai, tu veux dire ?

– Je crois, oui.

– Je me suis toujours demandé comment ça faisait. D'être espionnée par un voyeur. Je trouve ça... comment dire... excitant. »

Plutôt tordu, en effet. Mais qui est cette fille ?

Et pourquoi suis-je si curieux de le savoir ?

Elle m'a souri en levant un sourcil. « Il va revenir, à ton avis ? »

Honnêtement, je n'y avais même pas réfléchi. Mais voilà que je flippais un peu. « Que dois-je faire, s'il revient ?

– Viens m'en parler », m'a-t-elle répondu. Et sur ces mots, elle s'est retournée. Fin de la conversation.

Bon. Cette fille et moi n'étions pas vraiment copines. Nous avions pas mal de cours facultatifs en commun, on s'entendait plutôt bien, on

---

1. Comptine gestuelle très populaire aux États-Unis, dans laquelle il s'agit de mimer des formes pointues.

avait même évoqué une fois ou deux l'idée de faire un truc ensemble, mais sans jamais concrétiser.

J'ai pensé que c'était l'occasion idéale.

Je lui ai tapé sur l'épaule et je lui ai dit que mes parents s'étaient absentés. Ça lui dirait de passer chez moi pour surprendre mon voyeur ?

Après les cours, je l'ai accompagnée chez elle pour qu'elle récupère quelques affaires. Puis elle est venue chez moi. Comme c'était en semaine et qu'elle risquait de rentrer un peu tard, elle avait raconté à ses parents qu'on avait un exposé à préparer ensemble.

Mon Dieu. Est-ce que tout le monde ressort toujours la même excuse ?

On a fini nos devoirs sur la table du salon en attendant la tombée de la nuit. Elle avait garé sa voiture juste devant, en guise d'appât.

Deux filles ensemble. Irrésistible, non ?

Je me tortille sur mon siège, un peu mal à l'aise.

On est allées dans ma chambre et on s'est assises en tailleur sur mon lit, face à face, à parler de tout et n'importe quoi. Pour surprendre le voyeur, on savait qu'il ne fallait pas parler trop fort. Histoire de bien entendre le premier... Clic.

Elle en est restée bouche bée. Je n'avais jamais vu une telle étincelle de joie dans ses yeux.

En murmurant, elle m'a dit de continuer à parler. « Fais comme si tu n'avais rien entendu. Joue la comédie. »

J'ai acquiescé.

Alors elle a plaqué sa main sur sa bouche et s'est exclamée : « Oh mon Dieu, tu l'as laissé te toucher où ça ? »

Nous avons « papoté » deux ou trois minutes, en nous efforçant de ne pas rire – cela nous aurait trahies. Mais les clics ont bientôt cessé, et nous avions épuisé tous les ragots possibles.

« *Tu sais ce qui me ferait du bien ? a-t-elle déclaré. Un bon massage.*

— Tu es dia-bo-lique », lui ai-je chuchoté.

Elle m'a décoché un clin d'œil, puis s'est agenouillée et a tendu les bras comme un chat en train de s'étirer, jusqu'à s'allonger complètement sur mon lit. Clic.

J'espère pour toi que tu as détruit ou effacé ces photos, Tyler. Si elles font surface un jour, même à ton insu, je n'ose pas penser aux représailles.

Je me suis assise à califourchon sur son dos. Clic.

J'ai écarté ses cheveux sur le côté. Clic.

Et j'ai commencé à lui masser les épaules. Clic. Clic.

Elle a tourné la tête de l'autre côté de la fenêtre et m'a chuchoté : « *Tu sais ce que ça veut dire, s'il ne prend plus de photos, hein ?* »

Je lui ai répondu que non.

« *Ça veut dire qu'il est occupé à faire autre chose.* » Clic.

« *Ah, dommage* », *a-t-elle murmuré.*

Je continuais à lui malaxer les épaules. Je devais plutôt bien me débrouiller, d'ailleurs, parce qu'elle a cessé de parler et qu'un beau sourire béat est apparu sur ses lèvres. Mais elle m'a alors soufflé une autre idée. Une tactique pour surprendre notre pervers la main dans le sac.

J'ai refusé. L'une de nous n'avait qu'à quitter la pièce en prétextant une envie pressante et appeler les flics. Simple comme bonjour.

Mais ça ne s'est pas passé comme ça.

« *Pas question, a-t-elle protesté. Je ne partirai pas d'ici avant de savoir qui c'est. Si c'était quelqu'un du lycée ?*

— Et alors ? » *lui ai-je rétorqué.*

Elle m'a ordonné de suivre ses indications, puis s'est roulée sur le lit pour se rasseoir. À son signal, c'est-à-dire quand elle dirait le chiffre

91

« trois », j'étais censée me précipiter vers la fenêtre. Mais je pensais que le voyeur était déjà reparti – il avait pris peur, peut-être – parce que je n'avais pas entendu le moindre clic depuis qu'elle s'était rassise.

« Et maintenant, un peu de lotion pour le corps », a-t-elle déclaré. Clic.

Ce son a décuplé ma colère. Très bien. Je veux bien jouer à ce petit jeu, ai-je songé. « Regarde dans le tiroir de ma commode », lui ai-je répondu.

Elle m'a désigné la commode la plus proche de la fenêtre, et j'ai fait oui de la tête.

Je sens la transpiration sous mes bras. Je me dandine de nouveau sur ma chaise. Mais impossible d'arrêter d'écouter.

Elle a ouvert le tiroir, elle a regardé à l'intérieur et plaqué sa main contre sa bouche.

Quoi ? Il n'y avait rien d'exceptionnel dans mon tiroir. Ni ailleurs dans ma chambre.

« Je ne savais pas que tu étais branchée là-dessus, a-t-elle dit d'une voix forte et intelligible. On devrait l'essayer... toutes les deux.

– Hmm... OK », ai-je répondu.

Elle a plongé sa main dans mon tiroir, a vaguement fouillé à l'intérieur, et elle a encore feint la stupéfaction. « Hannah ? s'est-elle étranglée. Mais... tu en as combien ? Petite cachottière ! » Clic. Clic.

Bien joué, ai-je pensé. « Compte-les, si ça t'amuse. »

Et elle s'est exécutée. « Voyons. En voilà un... deux... »

J'ai glissé un pied au bas de mon lit.

« ... et trois ! »

J'ai bondi vers la fenêtre et tiré sur la corde. Les stores sont remontés d'un coup sec. J'ai cherché ton visage, mais tu avais bougé trop vite.

Sauf que l'autre fille ne regardait pas ton visage, Tyler.

« Oh mon Dieu ! s'est-elle écriée. Il est en train de remonter son slip ! »

Tyler, où que tu sois, j'ai mal pour toi. Tu ne l'as pas volé, mais je te plains quand même.

Alors, qui étais-tu ? J'ai vu ta silhouette, tes cheveux, mais impossible d'avoir une vision nette de tes traits.

N'empêche, tu t'es trahi tout seul, Tyler. Le lendemain, au lycée, j'ai posé la même question à un tas de gens : « Tu étais où, hier soir ? » Certains m'ont répondu qu'ils étaient restés chez eux, d'autres qu'ils avaient passé la soirée chez un pote. Ou au cinéma. Qu'est-ce que ça pouvait me faire. Mais toi, Tyler, tu m'as répondu en étant particulièrement sur la défensive — et de manière fort intéressante :

« Qui ça, moi ? Nulle part. »

Et va savoir pourquoi, en me disant cela, tu as cligné des yeux et ton front luisait de sueur.

Tyler. Pauvre abruti.

Bon. Au moins, tu étais original. Et tu n'es plus revenu rôder autour de chez moi. Mais ta présence, Tyler... Ta présence ne s'est jamais effacée.

Après cette histoire, j'ai commencé à dormir les stores baissés. Je me suis coupée des étoiles et je n'ai plus jamais vu d'éclairs. Chaque soir, j'éteignais bêtement la lumière et j'allais me coucher.

Pourquoi ne pas m'avoir fichu la paix, Tyler ? Ma maison. Ma chambre. Ces lieux où j'étais censée me sentir à l'abri. À l'abri du monde extérieur. Mais toi, tu as tout cassé.

Enfin... pas tout.

Sa voix tremble.

Tu as cassé ce qui restait.

Elle marque une pause. Et au cœur de ce silence, je réalise l'intensité avec laquelle je fixe le vide, depuis tout à l'heure.

Les yeux rivés sur ma tasse à l'autre bout de la table. Mais sans la voir.

J'aimerais regarder les gens autour de moi, mais je suis trop intimidé pour cela. Je suis sûr qu'ils m'observent, cette fois. Intrigués par la douleur qui crispe mon visage. Intrigués par cet adolescent paumé en train d'écouter de vieilles cassettes audio périmées.

Quelle importance accordes-tu à ta propre tranquillité, Tyler ? Et à ton intimité ? Peut-être pas la même valeur que moi, mais ce n'est pas à toi d'en décider.

Je regarde par la fenêtre, au-delà de mon reflet, vers le patio et ses lumières tamisées. Impossible de dire s'il reste encore quelqu'un, derrière la colonne de brique et de lierre, assis à sa table.

Une table qui, autrefois, a été l'autre refuge d'Hannah.

Alors, qui était cette mystérieuse inconnue, Tyler ? Celle qui a eu un si beau sourire pendant que je lui massais le dos ? Qui m'a aidée à te démasquer ? Devrais-je révéler son identité ?

Ça dépend. M'a-t-elle fait du mal ?

Pour le savoir... insérez la cassette numéro trois.

Mais je suis prêt à entendre mon histoire, Hannah. Je suis prêt à en finir.

Hé, Tyler... Je me tiens à nouveau devant ta fenêtre. Je m'en étais éloignée pour finir ma petite histoire, mais la lumière de ta chambre est éteinte depuis un moment déjà... alors me revoilà.

Il y a un long silence. Un bruissement de feuilles.

Toc toc, Tyler.

Je l'entends. Elle tape à sa fenêtre. Deux fois de suite.

Ne vous inquiétez pas. Vous aurez bientôt la réponse.

94

J'ôte les écouteurs, enroule le câble jaune autour du walkman et le range dans la poche de mon blouson.

À l'autre bout de la salle, la bibliothèque du café déborde de vieux livres. Récupérés, pour la plupart. Westerns, New Age et science-fiction en format poche.

Avec précaution, je me fraie un chemin entre les tables bondées jusqu'aux rayonnages.

Une imposante encyclopédie côtoie un dictionnaire dépouillé de sa reliure. En gros caractères noirs, quelqu'un a écrit DICTIONNAIRE à même le papier de sa tranche nue. Cinq autres volumes, tous de couleurs différentes, trônent sur la même étagère. Ils font à peu près la même taille que les albums-souvenirs du lycée, mais leur intérêt est qu'ils ne contiennent que des pages blanches. Des livres d'or, comme on dit. Chaque année, un nouveau livre fait son apparition et les clients du café sont libres d'y inscrire ce qu'ils veulent. Ils notent une date importante, écrivent de mauvais poèmes, laissent des dessins parfois superbes, parfois grotesques, ou griffonnent juste ce qui leur passe par la tête.

Chaque volume est doté sur sa tranche d'un bout de scotch avec l'année correspondante. Je prends celui de notre première année de lycée. Vu le temps qu'elle a passé ici, Hannah a peut-être écrit quelque chose. Un poème, par exemple. À moins qu'elle n'ait possédé d'autres talents dont j'ignore l'existence. Comme le dessin. J'aimerais seulement trouver une trace d'elle loin de la laideur de ces cassettes. C'est même une nécessité vitale. J'ai besoin de la voir sous un autre éclairage.

La plupart des contributions étant datées, je saute directement les pages jusqu'à la fin. Mois de septembre. Et je trouve.

Pour ne pas perdre la page, je referme le livre sur mon index et retourne me rasseoir. J'avale lentement une gorgée de café tiède, je rouvre le volume et je découvre les mots inscrits à l'encre rouge vers le haut de la page : « Tout le monde a besoin d'Abracadabra dans la vie. »

La signature se compose de trois séries d'initiales : J.D. A.S. H.B.

Jessica Davis. Alex Standall. Hannah Baker.

Juste au-dessous, dans la pliure centrale du cahier, quelqu'un a coincé une photo à l'envers. Je la prends, et je la retourne.

C'est Hannah.

Mon Dieu, que j'aime son sourire. Et ses longs cheveux. Elle tient une autre fille du lycée par la taille. Courtney Crimsen. Derrière elles, on voit un petit groupe en train de faire la fête, une bouteille, une cannette ou un gobelet de bière à la main. Il fait sombre et Courtney n'a pas vraiment l'air réjoui.

Elle paraît nerveuse, à vrai dire.

Pourquoi ?

▶

Courtney Crimsen. Un si joli nom. Et une si jolie fille, aussi. Jolis cheveux. Joli sourire. Teint parfait.

Et si gentille, avec ça. Tout le monde le dit.

J'examine la photo du livre d'or. Le bras d'Hannah autour de la taille de Courtney, à une fête quelconque. Hannah est radieuse. Courtney semble tendue. Mais j'ignore pourquoi.

Oui, Courtney, tu es adorable avec les gens que tu croises dans les couloirs. Adorable avec ceux qui te raccompagnent jusqu'à ta voiture à la sortie des cours.

Je sirote mon café, qui est sérieusement en train de refroidir.

Tu es assurément l'une des filles les plus adorées de tout le lycée. Et tu es... aaadorable. Non ?

Non.

Je termine mon café, histoire de vider ma tasse.

Oui, chers auditeurs. Courtney est un amour avec tous ceux qu'elle croise ou qui lui adressent la parole. Pourtant, posez-vous la question... ne serait-ce pas juste une façade ?

97

Je rapporte ma tasse à la zone self-service pour me resservir.

Je crois que oui. Et laissez-moi vous dire pourquoi.

Primo, pour tous ceux qui m'écoutent, je doute que Tyler vous montre ses photos de ma séance de massage avec Courtney.

Le pot de crème allégée m'échappe des mains et heurte bruyamment la table. Je le rattrape avant qu'il ne tombe à terre, puis je jette un œil par-dessus mon épaule. Derrière le bar, la serveuse relève la tête et éclate de rire.

Courtney est l'inconnue de la séance de massage ?

Hannah marque un silence appuyé. Elle sait que cette info demande un peu de temps supplémentaire pour décanter.

Si vous avez vu ces photos, tant mieux pour vous. Je suis sûre qu'elles sont très sexy. Mais comme vous le savez, les poses étaient aussi très calculées.

Pose. Voilà un mot intéressant pour parler de Courtney. Parce que quand vous posez, vous savez que quelqu'un vous regarde. Vous affichez votre plus beau sourire. Vous vous montrez sous votre meilleur jour.

Tout l'inverse de la photo de Courtney dans le livre d'or.

Et au lycée, où tout le monde observe tout le monde, il y a toujours une raison de poser.

Je presse le sommet du thermos et un jet de café noir remplit ma tasse.

Je ne crois pas que ce soit délibéré de ta part, Courtney. C'est la raison pour laquelle je t'ai mise sur ces cassettes. Histoire de te faire comprendre que ta façon d'agir affecte les gens autour de toi. Plus exactement, elle m'a affectée moi.

Courtney dégage une vraie gentillesse. D'entendre son histoire racontée ici, sur ces cassettes... Ça a dû la tuer.

Un frisson me remonte dans le dos. « La tuer. » Expression à bannir définitivement de mon vocabulaire.

Courtney Crimsen. Un nom presque trop parfait. Et comme je l'ai dit, une image parfaite aussi. Tout ce qui lui manque... c'est d'être parfaite elle-même.

Mon café versé, crème et sucre mélangés, je retourne m'asseoir.

C'est là que je t'accorde un point. Tu aurais pu choisir de jouer les garces, en triant tes amis et tes amants sur le volet. Au lieu de ça tu as opté pour la version gentille, histoire que tout le monde t'aime et que personne ne te déteste.

Soyons claires. Je ne te déteste pas, Courtney. En fait, je ne peux même pas dire que je ne t'aime pas. Pendant un moment, j'ai vraiment cru qu'on allait devenir amies, toutes les deux.

Je ne m'en souviens pas. Je ne crois pas les avoir jamais vues ensemble.

Or il s'avère que tu étais seulement en train de me manipuler pour rajouter mon nom au fan-club de Courtney Crimsen. Un vote de plus garanti à l'élection de la Fille la Plus Sympa dans l'album-souvenir des terminales.

Quand tu en as eu terminé avec moi, et que j'ai compris ce qui m'était arrivé, j'ai observé ton petit manège avec les suivants.

Voici donc ta contribution à l'anthologie de mon existence, Courtney.

Ça te plaît, ça ? L'anthologie de mon existence ?

Je viens de l'inventer.

Je pose mon sac sur mes genoux et ouvre la poche principale.

Le lendemain de ce fameux soir où Tyler a pris ses instantanés de nos vies lycéennes, la journée a démarré de façon tout à fait ordinaire. La sonnerie a annoncé le début du premier cours et Courtney, comme d'habitude, est entrée avec trois secondes de retard. Mais cela n'avait aucune importance puisque Mrs Dillard n'était pas encore arrivée.

Comme d'habitude.

Je ressors le plan d'Hannah et le déplie sur ma petite table.

Quand tu as eu fini de bavarder avec la personne assise devant toi, Courtney, je t'ai tapoté l'épaule. À la seconde où ton regard a plongé dans le mien, nous étions déjà hilares. Des morceaux de phrases se sont mis à fuser entre nous, sauf que je ne sais plus qui disait quoi tellement tes mots traduisaient mes pensées et inversement.

« Trop bizarre !

— Je sais.

— C'est dingue !

— Tu te rends compte ?

— Morte de rire ! »

Puis Mrs Dillard a fait son entrée et tu m'as tourné le dos. Quand la fin de l'heure a sonné, tu es partie.

J'examine le plan à la recherche de l'étoile rouge marquant l'adresse de Tyler. Une part de moi éprouve une sensation étrange à l'idée de suivre le récit d'Hannah à la trace. Comme si j'étais obsédé. Bien trop obsédé par cette histoire. Et une autre part de moi cherche à nier l'obsession.

C'est en sortant dans le couloir pour me rendre à mon deuxième cours que j'ai pensé : eh, une seconde. Elle ne m'a même pas dit au revoir.

Je ne fais que me plier à sa demande. Ça n'a rien d'une obsession. Ça s'appelle le respect. Je respecte ses dernières volontés.

Est-ce que tu me disais au revoir, les autres jours ? Non, pas souvent. Mais après notre petite soirée de la veille, cela semblait curieux. Vu ce

que nous avions vécu ensemble à peine vingt-quatre heures aupara-
vant, je pensais avoir dépassé avec toi le stade de simple connaissance.

A-4. Une étoile rouge sur la maison de Tyler.

Mais c'est bien sûr ce que nous sommes redevenues. On se saluait
dans les couloirs, et il t'arrivait même parfois de me dire au revoir à
la fin du cours, mais ni plus ni moins qu'aux autres gens que tu croi-
sais.

Jusqu'à la soirée.

Quand tu as de nouveau eu besoin de moi.

II

J'ai besoin d'une seconde pour souffler. Autrement je ne
pourrai plus continuer.

J'ôte les écouteurs et les laisse pendre autour de mon cou.
La fille de mon ancien cours d'ébénisterie passe de table en
table avec une bassine en plastique pour ramasser les tasses et
les assiettes vides après le départ des clients. Quand elle arrive
à la table jouxtant la mienne, je me tourne vers la vitre. Je vois
son reflet regarder à plusieurs reprises dans ma direction,
mais je ne bouge pas.

Lorsqu'elle s'éloigne, j'avale une gorgée de café et je
m'efforce de ne penser à rien. Seulement attendre.

Un quart d'heure plus tard, un bus passe devant le café et
mon attente est terminée. Je ramasse le plan, je balance mon
sac par-dessus mon épaule et je me précipite vers la porte.

Le bus s'est arrêté tout en bas de la rue. Je dévale le trottoir
à toutes jambes, je bondis sur le marchepied et je choisis un
siège vide vers le milieu.

Le conducteur me lance un regard dans son rétroviseur.

– Je suis en avance, dit-il. Nous allons attendre un peu ici.

J'acquiesce, je renfonce les écouteurs dans mes oreilles et je me tourne vers la vitre.

▶

Laissez-moi d'abord préciser qu'il sera bientôt question d'une autre fête, bien plus importante celle-là, sur une prochaine cassette.

C'est là ? Le moment de mon entrée en scène ?

Mais pour l'instant, intéressons-nous à la soirée concernant Courtney.

Je sortais de notre première heure de cours commune, mon sac déjà sur l'épaule, quand tu m'as pris la main.

« Eh, Hannah, attends-moi ! Quoi de neuf ? »

Ce blanc étincelant de ton sourire... si parfait.

J'ai dû te répondre « Salut » ou « Ça va, et toi ? ». Mais pour être honnête, Courtney, ça m'était égal. Chaque fois que nos yeux se croisaient dans un couloir noir de monde et que je te voyais tourner la tête vers quelqu'un d'autre, je perdais davantage de respect pour toi. Et il m'arrivait de me demander combien de gens dans ce même couloir pensaient exactement comme moi.

Tu m'as demandé si j'avais entendu parler de la fête donnée ce soir-là. Je t'ai répondu que oui, mais que je n'avais pas l'intention d'y aller pour faire tapisserie en attendant de trouver quelqu'un à qui parler. Ou de trouver un bouche-trou à qui parler pour m'épargner d'avoir à parler à quelqu'un d'autre.

« Allons-y ensemble », m'as-tu rétorqué. Tu as incliné ta tête sur le côté, tu m'as décoché ton fameux sourire et – bien qu'il s'agisse sans doute d'un effet de mon imagination – je crois même que tu as battu des cils.

Du Courtney tout craché. Personne ne peut lui résister, et elle séduit absolument tout le monde.

« *Pourquoi ? t'ai-je demandé. Pourquoi devrait-on aller à cette soirée ensemble ?* »

Ma question a semblé te prendre au dépourvu. Après tout, tu es toi et tout le monde rêverait d'aller à une soirée avec toi. Ou du moins d'arriver avec toi. Tout le monde ! Garçons et filles confondus, peu importe. C'est dire l'admiration que les gens te portent.

C'était avant, ou c'est encore comme ça maintenant ? Parce que quelque chose me dit que le vent va tourner.

La plupart de ces gens, hélas, ne réalisent pas à quel point cette image est construite de toutes pièces.

Tu as répété ma question. « Pourquoi devrait-on aller à une soirée ensemble ? Mais Hannah, pour être ensemble ! »

Je t'ai demandé pourquoi, après m'avoir ignorée pendant si long-temps, tu voulais passer une soirée avec moi. Mais tu as nié, bien sûr. J'avais dû mal interpréter ton attitude. Cette soirée serait justement l'occasion idéale pour mieux nous connaître.

Et j'avais beau me méfier, tu es toi et tout le monde rêverait d'aller à une soirée avec toi.

Pourtant tu savais, Hannah. Tu savais, mais tu y es allée quand même. Pourquoi ?

Alors tu m'as dit : « Génial ! Tu passes me prendre ? »

Là, mon cœur a un peu vacillé.

Mais je me suis reprise et j'ai de nouveau remisé ma méfiance au placard. « Bien sûr, Courtney. À quelle heure ? »

Tu as ouvert ton agenda et déchiré un coin de page. En lettres bleues, minuscules, tu as écrit ton adresse, l'heure du rendez-vous et tes initiales : C.C. Puis tu m'as tendu le papier en disant : « Ça va être fantastique ! », tu as rassemblé tes affaires et tu es partie.

La porte se referme et le bus démarre.

103

Devine quoi, Courtney ? En sortant, tu as oublié de me dire au revoir.

Alors voici ma théorie pour expliquer cette soudaine invitation de ta part : tu savais que je t'en voulais de m'avoir snobée. Ou du moins que j'étais vexée. Or c'était mauvais pour ta réputation idéale. Il fallait absolument corriger ça.

D-4 sur votre carte, chers auditeurs. La maison de Courtney.

Je déplie à nouveau mon plan.

Quand je suis arrivée devant chez toi, la porte d'entrée s'est ouverte. Tu as surgi en dévalant le perron, puis l'allée du jardin. Avant de refermer la porte, ta mère s'est penchée pour voir à l'intérieur de ma voiture.

Ne craignez rien, Mrs Crimsen, ai-je songé. Ni garçons, ni alcool, ni drogue. Ni rien d'amusant.

Pourquoi cette compulsion à vouloir respecter le parcours étape par étape ? Je n'en ai même pas besoin. J'écoute les cassettes, une à une, face après face. Ça devrait me suffire.

Mais ça ne me suffit pas.

Tu as ouvert la portière, tu t'es assise et tu as bouclé ta ceinture. « *Merci de me dépanner.* »

Je ne fais pas le parcours parce qu'elle me l'a demandé. Je le fais parce que j'ai besoin de comprendre – à tout prix. Besoin de réellement comprendre ce qui lui est arrivé.

« *Dépanner ?* » *J'avais déjà peu de doutes quant aux motifs de ton invitation, mais ce n'était pas le* « *bonsoir* » *que j'avais espéré.*

D-4. Ce n'est qu'à quelques rues de chez Tyler.

Je voulais me tromper sur toi, Courtney. Vraiment. Je voulais que tu considères cette soirée comme une occasion de faire la fête ensemble. Pas comme un simple dépannage de ma part.

104

À cet instant, j'ai compris que cette fête serait décisive pour nous deux. Mais elle s'est terminée de façon... surprenante. Disons même... franchement bizarre.

Vissé au dos de chaque siège sous un fin cadre de plexiglas figure le plan de toutes les lignes de bus municipales. Depuis l'arrêt où je suis monté, nous passerons devant chez Courtney puis nous tournerons à gauche, une rue avant celle de Tyler, avant d'atteindre le terminus.

Nous avons dû nous garer à plus de deux pâtés de maisons de la soirée, impossible de trouver une place plus près. J'ai l'un de ces auto-radios qui restent allumés même quand le moteur a été coupé. Il s'éteint seulement si on ouvre une portière. Mais ce soir-là, quand j'ai ouvert ma porte, la musique ne s'est pas arrêtée... Elle semblait juste venir de plus loin.

« Oh mon Dieu, t'es-tu exclamée, je crois que c'est la soirée ! »

Ai-je précisé que nous étions garées à plus de deux pâtés de maisons ? C'est dire à quel point le volume était fort. Cette fête semblait conçue exprès pour s'attirer une descente de flics.

Raison pour laquelle je me rends rarement à ce genre de trucs. Je suis à deux doigts d'être nommé en charge du discours officiel pour la cérémonie de remise des diplômes de fin d'année. Le moindre faux pas pourrait m'être fatal.

Nous avons rejoint le flot de gens qui se rendaient au même endroit – tel un banc de saumons remontant le courant pour aller s'accoupler. Devant la maison, deux membres de l'équipe de foot américain – jamais de sortie le soir sans leurs blousons officiels – encadraient l'entrée de la grille et collectaient de l'argent pour la bière. J'ai fouillé dans ma poche.

Par-dessus la musique hurlante, tu m'as crié : « T'inquiète pas pour ça ! »

*Nous sommes arrivées au portail, et l'un des deux garçons t'a sorti :
« Deux dollars le gobelet. » Avant de réaliser à qui il parlait. « Oh.
Salut, Courtney. Tiens. » Et il t'a tendu un verre en plastique rouge.*

Deux dollars ? C'est tout ? Les filles doivent avoir droit à des
prix cassés.

*Tu m'as désignée d'un hochement de tête. Le type a souri, et il m'a
tendu un gobelet. Mais quand j'ai voulu le prendre, il a résisté. Il m'a
dit que quelqu'un allait venir le remplacer d'une minute à l'autre, et
il m'a proposé de l'attendre. Je lui ai souri, mais tu m'as attrapée par
le bras pour m'entraîner à l'intérieur.*

« Mauvais plan, m'as-tu assuré. Crois-moi. »

*Je t'ai demandé pourquoi, mais tu étais trop occupée à scanner la
foule pour me répondre.*

Je ne me souviens d'aucune rumeur à propos de Courtney et
de membres de l'équipe de foot américain. Des basketteurs,
oui. Et même plus d'un. Mais des footballeurs ? Non.

*Puis tu as suggéré qu'on se sépare. Et veux-tu savoir ce que j'ai pensé
à cette seconde précise, Courtney ? « Eh bien, ça n'a pas été long. »*

*Tu as dit que tu avais des gens à voir et proposé qu'on se retrouve
plus tard. J'ai menti en disant que j'avais des gens à voir, moi aussi.*

*Alors tu m'as rappelé de ne surtout pas repartir sans toi. « C'est toi
le chauffeur, tu n'oublies pas ? »*

Comment aurais-je pu l'oublier, Courtney ?

Le bus s'engage dans la rue de Courtney, avec ses panneaux
À VENDRE plantés devant un bon tiers des maisons. Quand
nous passons devant la sienne, je m'attends presque à voir une
étoile rouge tracée à la bombe de peinture sur la porte. Mais
le perron est plongé dans l'obscurité. Pas la moindre lumière.
Ni dehors ni derrière les fenêtres.

Mais tu m'as souri. Et tu as enfin prononcé les mots magiques. « Au revoir. » Car il s'agissait bien d'un au revoir, à tes yeux.

– Alors Clay, on a loupé son arrêt ?

Un frisson me glace l'échine.

Une voix. Une voix féminine. Mais qui ne provient pas des écouteurs.

‖

Quelqu'un vient de m'adresser la parole. Mais d'où ?

De l'autre côté de l'allée du bus, l'alignement de vitres sombres fait comme un miroir. J'aperçois le reflet d'une fille assise derrière moi. Une fille de mon âge, on dirait. Mais est-ce quelqu'un que je connais ? Je me retourne et regarde par-dessus le dossier de mon siège.

Skye Miller. Mon béguin secret en classe de quatrième. Elle me sourit. À moins qu'il ne s'agisse d'un rictus, parce qu'elle sait qu'elle vient de me coller la frousse de ma vie.

Skye a toujours été très jolie, mais cette pensée semble ne l'avoir jamais effleurée. Surtout depuis ces deux dernières années. Elle porte constamment des fringues ternes, genre sacs. Comme pour s'enterrer dedans. Ce soir, c'est sweat-shirt gris informe et pantalon de même couleur.

Je sors mes écouteurs de mes oreilles.

– Salut, Skye.

– Tu as dépassé ton arrêt ?

C'est plus de mots qu'elle ne m'en a adressé depuis des siècles. Plus de mots que je ne l'ai entendue adresser à quiconque depuis des siècles.

– Il s'arrêtera si tu lui demandes.

Je secoue la tête. Non. Pas mon arrêt.

Le bus tourne à gauche au carrefour suivant et s'arrête le long du trottoir. La porte s'ouvre et le conducteur aboie vers le fond :

– Quelqu'un descend ?

Je croise son regard dans le rétroviseur principal. Je me retourne vers Skye.

– Tu vas où ?

Son rictus revient. Ses yeux me fixent intensément. Elle fait tout pour me mettre mal à l'aise. Et ça marche.

– Je ne vais nulle part, lâche-t-elle enfin.

À quoi joue-t-elle ? Que s'est-il passé depuis notre année de quatrième ? Pourquoi s'obstine-t-elle à jouer les asociales ? Pourquoi ce changement ? Personne ne sait. Un beau jour, comme ça – c'est du moins l'impression que ça donne – elle a simplement décidé de ne plus vouloir faire partie de quoi que ce soit.

Mais c'est mon arrêt et je devrais descendre. Je me trouve pile entre deux étoiles rouges : chez Tyler et chez Courtney.

À moins que je ne choisisse de rester dans ce bus et de bavarder avec Skye. Ou pour être plus exact, de rester à bord et *d'essayer* de bavarder avec elle. Ce sera un monologue garanti, ou presque.

– À demain, me dit-elle.

Et voilà, terminé. Fin de la conversation. Une partie de moi, je l'avoue, est soulagée.

– À plus.

Je balance mon sac sur mon épaule et me dirige vers la porte. Après avoir salué le conducteur, je me replonge dans l'air glacé du dehors. Le bus redémarre. Je vois passer Skye, sa tête appuyée contre la vitre, paupières closes.

J'enfile les deux lanières de mon sac à dos et les resserre pour les ajuster. De nouveau seul, je me remets en marche. En direction de chez Tyler.

D'accord. Mais comment suis-je censé reconnaître sa maison ? Je suis bien dans le bon quartier, et dans la bonne rue, mais Hannah n'a pas indiqué l'adresse.

S'il y a de la lumière dans sa chambre, je reconnaîtrai peut-être les stores en bambou.

Devant chaque maison que je longe, le plus discrètement possible, j'examine les fenêtres.

J'aurai peut-être un coup de chance, qui sait. Un panneau planté dans son jardin. VOYEUR – ENTRÉE LIBRE.

Je m'amuse de la stupidité de ma propre blague.

Je culpabilise de sourire comme ça, avec les mots d'Hannah prêts à rejaillir à la moindre pression de mes doigts. Mais ça me fait un bien fou. J'ai l'impression de n'avoir plus souri depuis des mois, bien que ça ne fasse que quelques heures.

Et puis, deux maisons plus loin, je tombe dessus.

Mon sourire s'évanouit.

La lumière de la chambre est allumée, les stores en bambou sont baissés. La vitre, fracturée, est maintenue en place par une toile d'araignée de gros scotch argenté.

Un jet de pierre ? Quelqu'un a balancé une pierre dans la vitre de Tyler ?

Quelqu'un que je connais ? Quelqu'un appartenant à la liste ?

À mesure que je m'approche, je visualise presque Hannah,

debout devant la fenêtre, en train de murmurer dans son dictaphone. Des mots trop bas, inaudibles depuis l'endroit où je me tiens. Mais qui ont fini par arriver jusqu'à moi.

Une haie carrée sépare le jardin de Tyler de celui des voisins. Je me dirige vers elle, histoire d'être moins visible. Car Tyler est forcément aux aguets. Sur ses gardes. Guettant l'inconnu qui viendra lui exploser sa fenêtre.

– Tu veux lui jeter quelque chose ?

Le même frisson glacial me saisit. Je fais volte-face, prêt à frapper à l'aveuglette et à prendre mes jambes à mon cou.

– Eh, mollo ! C'est moi.

Marcus Cooley. Un gars de mon lycée.

Je me penche en avant, les paumes en appui sur les genoux. Exténué.

– Qu'est-ce que tu fais là ? je lui demande.

Sous mes yeux, Marcus brandit une grosse pierre de la taille de son poing.

– Prends ça, dit-il.

Je lève les yeux vers lui.

– Pour quoi faire ?

– Tu te sentiras mieux après, Clay. Sérieux.

Je regarde la fenêtre. Ses morceaux de gros scotch. Puis je ferme les yeux en secouant la tête.

– Laisse-moi deviner, Marcus. Tu es sur les cassettes.

Il ne répond pas. C'est inutile. Quand je l'observe à nouveau, le coin de ses paupières tremble comme s'il réprimait un sourire. Et je réalise qu'il n'éprouve aucune honte. Je lève le menton vers la vitre.

– C'est toi qui as fait ça ?

D'autorité, il me colle le projectile dans la main.

– Tu serais le premier à refuser, Clay.

Mon cœur s'accélère. Non pas à cause de la présence de Marcus, ni de celle de Tyler quelque part derrière ces murs, ni même de celle de ce gros caillou dans ma main, mais à cause de ce qu'il vient de me dire.

– Tu es le troisième à venir ici, poursuit-il. Sans me compter moi.

J'essaie de me représenter quelqu'un d'autre que Marcus, un autre membre de la liste, jetant une pierre contre la vitre de Tyler. Mais je n'y arrive pas. Ça n'a aucun sens.

Nous sommes sur cette liste. Tous. Nous avons tous quelque chose à nous reprocher. Pourquoi Tyler serait-il si différent de nous ? J'observe la pierre dans ma main.

– Pourquoi fais-tu ça ?

D'un mouvement de la tête, il désigne la rue derrière lui.

– J'habite juste là. Où tu vois de la lumière. J'observe chez Tyler pour voir qui vient lui rendre visite.

Je n'imagine même pas ce que Tyler a dû raconter à ses parents. Les a-t-il suppliés de ne pas remplacer la vitre, en arguant que ça ne servirait à rien ? Et eux, qu'ont-ils répondu ? Lui ont-ils demandé comment il pouvait être si sûr de lui ? Lui ont-ils demandé pourquoi ?

– Alex a été le premier, déclare Marcus. (Cette révélation ne semble pas l'embarrasser le moins du monde.) On était chez moi quand, tout à coup, sans raison, il m'a demandé de lui montrer la baraque de Tyler. J'ai pas trop compris, ils n'étaient pas vraiment potes, mais il a insisté.

– Alors quoi, tu lui as refilé une pierre pour qu'il défonce sa fenêtre ?

111

– Non. C'était son idée. Je n'étais même pas encore au courant pour les cassettes.

Je jette le caillou en l'air et le récupère de l'autre main. Même avant d'être fragilisée par d'autres impacts, cette vitre n'aurait jamais tenu le coup avec un projectile de ce calibre. Pourquoi Marcus l'a-t-il choisie exprès pour moi ? Il a écouté les cassettes jusqu'au bout, mais il tient à ce que je donne le coup de grâce à la vitre de Tyler. Pourquoi ?

Je fais passer la pierre dans mon autre main. Derrière Marcus, j'aperçois le perron illuminé de sa maison. Je devrais plutôt lui demander de me désigner sa fenêtre. Je devrais plutôt lui dire que cette pierre va bientôt voler à travers l'une des vitres de chez lui et qu'il ferait mieux de me désigner directement la sienne, histoire de ne pas traumatiser sa petite sœur.

Mes doigts se resserrent autour du caillou. De plus en plus fort. Mais ma voix tremble malgré moi.

– Tu n'es qu'un sale con, Marcus.

– Quoi ?

– Tu es sur les cassettes toi aussi, hein ?

– Comme toi, Clay.

Ma voix vacille à la fois sous l'effet de la rage et du flot de larmes que je cherche à contenir.

– Qu'est-ce qui nous rend si différents de lui ?

– C'est un voyeur, me dit Marcus. Un pervers. Il a maté Hannah derrière sa fenêtre, pourquoi ne pas lui casser la sienne ?

– Et toi ? rétorqué-je. Qu'as-tu fait, toi ?

L'espace d'un instant, son regard me transperce. Puis il cligne des yeux.

– Rien. C'est débile. Je n'ai rien à faire sur ces cassettes. Hannah cherchait juste une excuse pour se foutre en l'air.

Je laisse tomber le projectile. C'était ça, ou le lui écraser en pleine figure.

– Casse-toi.

– C'est ma rue, Clay.

Ma main se raidit et je serre le poing. Je baisse les yeux vers la pierre, regrettant déjà de l'avoir lâchée.

Mais je fais volte-face. Je repasse devant la maison de Tyler sans un regard pour sa fenêtre. Ne surtout pas me laisser aller à penser. Je reprends mes écouteurs et les enfonce dans mes oreilles. Je plonge ma main dans ma poche, et j'appuie sur PLAY.

▶

Ai-je été déçue que tu me dises au revoir, Courtney ?

Pas vraiment. Difficile d'être déçue quand on obtient ce à quoi on s'attendait.

Continue à marcher, Clay.

Déçue, non. Manipulée, oui.

Pourtant, en agissant ainsi, Courtney croyait sans doute raviver sa cote de popularité auprès de moi. Vous connaissez l'expression... « retour de bâton » ?

Cette soirée a été une succession de grandes premières, pour moi. J'ai assisté à ma toute première bagarre – une scène horrible. J'ignore comment ça a démarré, mais la dispute a éclaté juste derrière moi. Deux mecs se hurlaient dessus. Quand je me suis retournée, leurs torses étaient à moins de deux centimètres l'un de l'autre. Un attroupement s'est créé pour les encourager. Les spectateurs formaient un mur solide,

113

bien décidés à ne pas laisser retomber la tension. Tout ce qu'ils attendaient, c'était que l'un des deux touche l'autre, même sans faire exprès, pour que ça explose.

Et c'est ce qui s'est passé.

Un pas en avant a entraîné un coup d'épaule, qui a entraîné un crochet en pleine mâchoire.

Au bout du troisième coup, je me suis retournée pour repousser le mur de curieux qui, à ce stade, comptait déjà quatre épaisseurs. Derrière, certains se tenaient sur la pointe des pieds pour ne pas en perdre une miette.

Écœurant.

Je me suis précipitée dans la maison à la recherche d'une salle de bains où m'enfermer. Je n'étais pas malade physiquement. Mais psychologiquement... je partais en mille morceaux. Ma seule pensée cohérente était que j'avais besoin de vomir.

Je ressors mon plan et cherche l'étoile rouge la plus proche après la maison de Courtney. Je refuse d'y aller. Je n'ai pas la force d'écouter Hannah me parler de cette fille, planté devant sa maison noire et vide.

Je passe à l'étape suivante.

En cours de bio, un jour, on a visionné un documentaire sur les migraines. L'un des hommes interrogés avait pour habitude de tomber à genoux et de se cogner la tête par terre, encore et encore, à chacune de ses crises. Ça détournait son attention de la douleur inaccessible au fond de son crâne vers une douleur extérieure, qu'il pouvait contrôler. Et d'une certaine manière, en vomissant, j'espérais faire la même chose.

J'ai du mal à localiser l'emplacement exact des autres étoiles rouges sans m'arrêter de marcher, ou me poser une seconde sous un lampadaire. Mais je ne peux pas m'arrêter. Pas même un instant.

Regarder ces types se taper dessus pour que personne ne puisse les soupçonner d'être des faibles, c'était au-dessus de mes forces. Leur réputation était plus importante que leurs visages. Et la réputation de Courtney l'était plus que la mienne.

Quelqu'un à cette soirée a-t-il vraiment cru qu'elle m'y avait emmenée en tant qu'amie ? Ou tout le monde a-t-il considéré que j'étais son animal de compagnie du moment ?

Je n'aurai jamais la réponse, j'imagine.

Je replie le plan et le coince sous mon bras.

Hélas, la seule salle de bains que j'ai trouvée était déjà occupée... Je suis donc ressortie dans le jardin. La baston était terminée, tout était rentré dans l'ordre, il fallait que je m'en aille de là.

Il fait de plus en plus froid. Je serre mes bras contre ma poitrine.

Mais en m'approchant de la grille, cette même grille par laquelle j'étais arrivée à la soirée, devinez qui j'ai repéré, tout seul dans son coin ?

Tyler Down... et son inséparable appareil photo.

Il serait temps de lui ficher la paix, Tyler.

En me voyant, il a eu une expression inoubliable. Et pathétique. Il a même croisé les bras pour tenter de cacher son appareil. Pourquoi ça ? Tout le monde sait qu'il s'occupe de l'album du lycée.

Mais je lui ai quand même posé la question. « C'est pour quoi faire, Tyler ?

– Hein ? Oh... ça ? Heu... l'album. »

À ce moment-là, dans mon dos, quelqu'un m'a appelée par mon prénom. Je ne dirai pas qui, ça n'a aucune d'importance. Tout comme l'individu qui m'avait peloté les fesses au Blue Spot Liquor, ce que ce garçon s'apprêtait à me dire n'était que la conséquence du comportement de quelqu'un d'autre... de la méchanceté de quelqu'un d'autre.

« Courtney m'a conseillé de venir te parler », a-t-il déclaré.

Je relâche mon souffle. Après ça, ta réputation est finie, Courtney.

J'ai regardé derrière lui. À l'autre bout du jardin, trois fûts de bière métalliques étaient entreposés au milieu d'une piscine gonflable remplie de glaçons. Juste à côté, discutant avec trois types venant d'un autre lycée, se tenait Courtney.

Mon nouvel ami a lentement avalé une gorgée de bière. « Elle m'a dit que t'étais cool, comme nana. »

Alors j'ai commencé à me radoucir. À baisser la garde. J'avais sans doute raison de penser que Courtney ne pensait qu'à son image. Elle se disait peut-être qu'en envoyant un beau mec me parler, j'oublierais qu'elle m'avait laissé tomber comme une vieille chaussette pendant la soirée.

Il était plutôt mignon, certes. Alors oui, j'étais peut-être disposée à souffrir d'une légère amnésie sélective.

Mais il s'est passé quelque chose, Hannah. Quoi ?

On a bavardé un moment, puis il m'a dit qu'il avait un aveu à me faire. Il ne venait pas vraiment de la part de Courtney. Mais il l'avait entendue parler de moi à quelqu'un d'autre, et ça lui avait donné envie de me connaître.

Je lui ai demandé ce que Courtney avait dit, et il s'est contenté de sourire en regardant le gazon.

Assez de ce petit jeu ! J'ai exigé de savoir ce que Courtney avait raconté sur moi.

« Que t'étais une nana cool », a-t-il répété.

116

Lentement, brique par brique, j'ai remonté ma garde. « Cool... comment ? »

Il a haussé les épaules.

« Comment ? »

Prêts, chers auditeurs ? Notre adorable petite Miss Crimsen avait été raconter à ce type, et à tous ceux qui se tenaient à portée d'oreille, que je cachais quelques surprises dans les tiroirs de ma commode.

Mon souffle se bloque, comme si je venais de prendre un coup dans l'estomac.

C'est un mensonge ! Courtney a tout inventé.

Du coin de l'œil, j'ai vu Tyler Down commencer à s'éloigner.

Je sentais les larmes monter. « Elle a précisé quoi ? » ai-je demandé.

Là encore, il a souri.

Mon visage s'est enflammé. Mes mains se sont mises à trembler, et je lui ai demandé pourquoi il la croyait. « Tu crois vraiment tout ce que les gens disent sur moi ? »

Il m'a dit de me calmer, que ça n'avait pas d'importance.

« Si ! ai-je répliqué. C'est très important ! »

Je l'ai laissé là pour avoir une petite discussion près de la piscine gonflable. Mais en chemin, une meilleure idée m'est venue. J'ai couru après Tyler et je lui ai barré le chemin. « Tu veux une photo ? lui ai-je dit. Suis-moi. » Je l'ai pris par le bras et je l'ai entraîné à travers le jardin.

La photo ! Celle du livre d'or.

Tyler a chouiné tout du long, croyant que je voulais lui faire photographier la piscine avec les fûts de bière dedans. « Ils ne la publieront jamais, disait-il. De l'alcool à une soirée entre mineurs ? J'ai besoin de te faire un dessin ? »

Bien vu. Qui voudrait d'un album-souvenir exposant les vraies réalités de la vie lycéenne ?

117

« Non, pas ça, ai-je expliqué. Je veux que tu prennes une photo de moi. Avec Courtney. »

Je jure qu'à cet instant, son front luisait de sueur. Moi et la fille du massage, à nouveau réunies.

Je lui ai demandé s'il se sentait bien.

« Ouais, non, bien sûr, ça va. » Et je n'invente rien.

Sur la photo, Hannah tient Courtney par la taille. Hannah éclate de rire, mais pas Courtney. Elle paraît nerveuse.

À présent, je sais pourquoi.

Courtney était en train de se faire resservir une bière et j'ai dit à Tyler de m'attendre là. Quand elle m'a vue, elle m'a demandé si je m'amusais.

« Quelqu'un voudrait te photographier. » Là-dessus, je l'ai prise par le bras et je l'ai emmenée vers Tyler. Je lui ai demandé de poser son gobelet par terre, sans quoi la photo ne pourrait pas figurer dans l'album.

Tyler l'a glissée dans le livre d'or du Monet's Garden. Il voulait qu'elle soit vue.

Mais ça contrariait ses projets. Courtney m'avait seulement invitée à cette fête histoire de redorer son blason après m'avoir snobée pendant si longtemps. Une photo nous immortalisant ensemble ne faisait pas partie du plan.

Elle a tenté de dégager son bras. « Je... je ne veux pas », a-t-elle protesté.

J'ai fait volte-face pour bien la regarder. « Pourquoi ça, Courtney ? Pourquoi m'as-tu invitée ici ? Ne me dis pas que je te servais juste de taxi. Je croyais qu'on allait devenir amies. »

Tyler a dû l'insérer dans le livre d'or parce qu'il savait pertinemment qu'elle ne serait jamais publiée dans l'album. Et il était hors de question pour lui de la restituer à Courtney. Pas depuis qu'il avait compris la signification profonde de cette photo.

« *Nous sommes amies, a-t-elle affirmé.*

– *Alors pose ton verre, ai-je rétorqué. On va se faire prendre en photo.* »

Tyler a pointé l'objectif sur nous, il a ajusté la mise au point et attendu nos beaux sourires naturels. Courtney a baissé le bras pour cacher son verre hors champ. J'ai enroulé mon bras autour de sa taille, et je lui ai dit : « Si tu as envie d'emprunter des trucs dans mon tiroir, Courtney, surtout n'hésite pas.

– *Prêtes ?* » *a demandé Tyler.*

Je me suis pliée en deux, comme si on venait de me raconter la meilleure blague du monde. Clic.

Puis j'ai déclaré que cette soirée était nulle et que je rentrais chez moi.

Courtney m'a suppliée de rester. D'être raisonnable. Et je manquais peut-être un peu de cœur, sur ce coup-là. Après tout, elle n'était pas encore disposée à partir. Comment rentrerait-elle chez elle si son chauffeur ne l'attendait pas ?

« *Trouve-toi un autre taxi* », *ai-je rétorqué. Et je suis partie.*

Quelque part, j'en aurais presque pleuré d'avoir si bien deviné son petit jeu. Mais à la place, pendant le long trajet à pied jusqu'à ma voiture, je me suis mise à rire. Et à interpeller les arbres en criant : « *Qu'est-ce que c'est que ce cirque ?* »

Là, j'ai entendu quelqu'un m'appeler.

« *Qu'est-ce que tu veux, Tyler ?* »

Il m'a dit que j'avais raison, à propos de la fête. « *C'est nul.*

– *Non, Tyler. Tu te trompes.* » *Je lui ai demandé pourquoi il me suivait.*

Il a baissé les yeux vers son appareil photo, tripoté nerveusement l'objectif. Il avait besoin de quelqu'un pour le ramener en voiture.

Là, j'ai éclaté de rire pour de bon. Non pas à cause de ce qu'il venait de dire, mais de l'absurdité de cette soirée. N'avait-il donc pas la moindre conscience que j'étais au courant de ses petites virées d'espionnage – de ses missions nocturnes ? Ou espérait-il sincèrement que je ne savais rien ? Car tant que je ne savais rien, on pouvait être amis, non ?

« D'accord, ai-je déclaré. Mais je ne m'arrête nulle part en route. »

À plusieurs reprises, pendant le trajet, il a essayé de me faire la conversation. Mais chaque fois, j'ai coupé court. Je n'avais aucune envie de faire comme si tout allait bien, car ce n'était pas le cas.

Après l'avoir déposé, j'ai fait le plus long détour possible pour rentrer chez moi.

Quelque chose me dit que je vais faire pareil.

J'ai exploré des ruelles et des recoins cachés dont j'avais toujours ignoré l'existence. J'ai découvert des quartiers totalement nouveaux. Et au final... j'ai réalisé que j'en avais assez de cette ville et de tout ce qu'elle contenait.

Je commence à éprouver la même chose, Hannah.

Face suivante.

■

▶

Qui d'entre vous se souvient du Dollar de la Saint-Valentin ?

Qui d'entre nous ne voudrait pas oublier, plutôt ?

C'est génial, non ? Il suffit de remplir un questionnaire, et un ordinateur se charge d'analyser vos réponses et de les comparer aux autres. Pour la modique somme d'un dollar, on obtient le nom et le numéro de son âme sœur. Pour cinq dollars, on a même droit au top 5. Et en plus, tous les bénéfices vont à une bonne cause !

Le Pom-Pom Club des pom-pom girls.

Le Pom-Pom Club des pom-pom girls.

Tous les matins, une voix enthousiaste résonnait dans les haut-parleurs : « N'oubliez pas, il ne vous reste que quatre jours pour remplir vos questionnaires. Plus que quatre jours de solitude avant de trouver le grand amour ! »

Et tous les matins, les pom-pom girls se succédaient au micro pour nous gratifier de leur joyeux compte à rebours. « Plus que trois jours... Plus que deux jours... Plus qu'un jour... Enfin le grand jour ! »

À chaque pas qui m'éloigne un peu plus de chez Tyler et Marcus, les muscles de mes épaules se détendent petit à petit.

121

Après quoi l'équipe des filles au grand complet se mettait à chanter : « Un dollar, rien qu'un dollar, pour la Saint-Valentin ! »

Le tout, bien sûr, suivi d'un déferlement d'exclamations, de cris de joie et de hourras. Je les imaginais en train de sauter en l'air, de faire le grand écart ou d'agiter leurs pompons au beau milieu du secrétariat.

J'y suis entré un jour, missionné sur place par un prof, et c'est exactement ce qu'elles étaient en train de faire.

Et oui, j'ai rempli mon questionnaire. J'ai toujours adoré les tests. Si vous m'avez déjà surprise plongée dans un magazine féminin pour ados, je vous jure que ce n'était pas pour les conseils de maquillage, mais pour les tests.

Mais tu ne te maquillais jamais, Hannah. Tu n'avais pas besoin de ça.

Bon, d'accord. Leurs rubriques coiffure et maquillage étaient parfois utiles.

Alors tu te maquillais ?

Mais je n'achetais ces magazines que pour faire les tests. Les conseils beauté venaient en bonus.

Vous vous souvenez de ces questionnaires d'orientation professionnelle qu'on remplit en première année, ceux qui sont censés vous aider à choisir vos options ? D'après mes résultats, j'étais vouée à une grande carrière de bûcheronne. Et si ça ne marchait pas, je pouvais toujours me rabattre sur astronaute.

Astronaute ou bûcheronne ? Sérieusement ? Merci du tuyau.

Je ne me souviens plus de mon second choix mais j'avais eu bûcheron en premier, moi aussi. Je m'étais efforcé de comprendre comment mes réponses avaient pu donner un résultat pareil. Certes, j'avais indiqué que j'aimais la vie au grand air, mais qui n'aime pas la vie au grand air ? Ça ne vou-lait pas dire que j'avais envie de couper des arbres.

Le test était en deux parties. D'abord, vous deviez vous décrire. Cou-leur des cheveux. Des yeux. Taille. Silhouette. Goûts en musique et en cinéma. Puis il fallait cocher vos trois activités préférées du week-end. C'est drôle, d'ailleurs, parce que la personne qui a conçu ce test a omis d'inclure l'alcool et le sexe – réponses les plus pertinentes pour la plu-part des gens de ce lycée.

Il y avait une vingtaine de questions. Et d'après les noms que j'ai récoltés sur ma liste, je sais que tous n'ont pas répondu honnêtement.

Au milieu du trottoir, sous un lampadaire, j'aperçois un banc en métal vert foncé. Peut-être un ancien arrêt de bus, qui sait. Aujourd'hui, c'est juste un banc comme un autre. Destiné aux personnes âgées ou à quiconque n'ayant plus la force de marcher.

Comme moi.

Dans la seconde moitié du questionnaire, vous deviez décrire votre âme sœur idéale. Taille. Silhouette. Fan de sport ou non. Timide ou extravertie.

Je m'assois sur le métal froid et me penche en avant, la tête entre les mains. Je me trouve tout juste à quelques rues de chez moi, et je ne sais pas où aller.

En remplissant mon questionnaire, je me suis surprise à décrire un garçon précis du lycée.

J'aurais dû répondre sérieusement aux questions.

Si mes réponses ciblaient quelqu'un en particulier, ce quelqu'un aurait dû apparaître dans mon top 5. Mais ce garçon avait dû être insensible aux pom-pom girls et à leurs injonctions, car il ne figurait pas sur ma liste.

Et non, je ne vous révélerai pas son nom... pas encore.

Pour rire, j'avais répondu en me mettant dans la peau de

Holden Caulfield, le narrateur de *L'Attrape-cœurs*, le bouquin inscrit au programme de littérature ce semestre-là. Le premier modèle qui m'était venu à l'esprit.

Holden. Un rencard avec un solitaire dépressif dans son genre devait être un cauchemar.

Quand on nous a distribué les questionnaires, pendant le cours d'histoire en troisième heure, j'ai griffonné mes réponses à toute allure.

J'avais obtenu des noms très bizarres sur ma liste. Tout à fait le genre de filles que je m'attendais à voir s'amouracher de Holden Caulfield.

C'était un jour comme les autres pendant le cours d'histoire du répétiteur, Patrick : déchiffrer un amas de gribouillis probablement inscrits au tableau cinq minutes avant le début de l'heure, et les recopier dans son cahier. Si vous aviez terminé avant la fin, vous aviez le droit de lire votre manuel de la page huit à cent quatre-vingt-quatorze... sans vous endormir.

Et interdiction de bavarder.

Comment pouvais-je deviner que chacune de ces filles allait réellement m'appeler ? Pour moi, tout le monde voyait ce truc comme une blague. Un prétexte pour renflouer les caisses du Pom-Pom Club.

Après le cours, je me suis rendue directement au bureau des élèves. Tout au bout du guichet, près de la porte, se trouvait la boîte aux lettres où déposer les questionnaires – un gros carton à chaussures doté d'une fente et de petits cœurs en papier rouges et roses découpés à la main. Les cœurs rouges portaient l'inscription « 1 $ pour la Saint-Valentin ! », et les roses arboraient le symbole du dollar.

J'ai plié mon questionnaire en deux, je l'ai glissé dans la fente et j'ai tourné les talons. Mais Miss Benson, souriante comme à son habitude, se tenait juste devant moi.

« Hannah Baker ? J'ignorais que Courtney Crimsen et toi étiez amies. »

L'expression de mon visage devait en dire long, car elle s'est reprise aussitôt. « Enfin, c'est ce que je pensais. C'est l'impression que ça donnait. Vous êtes amies, non ? »

Cette femme est d'une indiscrétion incroyable.

J'ai aussitôt repensé à Tyler guettant devant ma fenêtre... et j'étais furieuse ! Montrait-il ses photos volées à tout le monde ? Y compris à Miss Benson ?

Non. Cette dernière m'a expliqué qu'en apportant des chèques au comité de rédaction de l'album-souvenir, ce matin-là, elle avait vu certaines photos présélectionnées scotchées aux murs. L'un de ces clichés était celui de Courtney et moi.

Oui, vous avez bien compris. Celle de la soirée, où je la tenais par la taille en faisant semblant de m'amuser comme une folle.

Belle performance d'actrice, Hannah.

Je lui ai répondu : « Non, on se connaît, c'est tout.

– C'est une photo très sympathique, en tout cas », a conclu Miss Benson. Avant d'ajouter cette phrase, dont je me souviens encore au mot près : « Ce qu'il y a de formidable, dans une photo d'album-souvenir, c'est que tout le monde est invité à partager ce moment avec vous... pour toujours. »

Elle devait déjà l'avoir prononcée un bon million de fois. Et avant, j'aurais sans doute été d'accord avec elle. Mais pas pour cette photo. Personne en la regardant ne pourrait jamais partager ce moment avec nous. Personne ne pourrait jamais imaginer à quoi je pensais sur cette photo. Ni Courtney. Ni Tyler.

Tout était faux.

À cet instant, dans ce bureau, la prise de conscience que personne ne connaissait ma vérité a profondément ébranlé ma vision de la vie.

C'est comme lorsqu'on conduit sur une route pleine de bosses et qu'on perd le contrôle de sa direction en déviant – quelques instants à peine – vers le bas-côté. Les pneus ramassent un peu de terre, mais vous parvenez à rectifier le tir. Pourtant, vous avez beau agripper le volant, le maintenir le plus droit possible, quelque chose ne cesse de vous projeter sur le côté. Vous ne contrôlez presque plus rien. Et à un moment donné, vous n'en pouvez plus de vous battre – de vous acharner – et vous envisagez de tout lâcher. De laisser l'accident... ou je ne sais quoi... se produire.

Le haut du front entre les mains, je presse mes pouces sur mes tempes, de toutes mes forces.

Je parie que Courtney arbore un beau sourire sur cette photo. Faux, mais éclatant.

Non. Mais tu ne pouvais pas le savoir.

Voyez-vous, Courtney pensait pouvoir me pousser sur le bas-côté chaque fois qu'elle le désirait. Mais je ne me suis pas laissé faire. J'ai repris ma place au milieu de la route, juste assez longtemps pour l'éjecter, elle... ne fût-ce que pour quelques secondes.

Mais revenons-en au test. Celui de la Saint-Valentin. Serait-ce une occasion supplémentaire de me voir éjecter sur le bas-côté ? Ce test servirait-il de prétexte à ceux qui me trouveraient sur leur liste pour me proposer un rencard ?

Éprouveraient-ils un petit supplément d'excitation à cause des rumeurs circulant sur moi ?

J'ai examiné la fente de la boîte – trop fine pour y glisser les doigts. Mais je pouvais toujours soulever le couvercle et récupérer ma feuille. Ce serait si simple. Miss Benson me demanderait pourquoi, et je feindrais d'être embarrassée à l'idée de répondre à un questionnaire amoureux. Elle comprendrait.

Ou bien... je pouvais attendre, juste pour voir.

Si j'avais été malin, j'aurais rempli le questionnaire honnêtement. J'aurais décrit Hannah. Et nous aurions peut-être parlé ensemble. Parlé pour de vrai. Pas juste échangé des blagues comme l'été dernier au cinéma.

Mais ce n'est pas ce que j'ai fait. J'étais dans un autre état d'esprit.

La plupart des gens, comme je le pensais, se contenteraient-ils de lire leur liste pour rigoler, sans rien en attendre de plus ? Ou l'utiliseraient-ils ?

Si le nom et le numéro d'Hannah étaient apparus sur ma liste, l'aurais-je appelée ?

Je me laisse tomber sur le banc glacé, la tête en arrière. Très en arrière, au point que la pointe de ma colonne vertébrale pourrait bien se briser si j'insiste encore un peu.

Il ne peut rien arriver de grave, ai-je songé. Ce test n'est qu'une plaisanterie. Personne ne va s'en servir. Calme-toi, Hannah. Il n'y a aucun piège.

Mais si j'avais raison... si j'avais tout compris... si je fournissais à quelqu'un une excuse pour tester les rumeurs à mon sujet... Eh bien... allez savoir. Je passerais outre, peut-être. Ou je piquerais une colère.

Ou je lâcherais prise.

Ce jour-là, pour la première fois, j'ai envisagé la possibilité du lâcher-prise. J'y ai même entrevu une sorte d'espoir.

Depuis la soirée d'adieu de Kat, je ne pouvais m'empêcher de penser à Hannah. Son apparence. Son comportement. Le contraste entre l'impression qu'elle me faisait et tout ce que j'avais entendu sur elle. Mais j'avais trop peur de découvrir la vérité. Trop peur qu'elle me rie au nez si je lui demandais de sortir avec moi.

127

J'étais trop timoré, voilà tout.

Quels choix me restait-il ? Je pouvais quitter ce bureau en pessimiste, mon questionnaire à la main. Ou bien choisir de repartir avec un état d'esprit positif en espérant simplement que tout se passerait bien. Au final, je suis repartie en laissant mon test au fond de la boîte, pas très sûre de ce que j'étais. Optimiste ? Pessimiste ?

Aucun des deux. Juste une imbécile.

Je ferme les yeux, me focalise sur l'air vif qui m'entoure.

Quand je me suis rendu au cinéma l'été dernier déposer ma candidature, j'ai feint de découvrir qu'Hannah travaillait là-bas. Alors qu'elle était la vraie raison pour laquelle je postulais.

« C'est le grand jour ! s'est exclamée la pom-pom girl dans le micro. Venez récupérer la liste de vos Valentins et Valentines au bureau des élèves ! »

Pour mon premier jour de travail, je m'étais retrouvé au stand de la buvette avec Hannah. Elle m'avait montré comment enrober le pop-corn de sauce au « beurre » fondu.

Elle m'a expliqué que si j'avais des vues sur une fille venant m'acheter du pop-corn, je ne devrais lui verser qu'une demi-dose de sauce au beurre. Ainsi, à la moitié du film, elle serait forcée de revenir me voir. Et comme on serait seuls, je pourrais plus facilement engager la conversation avec elle.

Mais je n'ai jamais suivi ses conseils. Parce que c'était Hannah qui m'intéressait. Et la seule pensée qu'elle puisse appliquer cette technique à d'autres garçons me rendait jaloux.

Je n'avais pas encore décidé si je voulais récupérer ma liste ou non. Avec ma chance, je récolterais peut-être un bûcheron. Mais quand je

suis allée au secrétariat, personne ne faisait la queue. Alors j'ai pensé...
Bah, pourquoi pas.

Je me suis avancée vers le guichet pour dire mon nom, mais la pom-pom girl assise devant l'ordinateur m'a interrompue.

« Merci de soutenir le Pom-Pom Club, Hannah. » Elle a penché la tête en souriant. « C'est nul, hein ? Je sais. Mais je suis censée le répéter à tout le monde. »

Sans doute la même pom-pom girl que celle qui m'a donné mes résultats.

Elle a entré mon nom dans son ordinateur, elle a tapé sur la touche ENTER, puis m'a demandé combien de noms je voulais. Un ou cinq ? J'ai posé un billet de cinq dollars. Elle a appuyé sur le chiffre 5, et une imprimante placée de mon côté du guichet a sorti ma liste.

L'imprimante était mise dans cette position, m'a-t-elle expliqué, afin que la pom-pom girl de permanence ne soit pas tentée de lire les listes. Pour que personne n'ait honte de la sienne.

J'ai répondu que c'était une bonne idée, et j'ai baissé le regard vers ma feuille.

« Alors, t'as eu qui ? » m'a-t-elle demandé.

Aucun doute, c'est bien la même.

Elle disait ça comme une blague, bien sûr.

Oh non.

À moitié pour rire, j'ai posé ma liste devant elle.

« Pas mal, a-t-elle commenté. Oh, je l'aime bien, lui. »

J'ai concédé que mes résultats n'étaient pas trop mauvais. Mais pas extraordinaires non plus.

Elle a haussé les épaules et conclu que ma liste appartenait à la catégorie « pas-mal-mais-sans-plus ». Puis elle m'a confié un petit secret. Tout ça n'avait rien de très scientifique.

Sauf pour attirer des jeunes filles en quête d'un Holden Caulfield solitaire et déprimé. Là-dessus, le test méritait un prix Nobel.

Nous étions d'accord sur le fait que deux des noms de la liste me correspondaient tout à fait. Mais un troisième, qui me plaisait assez, a suscité de sa part une réaction très différente.

« Non », a-t-elle décrété. Son visage, son enthousiasme se sont assombris d'un coup. « Fais-moi confiance... pas lui. »

Figure-t-il sur tes cassettes, Hannah ? Est-ce lui dont il s'agit à présent ? Parce que je doute que cette face-ci soit consacrée à la pom-pom girl.

J'ai protesté. « Il est mignon, pourtant.

– En apparence seulement », m'a-t-elle rétorqué.

Elle a sorti de la caisse un paquet de billets de cinq dollars, a placé le mien par-dessus, puis a retourné un à un tous les billets de la liasse pour les mettre dans le même sens.

Je n'ai pas insisté, mais j'aurais dû. Et d'ici deux ou trois cassettes, vous saurez pourquoi.

Ce qui me fait penser que je n'ai pas encore révélé le nom du héros de cette face. Heureusement, c'est le moment idéal pour vous le présenter. Car il s'est manifesté pile à cet instant.

Une fois de plus, ce n'est pas moi.

Une sonnerie a retenti. Un téléphone, peut-être ? J'ai interrogé la fille du regard, mais elle a secoué la tête. J'ai posé mon sac à dos sur le comptoir, j'ai trouvé mon portable et j'ai décroché.

« Hannah Baker, a fait une voix. Ravi de t'entendre. »

J'ai regardé la pom-pom girl avec un haussement d'épaules dubitatif. « Qui est à l'appareil ?

– Devine comment j'ai eu ton numéro. »

J'ai répondu que j'avais horreur des devinettes, alors il m'a donné la réponse. « J'ai payé pour l'avoir.

– Tu as payé pour avoir mon numéro de portable ? »

La fille a mis sa main devant sa bouche et, de l'autre, m'a désigné l'imprimante – le Dollar de la Saint-Valentin !

Impossible, ai-je songé. Ce type m'appelait parce qu'il avait trouvé mon nom sur sa liste ? D'une certaine façon, c'était flatteur. Mais un peu curieux aussi.

La pom-pom girl a pointé sur ma liste les deux noms que nous avions qualifiés de meilleurs, mais j'ai fait non de la tête. Je connaissais suffisamment le son de leur voix pour savoir que ce n'était aucun de ces deux-là. Ce n'était pas non plus celui contre lequel elle m'avait mise en garde.

J'ai lu les deux derniers noms à voix haute.

« Apparemment, a commenté mon interlocuteur, je t'ai sur ma liste mais je ne suis pas sur la tienne. »

Tu as pourtant fini par atterrir sur la liste d'Hannah. Un autre genre de liste. Une dont tu te serais bien passé, j'en suis sûr.

Je lui ai demandé quelle position j'occupais sur sa liste.

À nouveau, il m'a dit de deviner, avant d'ajouter rapidement qu'il plaisantait. « Prête ? Tu es mon numéro un, Hannah. »

J'ai articulé sa réponse en silence – numéro un ! – et la fille a fait un petit bond sur place.

« Trop cool », m'a-t-elle chuchoté.

Mon interlocuteur m'a ensuite demandé quels étaient mes projets pour la Saint-Valentin.

« Ça dépend. T'es qui ? »

Mais il ne m'a pas répondu. C'était inutile. Car à cet instant, je l'ai aperçu... juste derrière la fenêtre du bureau. Marcus Cooley.

Salut à toi, Marcus.

Je serre les dents. Marcus. J'aurais dû lui balancer cette pierre tout à l'heure.

Marcus, comme vous le savez, est l'un des clowns officiels du lycée. Pas dans le genre graveleux, plutôt clown sympa.

Question de point de vue.

Il est vraiment drôle, en plus. Un nombre incalculable de cours a été sauvé d'un ennui mortel grâce à l'une de ses fameuses vannes tombée à point. Naturellement, je n'ai rien pris de ce qu'il me disait au sérieux.

Il ne se tenait qu'à quelques mètres, derrière la vitre, mais j'ai continué à lui parler dans le combiné. « Tu mens. Je ne suis pas sur ta liste. »

À ce moment, son habituel sourire farceur m'a paru bizarrement sexy. « Quoi... tu ne me crois pas ? » m'a-t-il rétorqué. Il a plaqué sa feuille contre la vitre.

J'avais beau me tenir trop loin pour lire, j'ai interprété ce geste comme la preuve qu'il disait la vérité. Cela dit, je ne prenais toujours pas son invitation au sérieux. J'ai donc décidé de le faire mariner un peu.

« Parfait. Quelle heure ? »

La pom-pom girl a enfoui son visage entre ses mains, mais je l'ai vue rougir derrière ses doigts.

Qui sait. Sans elle dans le rôle de la spectatrice, à m'encourager, je n'aurais sans doute pas accepté aussi vite. Mais je jouais seulement la comédie. Histoire de lui donner un truc à raconter à son prochain entraînement de pom-pom girls.

Cette fois, c'était au tour de Marcus de virer rouge tomate. « Oh... heu... OK... alors... Disons chez Rosie ? Genre, pour manger une glace ? »

E-5. J'avais déjà repéré cette étoile sur le plan dans le bus. Je situais à peu près où ça se trouvait, sans identifier précisément de quelle boutique il s'agissait. Mais j'aurais dû m'en douter. Les meilleures crèmes glacées et les hamburgers-frites les plus gras à la ronde. Le Rosie's Diner.

Sans le vouloir, j'ai réagi avec sarcasme. « Une glace ? » Aller manger une glace à deux, cela semblait tellement... mignon. J'ai donc accepté de le retrouver là-bas après les cours. Et là-dessus, on a raccroché.

La pom-pom girl a plaqué ses paumes sur le comptoir. « Il faut absolument que tu me laisses raconter ça à tout le monde ! »

Je lui ai juste fait promettre de tenir sa langue jusqu'au lendemain, au cas où.

« D'accord », m'a-t-elle répondu. Mais à son tour, elle m'a fait jurer de lui raconter la suite des événements.

Certains d'entre vous connaissent sans doute cette fille, mais je ne révélerai pas son identité. Elle était adorable, et vraiment contente pour moi. Elle n'a rien fait de mal.

Honnêtement. Je le dis sans ironie aucune. N'allez pas interpréter mes paroles de travers.

Au début, j'avais une vague idée du nom de cette fille. Maintenant que je repense au jour où tout le monde a su pour Hannah, ça ne fait plus aucun doute. Jenny Kurtz. Nous étions en cours de bio ensemble. J'étais déjà au courant. Mais Jenny n'a appris la nouvelle qu'à ce moment-là, scalpel en main, un lombric éventré et punaisé sur son pupitre. Elle a reposé son scalpel et s'est figée dans un long silence hébété. Puis elle s'est levée et, sans s'arrêter au bureau du prof pour lui demander une autorisation de sortie, elle est partie.

Je l'ai cherchée pendant le reste de la journée, sidéré par sa réaction. Comme la plupart des gens, j'ignorais qu'elle pouvait avoir un lien quelconque avec Hannah Baker.

Lui ai-je ensuite raconté ce qui s'était passé au Rosie's Diner ? Non. Au contraire, je l'ai évitée le plus longtemps possible.

Et vous comprendrez bientôt pourquoi.

Certes, je ne pouvais pas l'éviter éternellement. C'est la raison pour laquelle elle fera de nouveau son apparition sur ces cassettes, un peu plus tard... et avec un nom.

Je ne tremble plus seulement à cause du froid. À chaque nouvelle histoire, un vieux souvenir ressurgit sous un jour inattendu. Une réputation se fissure, révélant une personnalité insoupçonnée.

J'ai failli pleurer en voyant Jenny sortir du cours de bio. Chaque fois que je voyais quelqu'un avoir ce genre de réaction, que ce soit elle ou Mr Porter, je repensais au moment où j'avais appris pour Hannah. Où j'avais pleuré pour de vrai.

Au lieu de me sentir en colère contre eux.

Si vous tenez vraiment à vous mettre dans la peau d'Hannah Baker, allez donc faire un tour chez Rosie.

Bon sang. Comme je hais ces incertitudes constantes. Ces ambiguïtés.

E-5 sur votre carte. Asseyez-vous sur l'un des tabourets face au comptoir. Dans une minute, je vous dirai quoi faire. Mais d'abord, je vais vous parler de ma relation à cet endroit.

Avant ce jour, je n'y avais jamais mis les pieds. Ça semble incroyable, je sais. Tout le monde est déjà allé chez Rosie. Mais que je sache, personne n'y est jamais allé seul. Et chaque fois qu'on m'y invitait, pour une raison ou une autre, je n'étais pas libre. Visite familiale. Trop de boulot. Jamais le bon moment.

Pour moi, le Rosie's Diner dégageait une sorte d'aura. De mystère. D'après les histoires que j'entendais, il semblait toujours s'y passer un tas de choses. Alex Standall, à peine arrivé en ville depuis une semaine, avait livré sa première bagarre juste devant l'entrée. Il nous l'avait racontée, à Jessica et à moi, du temps de nos rendez-vous au Monet's Garden.

En entendant parler de cette bagarre, j'en avais conclu qu'il valait mieux ne pas trop chercher ce mec. Il savait donner les coups comme les encaisser.

Une fille dont je tairai le nom s'était laissé peloter pour la première fois sous son soutien-gorge dégrafé en embrassant son mec dans le coin des flippers.

Courtney Crimsen. Tout le monde le sait. Et ce n'est pas comme si elle cherchait à le cacher.

Bref, il semblait clair que Rosie fermait les yeux sur ce qui se passait dans son établissement tant que les cônes de glace étaient remplis et que les burgers cuisaient sur le gril. Je mourais d'envie d'y aller, mais pas question de m'y rendre seule et de me ridiculiser.

Marcus Cooley me fournissait l'excuse l'idéale. Et en plus, pour une fois, j'étais libre.

Libre, mais pas complètement stupide.

Je me méfiais un peu de lui. J'avais des doutes. Pas tant sur lui, mais plutôt sur la clique qu'il fréquentait.

Une clique dont Alex Standall faisait partie.

Depuis qu'il avait déserté nos sessions « Abracadabra » au Monet's Garden, Alex s'était mis à traîner avec Marcus. Et après l'histoire de la liste « Canon ou Boudin », j'avais cessé de lui faire confiance.

Alors pourquoi ferais-je confiance à quelqu'un de son entourage ?

Tu ne devrais pas.

Pourquoi ? Parce que c'était exactement ce que j'attendais des autres. Qu'ils me fassent confiance, malgré les bruits de couloir qu'ils avaient pu entendre sur moi. Et plus encore, j'avais envie qu'ils apprennent à me connaître. Pas comme ils croyaient déjà me connaître, non. Je voulais qu'ils me connaissent vraiment. Qu'ils voient au-delà des rumeurs. Au-delà de mes liens passés avec certaines personnes, ou de mes relations actuelles qui pourraient leur déplaire. Si je voulais être considérée avec respect, il fallait bien que j'agisse de même envers les autres, non ?

Je suis donc entrée chez Rosie, et je me suis installée au comptoir. Quand vous irez là-bas, si vous y allez, ne passez pas commande tout de suite.

Au fond de ma poche, je sens mon portable vibrer.

Restez assis. Attendez.

Puis attendez encore un peu.

C'est ma mère.

‖

Je décroche, mais même les mots les plus simples restent coincés au fond de ma gorge. Je ne dis rien.

– Trésor ? (Sa voix est douce.) Est-ce que tout va bien ?

Je ferme les yeux pour me concentrer et parler calmement.

– Ça va, dis-je – mais l'a-t-elle entendu ?

– Clay, il se fait tard. (Elle marque une pause.) Où es-tu ?

– J'ai oublié d'appeler. Désolé.

– Ce n'est pas grave.

Elle entend, mais ne me demande rien.

– Veux-tu que je passe te chercher ?

Je ne peux pas rentrer chez moi. Pas encore. Je m'apprête à

lui répondre que je dois rester encore un peu chez Tony pour l'aider jusqu'à ce qu'il ait terminé. Mais je suis presque au bout de cette cassette, et il n'y en a plus qu'une dans mon sac.

– Maman ? Tu voudrais me rendre un service ?

Pas de réponse.

– J'ai laissé des cassettes sur l'établi.

– Pour ton travail ?

Non, minute ! Et si elle les écoutait ? Si elle en passait une sur la platine, juste pour voir ce qu'il y a dessus ? Si c'était la partie où Hannah parle de moi ?

– Non, ça ira. Laisse tomber. Je passerai les prendre.

– Je peux te les apporter.

Je me tais. Les mots ne sont pas coincés dans ma gorge, c'est juste que je ne sais pas quoi dire.

– Je vais sortir, de toute manière, reprend-elle. Nous n'avons plus de pain, et je prépare des sandwichs pour demain.

Je m'esclaffe en sourdine et je souris. Chaque fois que je sors un peu tard le soir, elle me prépare un sandwich pour le lendemain midi. J'ai beau protester, lui assurer que je m'en occuperai moi-même en rentrant, elle adore ça. Elle prétend que ça lui rappelle quand j'étais petit et que j'avais besoin d'elle.

– Dis-moi simplement où tu es.

Courbé en deux sur mon banc métallique, je réponds le premier truc qui me passe par la tête.

– Chez Rosie.

– La cafétéria ? Tu fais tes devoirs là-bas ? (Elle attend ma réponse, mais je n'en ai pas.) Est-ce que ce n'est pas bruyant ?

La rue est déserte. Il n'y a pas de voitures. Pas le moindre bruit, ni brouhaha à l'arrière-plan. Elle sait que je mens.

– Tu comptes te mettre en route quand ?

– Dès que j'aurai récupéré tes cassettes.

– Parfait. (Je me remets en marche.) À tout de suite.

▶

Écoutez les conversations autour de vous. Les gens se demandent-ils ce que vous faites là, tout seul ? Maintenant, jetez un œil par-dessus votre épaule. S'arrête-t-on soudain de parler ? Tourne-t-on le regard ailleurs ?

Désolée si ça vous semble pathétique, mais vous savez que c'est la vérité. Vous n'y êtes jamais allé seul, hein ?

Moi, non.

C'est une expérience viscéralement différente. Et au fond, vous savez que la raison pour laquelle vous ne l'avez jamais fait est justement ce que je viens de décrire. Mais si vous y allez quand même, et que vous ne commandez rien, tout le monde pensera de vous ce qu'ils ont pensé de moi. Que vous devez attendre quelqu'un.

Alors restez à votre place. Et toutes les trois minutes, regardez l'heure au mur. Plus vous attendrez – et c'est la vérité – plus les aiguilles se déplaceront lentement.

Pas aujourd'hui. Quand j'y serai, mon cœur battra la chamade à mesure que les aiguilles se rapprocheront de l'instant où ma mère franchira la porte.

Je me mets à courir.

Au bout d'un quart d'heure, vous avez ma permission de commander un milk-shake. Parce que un quart d'heure, c'est déjà dix minutes de plus que la durée normale du trajet à pied depuis le lycée, même en marchant à une vitesse d'escargot.

On dirait que je me suis fait poser un lapin.

Au fait, si vous hésitez, je vous conseille le milk-shake à la banane et au beurre de cacahuètes.

Continuez à attendre, disons le temps de finir votre glace. Si une demi-heure s'est déjà écoulée, commencez à y aller franchement avec la cuillère pour sortir de là le plus vite possible. C'est ce que j'ai fait.

Tu n'es qu'un enfoiré, Marcus. Tu l'as plantée alors que tu n'étais même pas censé lui donner rendez-vous. C'était une simple collecte de fonds pour les pom-pom girls. Si tu n'avais pas envie de prendre ça au sérieux, rien ne t'y obligeait.

Une demi-heure, c'est long à attendre pour un rencard de Saint-Valentin. Surtout seule au comptoir chez Rosie. Mais cela vous laisse aussi pas mal de temps pour envisager toutes les hypothèses possibles. Serait-ce un oubli ? Parce qu'il semblait sincère. Après tout, même la pom-pom girl du guichet y a cru, non ?

Je continue à courir.

Calme-toi, Hannah. Voilà ce que je me répétais en boucle. Il n'y a aucun piège. Calme-toi. Ça vous dit quelque chose ? N'est-ce pas avec ces mots que je m'étais convaincue de ne pas ressortir mon questionnaire de la boîte ?

OK, j'arrête là. Voilà donc les pensées que je ruminais après une bonne demi-heure passée à attendre Marcus. Ce qui n'a sans doute pas contribué à me mettre de bonne humeur quand il a fini par se pointer.

Je ralentis. Non parce que je suis à bout de souffle ou que mes jambes vont me lâcher. Je n'éprouve aucune fatigue physique. Mais je me sens épuisé.

Si Marcus ne lui a pas posé de lapin, alors quoi ?

Il s'est assis sur le tabouret à côté de moi et il s'est excusé. Je lui ai dit que j'étais sur le point de laisser tomber et de m'en aller. Il a regardé ma coupe vide, et s'est excusé à nouveau. Mais pour lui, il

139

n'était pas en retard. Il ne pensait même pas me trouver là en arrivant.

Et loin de moi l'idée de le lui reprocher. Apparemment, il avait cru à une blague entre nous. Ou considéré que c'en était une. Mais à mi-chemin, en rentrant chez lui, il avait tout à coup réfléchi puis fait demi-tour en direction de chez Rosie, au cas où.

Voici la raison pour laquelle tu figures sur cette cassette, Marcus. Tu as fait demi-tour au cas où. Au cas où moi, Hannah Baker – Miss Réputation – je serais venue au rendez-vous.

Et c'est bien triste mais j'étais là, en effet. Sur le coup, tout simplement, j'avais trouvé ça amusant.

Sur le coup, j'avais été stupide.

Ça y est, j'aperçois le restaurant. Sur le trottoir d'en face. Derrière le parking.

Voyez-vous, quand Marcus a poussé la porte, il n'était pas seul. Non. Marcus est entrée chez Rosie avec un plan en tête. Une partie de ce plan consistait à nous éloigner du comptoir, direction le coin banquette situé au fond de la salle. Près des flippers. Avec moi assise contre le mur.

Moi, coincée entre le mur... et lui.

Le parking est quasi désert. Quelques voitures sont garées devant chez Rosie, mais aucune n'est celle de ma mère. Alors je cesse de courir.

Si vous êtes chez Rosie en ce moment, restez plutôt assis au comptoir. C'est bien plus confortable. Croyez-moi.

Je me tiens immobile sur le trottoir, inspirant et expirant à pleins poumons. Une main rouge clignote de l'autre côté du carrefour.

J'ignore dans quelle mesure les étapes de ce plan étaient calculées. Marcus est peut-être venu avec une seule idée en tête. Un objectif. Et comme je l'ai dit, c'est un type marrant. Nous nous sommes donc retrouvés sur une banquette, tournant le dos au reste de la salle, à nous gondoler comme des fous. À un moment donné, il m'a tellement fait rire que j'en avais mal au ventre. Pliée en deux, le front contre son épaule, je l'ai supplié d'arrêter.

La main rouge du feu de signalisation continue à clignoter, comme une invitation pressante à me décider. J'ai encore le temps de bondir, de rejoindre l'autre trottoir et de traverser le parking au pas de course pour rejoindre Rosie.

Mais je ne le fais pas.

C'est alors qu'il m'a touché le genou. Et là, j'ai compris.

La main ne clignote plus à présent. Une main fixe, rouge vif.

Je tourne les talons. Je ne peux pas aller là-bas. Pas encore.

Mon rire s'est arrêté net. J'ai presque cessé de respirer. Mais j'ai gardé mon front contre ton épaule, Marcus. Ta main était là, sur mon genou. Sortie de nulle part. Comme celle qui m'avait touchée au Blue Spot Liquor.

« Qu'est-ce que tu fais ? je t'ai murmuré.

– Tu en veux plus ? » m'as-tu demandé.

Je n'ai pas répondu.

Je plaque ma main contre mon ventre. C'en est trop. Beaucoup trop à supporter.

Je vais me rendre chez Rosie. Dans une minute. Et avec un peu de chance, j'y serai avant ma mère.

Mais d'abord, le cinéma où Hannah et moi avons travaillé le temps d'un été. Un lieu où elle se sentait à l'abri : le Crestmont.

Et je ne me suis pas dégagée non plus.

C'était comme si ton épaule et toi n'étiez plus solidaires. Ton épaule n'était plus qu'un objet contre lequel je restais appuyée pendant que je mettais de l'ordre dans mes idées. Et je n'ai même pas pu lever les yeux pendant que tes doigts me caressaient le genou... puis quand ils ont commencé à remonter plus haut.

« Qu'est-ce que tu fais ? » t'ai-je demandé.

Le cinéma n'est qu'à un pâté de maisons d'ici, et aucune étoile ne le signale sur le plan d'Hannah. Il en faudrait une, pourtant.

Pour moi, ce lieu est une étoile rouge.

Ton épaule a pivoté et j'ai relevé la tête. Mais ton bras entourait maintenant mon dos pour m'attirer davantage contre toi. Pendant que ton autre main explorait ma jambe. Le haut de ma cuisse.

J'ai regardé par-dessus mon épaule, vers les autres banquettes, vers le comptoir, pour tenter de croiser le regard de quelqu'un. Quelques personnes ont bien jeté un œil de mon côté, mais tous ont tourné la tête.

Sous la table, mes doigts luttaient pour repousser les tiens. Desserrer leur emprise. Te chasser. Et je ne voulais pas crier – ce n'en était pas encore à ce point-là – mais mes yeux appelaient à l'aide.

J'enfonce mes mains dans mes poches, les poings serrés. J'ai envie de cogner dans un mur ou de fracasser une vitrine. Moi qui n'ai jamais eu d'accès de violence de ma vie, ni envers des gens ni envers des choses, ce soir j'ai failli frapper Marcus au visage avec une pierre.

Pourtant, tout le monde regardait ailleurs. Personne n'a demandé s'il y avait un problème.

Pourquoi ? Simple politesse ?

Pourquoi, Zach ? Était-ce par simple politesse, toi aussi ?

Zach ? Encore lui ? D'abord avec Justin, sur la première cassette, trébuchant sur la pelouse d'Hannah. Puis interrompant notre conversation à la soirée d'adieu de Kat...

Je hais tout ça. Je n'ai plus envie de savoir ce qui relie ces gens entre eux.

Je t'ai dit : « Arrête. » Et je sais que tu m'as entendue. Parce que vu la position de ma tête, tournée par-dessus le dossier de la banquette, ma bouche n'était qu'à quelques centimètres de ton oreille. « Arrête ça. »

Le Crestmont. Je tourne au coin et le voici, à quelques dizaines de mètres à peine. L'un des rares endroits un peu prestigieux de cette ville. La dernière salle de cinéma Art déco de tout l'État.

Tu m'as dit : « Ne t'inquiète pas. » Et tu devais savoir que le temps t'était compté, parce que ta main a aussitôt remonté le long de ma cuisse. Jusqu'en haut.

Alors je t'ai repoussé d'un coup sec, au point que tu es tombé de la banquette.

Bon, c'est plutôt drôle de voir quelqu'un se casser la figure d'une banquette, non ? On s'attendrait à ce que les gens rient. Sauf, bien sûr, s'ils savent qu'il ne s'agit pas d'un accident. Tout le monde avait parfaitement conscience qu'il se tramait quelque chose sur cette banquette. C'est juste qu'ils n'avaient pas envie d'intervenir.

Alors à tous, un grand merci.

La marquise à l'ancienne déployée au-dessus du trottoir. L'enseigne au graphisme sophistiqué, tendue vers le ciel telle une plume de paon électrique. Les lettres qui s'illuminent une par une, C-R-E-S-T-M-O-N-T, comme pour remplir une ligne de mots croisés en néons.

Quant à toi, tu es parti. Tu n'as pas fait de sortie précipitée. Tu t'es contenté de me traiter d'allumeuse, assez fort pour que tout le restaurant t'entende, et tu es parti.

Maintenant, revenons un peu en arrière. Gros plan sur moi, assise au comptoir, m'apprêtant à lever le camp. Gros plan sur moi, persuadée que Marcus ne viendrait pas parce qu'il se payait ma tête. Et je vais vous dire ce que j'ai pensé à ce moment-là. Parce que aujourd'hui, c'est encore plus vrai que ça ne l'a jamais été.

Je me dirige vers le Crestmont. Tous les commerces devant lesquels je passe sont fermés pour la nuit. Un solide rempart de vitrines obscures. Jusqu'à ce qu'un renfoncement triangulaire se découpe sur le trottoir, avec ses murs et son sol en marbre de la même couleur que les néons, pointant en direction du hall d'entrée. Et au centre de ce triangle, la caisse. Une simple guérite vitrée sur trois côtés, avec une petite porte au fond.

C'est ici que je travaillais le plus souvent, le soir.

Depuis très longtemps, quasiment depuis mon premier jour dans ce lycée, je semblais être la seule personne à s'intéresser à moi.

Vivez intensément l'instant de votre premier baiser... pour vous le reprendre comme une gifle en pleine figure.

Voyez les deux seuls êtres en qui vous avez confiance se retourner contre vous.

Voyez l'un d'eux se servir de vous pour se venger de l'autre, qui vous accuse ensuite de trahison.

Vous commencez à comprendre ? Ou est-ce que je vais trop vite ?

Eh bien, tâchez de suivre !

Faites-vous dépouiller par un intrus du peu de sentiment d'intimité et de sécurité qui vous reste. Confiez-vous alors à quelqu'un qui utilisera votre malaise pour satisfaire sa curiosité malsaine.

Elle s'interrompt. Ralentit un peu le rythme.

Puis réalisez que vous vous faites des montagnes de rien du tout. Réalisez à quel point vous êtes devenue mesquine. Bien sûr, vous avez peut-être le sentiment de perdre pied dans cette ville. Que chaque fois qu'on vous tend la main, c'est pour mieux vous lâcher et vous laisser vous enfoncer davantage. Mais ne sois donc pas si pessimiste, Hannah. Apprends à faire confiance aux autres.

Alors c'est ce que j'ai fait. Une ultime fois.

La dernière séance de la soirée a déjà commencé et la caisse est fermée. Je me tiens debout sur la dalle de marbre aux motifs tournoyants, immobile devant les affiches des prochains films.

Dans ce cinéma, je tenais ma chance de m'approcher d'Hannah.

Je tenais ma chance et je l'ai laissée s'échapper.

Et là... comment dire... certaines pensées ont commencé à s'insinuer dans mon esprit. Aurai-je un jour le contrôle de ma propre vie ? Serai-je toujours repoussée et piétinée par ceux en qui j'ai confiance ?

Je hais ce que tu as fait, Hannah.

Ma vie ira-t-elle un jour dans le sens que je veux ?

Tu n'avais pas à faire ça. Je hais la seule pensée que tu sois passée à l'acte.

Le lendemain, Marcus, j'ai pris une décision. J'ai décidé de voir ce que feraient les autres, au lycée, si l'un d'eux venait à disparaître.

Comme dit la chanson : « Tu es perdue à jamais et pour toujours, oh ma Clémentine.[1] »

Je m'appuie contre une affiche scellée derrière un immense cadre en plexiglas, et je ferme les yeux.

J'écoute quelqu'un en train de renoncer. Quelqu'un que je connaissais. Qui comptait pour moi.

---

1. Paroles de *Oh My Darling Clementine*, chanson traditionnelle.

145

Je l'écoute. Mais malgré tout, j'arrive trop tard.

■

Mon cœur bat à tout rompre, je ne tiens pas en place. Je traverse la dalle de marbre jusqu'à la caisse. Un panneau pend au bout d'une chaînette fixée par une ventouse contre la vitre. FERMÉ – À DEMAIN ! D'ici, l'endroit n'a pas l'air si exigu. Mais à l'intérieur, je me sentais comme un poisson dans son bocal.

Le seul contact humain se produisait quand les clients me passaient de l'argent sous la vitre et que je leur glissais leurs tickets. Ou quand un collègue ouvrait la porte derrière moi.

À part ça, quand je ne vendais pas de tickets, je bouquinais. Ou alors je levais les yeux vers le hall, à travers les vitres de mon aquarium, pour regarder Hannah. Et certains soirs, c'était particulièrement atroce. Certains soirs, je l'observais pour vérifier si elle versait bien la sauce au beurre fondu sur le pop-corn jusqu'au fond des cornets. Ça paraît ridicule, maintenant, et obsessionnel, mais c'était ainsi.

Comme le soir où Bryce Walker est venu au ciné. Il s'est pointé avec sa copine du moment, et il m'a demandé de lui accorder le tarif réduit pour moins de douze ans.

« Elle matera pas le film, de toute manière, a-t-il lâché. Si tu vois ce que je veux dire. » Et il a éclaté de rire.

Je ne la connaissais pas. Elle venait peut-être d'un autre lycée. Ce qui est sûr, c'est qu'elle n'avait pas l'air de trouver ça drôle. Elle a posé son sac sur le comptoir. « Je paierai ma place, si c'est comme ça. »

Bryce a repoussé son sac et acheté deux entrées. « Relax. C'était juste pour rire. »

146

À la moitié du film environ, pendant que je vendais déjà des billets pour la séance suivante, la fille est sortie comme une flèche de la salle en se tenant le poignet. Peut-être même qu'elle pleurait. Mais de Bryce, aucune trace.

Je gardais un œil sur le hall, m'attendant à le voir surgir pour la rattraper. En vain. Il est resté jusqu'à la fin du film pour lequel il avait payé son billet.

Mais quand les portes se sont rouvertes, il est allé s'accouder au comptoir de la buvette pour baratiner Hannah pendant que la salle se vidait. Hannah servait les boissons, vendait des paquets de bonbons et rendait la monnaie, hilare. Riant à tout ce qu'il disait.

Et pendant tout ce temps, je luttais contre l'envie de retourner le panneau FERMÉ. De foncer dans le hall et de lui demander de partir. Son film était terminé, il n'avait plus rien à faire là.

Mais c'était le job d'Hannah. Elle aurait dû lui demander de partir. Mieux, elle aurait dû vouloir qu'il s'en aille.

Une fois mon dernier ticket vendu et mon panneau retourné, je suis sorti par la porte de la cabine, j'ai fermé à clé derrière moi, et je suis allé dans le hall. Pour aider Hannah à ranger. Pour la questionner à propos de Bryce.

« À ton avis, pourquoi cette fille s'est-elle enfuie comme ça ? » lui ai-je demandé.

Hannah s'est arrêtée d'essuyer le comptoir et elle m'a regardé droit dans les yeux. « Je sais qui il est, Clay. Je sais ce qu'il vaut. Crois-moi.

– Je sais. » J'ai baissé la tête et effleuré une tache sur la moquette du bout de ma chaussure. « Je me demandais juste pourquoi tu avais continué à lui parler. »

Elle ne m'a pas répondu. Pas tout de suite.

Mais je ne pouvais me résoudre à la regarder en face. Je ne voulais pas lire la déception ou la frustration dans ses yeux. Je ne voulais pas voir chez elle ce genre de sentiments dirigés contre moi.

Pour finir, elle a lâché ces mots qui m'ont obsédé pendant le restant de la nuit : « Tu n'as pas à me protéger, Clay. »

Pourtant si, Hannah. Et j'y tenais beaucoup. J'aurais pu t'aider. Mais quand j'ai essayé, tu m'as repoussé.

Je l'entends presque formuler la question qui s'impose aussitôt à moi.

« Alors pourquoi n'as-tu pas insisté ? »

K7 N° 4 : FACE A

De retour à l'intersection, la main rouge clignote à nouveau mais je m'élance quand même pour traverser la rue. Le parking compte encore moins de voitures que tout à l'heure. Mais toujours aucun signe de ma mère.

À quelques portes de l'entrée du restaurant, je m'arrête de courir. Adossé contre la vitrine d'une animalerie, je tente de reprendre mon souffle. Puis je me courbe en deux, les paumes sur les genoux, en priant pour que tout ralentisse un peu avant qu'elle n'arrive.

Impossible. Parce que mes jambes ont beau s'être immobilisées, mon cerveau, lui, continue à turbiner. Je me laisse descendre le long de la vitre glacée, genoux pliés, luttant de toutes mes forces pour retenir mes larmes.

Mais le temps presse. Elle ne va plus tarder.

Après avoir inspiré à fond, je me remets péniblement debout, rejoins l'entrée du restaurant et pousse la porte.

Une bouffée d'air chaud m'assaille, mélange de graillon de hamburgers et d'odeurs sucrées. À l'intérieur, trois des cinq tables avec banquettes le long du mur sont déjà prises. L'une par un garçon et une fille sirotant des milk-shakes et grignotant du pop-corn en provenance du Crestmont. Les deux autres par des étudiants plongés en plein travail. Leurs cahiers recouvrent les sets de table, laissant tout juste assez de place pour leurs verres et quelques cornets de frites. Par chance, la banquette du fond est prise elle aussi. Je n'ai pas à me poser la question d'y aller ou non.

L'un des flippers arbore une affichette « Hors service » écrite à la main. L'autre est monopolisé par un gars de terminale que je reconnais vaguement, en train de se défouler sur la machine.

Suivant les bons conseils d'Hannah, je vais m'asseoir au comptoir, qui est désert.

Derrière se tient un homme vêtu d'un tablier blanc, occupé à répartir des couverts dans deux baquets en plastique. Il m'adresse un signe du menton.

– Quand vous voudrez.

Je tire un menu coincé entre deux porte-serviettes en inox. Au verso de la carte est imprimé l'historique détaillé de l'établissement, avec des photos en noir et blanc datant des quatre dernières décennies. Je parcours le menu, mais rien ne me tente. Pour l'instant.

Un quart d'heure. C'est le temps qu'Hannah a dit d'attendre. Un quart d'heure, et je passerai commande.

Quelque chose clochait quand ma mère a appelé. Un truc clochait chez moi, et je sais qu'elle l'a perçu dans le ton de ma voix. Écoutera-t-elle les cassettes pendant le trajet pour le découvrir ?

Quel imbécile. J'aurais dû lui dire que je les prendrais moi-même. Mais je ne l'ai pas fait. Me voilà donc condamné à l'attendre pour en avoir le cœur net.

Le garçon qui mangeait du pop-corn demande la clé des toilettes. L'homme au tablier lui désigne le mur. Deux clés sont suspendues à des crochets en laiton. L'une dotée d'un chien en plastique bleu, l'autre d'un éléphant rose. Le garçon prend le chien bleu et disparaît dans le couloir.

Une fois ses baquets en plastique rangés sous le comptoir, l'homme s'attelle au dévissage d'une bonne douzaine de salières et de poivrières sans me prêter attention. Ce qui me va très bien.

– Tu as déjà commandé ?

Je me retourne vivement. Ma mère s'assoit sur le tabouret à côté de moi et prend la carte du menu. Devant elle, sur le comptoir, est posée la boîte à chaussures d'Hannah.

– Tu comptes rester ? lui demandé-je.

Si elle reste, nous pourrons bavarder. Je n'y vois pas d'inconvénient. Ça me ferait du bien de me libérer la tête un moment. De faire une pause.

Elle me regarde dans les yeux et me sourit. Puis elle pose sa main sur son ventre et prend un air faussement grognon.

– Mauvaise idée, je crois.

– T'es pas grosse, m'man.

Elle fait glisser le carton de cassettes de mon côté.

– Où est ton copain ? Tu ne travaillais pas avec quelqu'un ?

Ah oui. Le boulot pour le lycée.

– Il a dû aller... Enfin il est aux toilettes, quoi.

Elle regarde derrière moi, par-dessus mon épaule, une seconde à peine.

Et je peux me tromper, mais je crois bien qu'elle vient de vérifier si les deux clés sont accrochées au mur.

Dieu merci, il en manque une.

– As-tu assez d'argent ? me demande-t-elle.

– Pour quoi faire ?

– Manger quelque chose.

Elle remet son menu en place, puis tapote son ongle sur le mien.

– Leurs chocolats maltés sont à se damner sur place.

– Tu as déjà mangé ici ?

Ça me surprend un peu. Je n'ai jamais croisé d'adultes dans cet endroit.

Ma mère lâche un petit rire. Elle pose sa main sur ma tête et lisse les rides perplexes de mon front avec le pouce.

– Ne prends pas cet air ébahi, Clay. Cet endroit existe depuis la nuit des temps.

Elle sort un billet de dix dollars et le laisse en évidence sur le carton à chaussures.

– Prends ce que tu veux, mais bois un chocolat malté à ma santé.

Quand elle se lève, la porte des toilettes s'ouvre en grinçant. Je tourne la tête et vois le type raccrocher la clé au chien bleu. Il s'excuse auprès de sa copine pour s'être absenté si longtemps et l'embrasse sur le front avant de se rasseoir.

– Clay ? me demande ma mère.

Avant de me retourner face à elle, je ferme les yeux, rien qu'un instant, et j'inspire.

– Oui ?

Elle esquisse un sourire.

– Ne reste pas dehors trop longtemps.

Mais c'est un sourire blessé.

Encore quatre cassettes. Sept histoires. Et toujours pas la mienne.

Je plonge mes yeux dans les siens.

– Ça risque de prendre un petit moment. (Puis je baisse le regard vers le menu.) C'est pour le bahut.

Elle ne dit rien. Mais du coin de l'œil, je vois qu'elle n'a toujours pas bougé. Elle lève la main. Je ferme les paupières, et je sens ses doigts tracer une ligne depuis le haut de mon crâne jusque dans le creux de ma nuque.

– Fais bien attention à toi, me dit-elle.

J'acquiesce.

Elle s'en va.

Je soulève le couvercle de la boîte, déroule le papier bulle. Les cassettes sont intactes.

▶

Le cours que tout le monde préfère – OK, le cours obligatoire *que tout le monde préfère – est Débat & Communication. C'est un genre d'option non facultative. Même si ce n'était pas un cours obligatoire, tout le monde s'y inscrirait, parce qu'on y décroche facilement des A.*

Et la plupart du temps, c'est même sympa. Je m'y inscrirais rien que pour ça.

Il y a très peu de devoirs, sans oublier les bonus pour la participation en classe. J'entends par là qu'on vous encourage à vous lâcher en cours. Comment ne pas adorer ça ?

Je me penche pour hisser mon sac sur le tabouret qu'occupait ma mère il y a encore une minute.

Alors que je me sentais de plus en plus rejetée de partout, ce cours était ma bulle d'oxygène au lycée. Chaque fois que j'entrais en classe, j'avais envie d'ouvrir les bras en m'exclamant « Abracadabra ! ».

J'enroule les trois cassettes que j'ai déjà écoutées dans le papier bulle et les replace dans le carton. Finies. Terminées.

Pendant une heure, chaque jour, plus personne n'était autorisé à me tripoter ou à ricaner dans mon dos, quelle que soit la rumeur du moment. Mrs Bradley n'aimait pas les ricanements.

J'ouvre mon sac et y pousse le carton à chaussures d'Hannah.

Règle numéro un, instaurée dès le premier jour. Si vous vous moquiez de quelqu'un pendant qu'il parlait, vous deviez une barre Snickers[1] à Mrs Bradley. Et si vos propos étaient vraiment trop odieux, vous pouviez prévoir d'emblée une barre extra-large.

Sur le comptoir, à côté du walkman et du milk-shake au chocolat commandé pour honorer la promesse à ma mère, sont posées les trois nouvelles cassettes.

Tout le monde payait, sans protester. C'est dire à quel point les gens respectaient Mrs Bradley. Personne ne l'accusait jamais d'être injuste, car elle incarnait l'intégrité. Si elle vous reprochait d'avoir ricané, c'était la vérité. Vous le saviez. Et le lendemain, une barre Snickers l'attendait sur son bureau.

Sinon ? Aucune idée.

Personne n'a jamais enfreint la règle.

Je prends les deux cassettes suivantes, numérotées au vernis bleu – 9 et 10 pour la première, 11 et 12 pour la seconde – et les glisse dans la poche intérieure de mon blouson.

----

1. Jeu de mots : le nom commun *snicker* signifie « ricanement » en anglais.

Mrs Bradley affirmait que Débat & Communication était son cours préféré en tant qu'enseignante – ou modératrice, comme elle disait. Chaque jour, on démarrait l'heure par la lecture d'un article truffé de statistiques et d'exemples concrets. Ensuite, on débattait.

La septième et dernière cassette comporte le numéro 13 d'un côté, et rien de l'autre. Je la glisse dans la poche arrière de mon jean.

Humiliations. Problèmes de drogue. Image de soi. Relations avec les autres. On pouvait aborder tous les sujets. Ce qui, bien sûr, mettait pas mal de profs hors d'eux. Une perte de temps, disaient-ils. Ce qu'ils voulaient, eux, c'était nous enseigner des faits nets et précis. Ça leur parlait davantage.

Une paire de phares éblouissants balaie la vitrine du restaurant, et je plisse les yeux.

Ils voulaient nous inculquer la signification de x en corrélation avec pi, au lieu de nous aider à mieux nous comprendre les uns les autres. Ils voulaient qu'on connaisse l'année de signature de la Magna Carta – sans prendre la peine de nous expliquer ce que c'était – plutôt que de nous parler de contraception.

Nous avons des cours d'éducation sexuelle, mais c'est une vaste blague.

Ce qui veut dire que tous les ans, lors des réunions de budget, le cours de Débat & Communication se retrouvait sur la sellette. Et que tous les ans, Mrs Bradley et les autres profs faisaient venir un petit groupe d'élèves devant le conseil d'administration pour qu'ils leur expliquent en quoi ce cours nous était bénéfique.

OK, je pourrais rester là pendant des heures à défendre Mrs Bradley. Mais il est arrivé quelque chose pendant ce cours, non ? Sinon, pourquoi serais-je là à vous en parler ?

155

L'année prochaine, après mon petit incident, j'espère que ce cours sera maintenu.

Je sais, je sais. Vous vous attendiez à ce que je dise autre chose, pas vrai ? À ce que je décrète que si ce cours a joué un rôle dans ma décision, il devrait être rayé du programme ? Pas du tout.

Personne au lycée n'est au courant de ce que je m'apprête à vous révéler. Et ce n'est pas le contenu du cours en soi qui a tout déclenché. Même si je ne m'y étais pas inscrite, le résultat aurait sans doute été le même.

Ou pas.

Là est la question, j'imagine. Nul ne peut savoir avec certitude l'impact qu'il a sur la vie d'autrui. La plupart du temps, nous n'en avons même pas la moindre idée. Ce qui ne nous empêche pas de continuer comme si de rien n'était.

Ma mère avait raison. Ce milk-shake est incroyable. Le parfait alliage de la crème glacée et du chocolat malté.

Et moi, je suis vraiment une ordure, assis là à me pourlécher les babines.

Au fond de la classe de Mrs Bradley se trouvait un présentoir à livres métallique. Le genre pivotant qu'on trouve au supermarché, garni de livres de poche. Mais celui-là ne contenait pas le moindre bouquin. Au début de l'année, chaque élève se voyait remettre un sachet en papier à décorer au moyen de crayons de couleur, de stickers et de tampons. Après quoi chacun allait fixer son sachet sur le présentoir avec deux ou trois bouts de scotch.

Mrs Bradley savait que les gens ont du mal à se dire des choses gentilles entre eux. Elle avait donc inventé un système permettant à chacun d'exprimer ses sentiments de façon anonyme.

Vous admirez Untel d'avoir parlé si ouvertement de sa famille ? Écrivez-lui un message.

Vous comprenez l'angoisse de Machine, qui n'arrive pas à décrocher la moyenne en histoire ? Laissez-lui un petit mot. Dites-lui que vous penserez à elle en révisant pour le prochain exam.

Vous avez adoré sa performance dans la pièce du club de théâtre ?

Vous aimez sa nouvelle coupe de cheveux ?

Elle s'était fait couper les cheveux. Sur la photo du Monet's Garden, Hannah avait les cheveux longs. C'est même comme ça que je me la représente. Encore maintenant. Mais sur la fin, ses cheveux avaient changé.

Si vous vous en sentez capable, allez leur dire en face. Mais si c'est au-dessus de vos forces, écrivez-leur un mot pour qu'ils le sachent quand même. Et à ma connaissance, personne n'a jamais laissé de message désagréable à qui que ce soit. Nous avions trop de respect envers Mrs Bradley pour faire une chose pareille.

Alors, Zach Dempsey, quelle est ton excuse ?

‖

Quoi ? Qu'est-ce qui se passe ?

Mon Dieu. Je lève les yeux et j'aperçois Tony, immobile à côté de moi, le doigt appuyé sur le bouton PAUSE.

– Ce ne serait pas mon walkman ?

Je ne réponds rien, parce que je n'arrive pas à déchiffrer son expression. Ce n'est pas de la colère, bien que j'aie volé un objet lui appartenant.

De l'incompréhension ? Peut-être. Mais plus encore. C'est la même expression qu'il avait pendant que je l'aidais avec sa voiture. Pendant qu'il m'observait au lieu d'éclairer le moteur pour son père.

Un air inquiet. Soucieux.

157

– Tiens, Tony. Salut.

J'ôte les écouteurs. Le walkman. Oui, il m'a posé une question à propos du walkman.

– C'est le tien. Je l'ai trouvé dans ta caisse. Pendant que je vous aidais. Tout à l'heure. Je croyais t'avoir demandé si je pouvais te l'emprunter.

Quel abruti.

Tony place sa main sur le comptoir et s'assoit sur le tabouret d'à côté.

– Désolé, Clay.

Il me regarde dans les yeux. Voit-il à quel point je mens mal ?

– Mon père a le don de me crisper, parfois. Tu as dû me demander, j'avais oublié.

Ses yeux s'attardent sur les écouteurs jaunes suspendus autour de mon cou, longent le fil qui les relie au lecteur. Pourvu qu'il ne me demande pas ce que j'écoute.

Entre Tony et ma mère, je multiplie les mensonges aujourd'hui. S'il me pose la question, je serai obligé de mentir à nouveau.

– Rends-le-moi quand tu auras fini, dit-il. (Il se lève et me pose une main sur l'épaule.) Garde-le aussi longtemps que tu voudras.

– Merci.

– Aucune urgence.

Il prend un menu entre les porte-serviettes et part s'installer derrière moi sur une banquette libre.

▶

Ne t'inquiète pas, Zach. Tu n'as jamais laissé de vilains messages dans mon sachet. Je le sais. Mais ce que tu as fait était pire.

Pour autant que je sache, Zach est un type bien. Trop timide même pour que les gens aient envie de dire du mal de lui.

Et comme moi, il a toujours eu un faible pour Hannah Baker.

Mais d'abord, retournons quelques semaines en arrière. Retournons... chez Rosie.

Mon estomac se serre, comme si j'exécutais le dernier mouvement d'une série d'abdos. Je ferme les yeux et m'efforce de retrouver mon état normal. Sauf que je ne me sens plus dans mon état normal depuis des heures. Même l'intérieur de mes paupières est brûlant. Comme si mon corps tout entier luttait contre un accès de fièvre.

Je suis restée là, sur cette banquette où Marcus m'avait touchée, les yeux rivés sur un verre à milk-shake vide. Sa place devait être encore tiède, car cela faisait à peine une minute qu'il l'avait quittée. C'est alors que Zach a débarqué.

Et qu'il s'est assis à côté de moi.

Je rouvre les yeux sur l'alignement de tabourets vides devant le comptoir. C'est sur l'un d'eux, celui-ci peut-être, qu'Hannah s'est installée en entrant dans le restaurant. Seule. Mais à son arrivée, Marcus l'a emmenée s'asseoir à une table avec banquette.

Mon regard parcourt le comptoir jusqu'aux flippers, à l'autre bout de la salle, puis se pose sur leur table. Vide.

J'ai fait semblant de ne pas le remarquer. Non parce que j'avais une dent contre lui, mais parce que mon cœur et ma confiance étaient en train de s'effondrer. Et cet effondrement a creusé un trou noir au fond

159

de ma poitrine. *Comme si mon système nerveux se rétractait, se reti-rait de l'extrémité de mes membres, un par un. Comme s'il se repliait pour disparaître.*

Mes yeux me brûlent. Je fais glisser ma main le long de la paroi givrée de mon verre. Des gouttelettes glacées s'accrochent à ma peau, et je passe mes doigts humides sur mes paupières.

Je ne bougeais pas. Je pensais. Et plus je réfléchissais, plus je reliais les événements de ma vie entre eux, plus mon cœur sombrait.

Zach était adorable. Il m'a laissée continuer à l'ignorer jusqu'à ce que ça en devienne presque comique. Je savais qu'il était là, bien sûr. Il me dévorait quasiment du regard. Puis, très théâtral, il a fini par s'éclaircir la voix.

J'ai levé ma main de la table et je l'ai posée à la base de mon verre. C'était le seul signe que j'étais disposée à faire pour lui montrer que je l'écoutais.

Je rapproche mon verre et tourne lentement ma cuillère, achevant de ramollir la crème glacée restée au fond.

Il m'a demandé si je me sentais bien, et je me suis forcée à hocher la tête. Mais mes yeux ne lâchaient pas mon verre – ou plutôt ma cuillère, en transparence – et pendant tout ce temps je me répétais en boucle : Ça fait cet effet-là quand on devient folle ?

« Je suis désolé, a-t-il déclaré. Pour ce qui vient de se passer. »

J'ai senti ma tête s'agiter de haut en bas, comme si elle était montée sur de gros ressorts, mais impossible de lui dire combien j'appréciais ce qu'il venait de me dire.

Il m'a proposé de m'offrir un autre milk-shake, mais je n'ai pas réagi. Étais-je devenue incapable de parler ? Ou n'en avais-je tout sim-plement pas envie ? Aucune idée. Dans un coin de ma tête, je songeais vaguement qu'il était en train de me draguer – profitant de l'occasion pour décrocher un rencard avec moi. Je n'y croyais pas totalement non plus, mais pourquoi lui aurais-je fait confiance ?

La serveuse a apporté l'addition et débarrassé mon verre vide. Bientôt, voyant qu'il n'obtiendrait rien de moi, Zach a laissé de l'argent sur la table et il est parti rejoindre ses copains.

Je continue à touiller mon chocolat. Il ne reste presque plus rien, mais je n'ai pas envie qu'on m'enlève mon verre. Ça me donne un prétexte pour être là. Pour rester là.

Mes larmes ont commencé à couler, mais je ne pouvais plus détacher mon regard du petit rond humide laissé par le verre. Si j'avais essayé de prononcer ne serait-ce qu'un mot, j'aurais sans doute pété les plombs.

Mais n'était-ce pas déjà fait ?

Je continue à remuer.

Je peux vous dire qu'ici, à cette table, les pires pensées du monde ont pénétré dans ma tête. C'est ici que pour la première fois, j'ai commencé à envisager... à envisager... un mot que je ne peux toujours pas me résoudre à prononcer.

Je sais que tu as voulu m'aider, Zach. Mais nous savons tous que ce n'est pas la raison pour laquelle tu figures sur cette cassette. J'aurai donc une question avant de poursuivre. Quand on veut aider quelqu'un mais que cette personne se révèle hors d'atteinte, pourquoi diable le lui rebalancer en pleine figure ?

Au cours de ces derniers jours, de ces dernières semaines ou quel que soit le temps qu'auront mis ces cassettes pour te parvenir, Zach, tu pensais sous doute que personne ne saurait jamais.

J'enfouis mon visage entre mes mains. Combien peut-il y avoir de secrets dans un seul lycée ?

161

Ça t'a sûrement fichu un coup d'apprendre ce que j'avais fait. Mais petit à petit, tu as commencé à respirer. Car plus le temps passait, plus il y avait de chances que ton petit secret soit mort et enterré avec moi. Personne n'était au courant. Personne ne saurait jamais rien.

Mais maintenant, si. Ma nausée s'intensifie.

J'aimerais savoir, Zach : t'es-tu senti repoussé, chez Rosie ? Après tout, tu ne m'as pas demandé officiellement de sortir avec toi. Je n'ai donc pas pu officiellement te jeter, non ? Alors quoi ? Tu avais honte ?

Laisse-moi deviner. Tu as dit à tes copains de bien regarder pendant que tu venais me brancher... et j'ai à peine réagi.

À moins d'un pari, peut-être ? T'ont-ils mis au défi de décrocher un rencard avec moi ?

C'était fréquent. Récemment, un type m'avait mis au défi d'inviter Hannah à sortir avec moi. Il avait bossé avec nous au Crestmont. Il savait que j'avais un faible pour elle et que je n'avais jamais trouvé le courage de l'inviter. Il savait aussi que depuis quelques mois, Hannah n'adressait quasiment plus la parole à personne, ce qui pimentait le challenge.

Quand je suis sortie de ma torpeur, juste avant de partir, je vous ai écoutés, toi et tes copains. Ils se moquaient de toi parce que tu t'étais pris un râteau là où tu leur avais assuré que c'était dans la poche.

Je sais reconnaître les points positifs quand il y en a, Zach. Tu aurais pu leur répondre : « Cette nana est siphonnée. Regardez-la. À psychoter les yeux dans le vide. »

À la place, tu t'es laissé chambrer sans rien dire.

Mais tu devais être du genre à bouillir à petit feu, à sentir la colère – l'humiliation, aussi – grandir en toi quand tu repensais à mon attitude. Et tu as décidé de te venger de la manière la plus puérile qui soit.

162

Tu m'as volé mes messages d'encouragement dans mon sachet en papier.

Pathétique.

Qu'est-ce qui m'a mis la puce à l'oreille ? C'est très simple. Tout le monde sauf moi recevait des messages. Tout le monde ! Et pour des trucs parfaitement insignifiants. Chaque fois que quelqu'un débarquait avec une nouvelle coupe de cheveux, il ou elle avait droit à des petits mots. Or il y avait dans ce cours quelques personnes que je considérais comme des amis, et qui m'auraient forcément écrit quelque chose le jour où j'ai coupé mes cheveux.

Quand je l'ai croisée la première fois dans le couloir avec ses cheveux tout courts, j'en suis resté scotché. Et elle a aussitôt regardé ailleurs. Par habitude, elle a voulu ôter une mèche de son visage pour la coincer derrière son oreille. Mais ses cheveux étaient si courts qu'ils ne cessaient de retomber.

Maintenant que j'y repense, j'ai fait couper mes cheveux le jour de mon rendez-vous avec Marcus chez Rosie.

Ça alors ! C'est vraiment bizarre. Tous ces signes avant-coureurs qu'on vous recommande de guetter... Eh bien, c'est vrai. Je me suis rendue directement chez le coiffeur en sortant de chez Rosie. J'avais besoin d'un changement, comme on dit, alors j'ai changé mon apparence. La seule chose que je contrôlais encore.

Je trouve ça fascinant.

Elle s'interrompt. Silence. À peine un souffle dans les écouteurs.

Je suis sûre qu'un tas de psychologues défilaient constamment au lycée pour fourguer leurs brochures sur les signes à guetter chez les adolescents pensant au...

Nouvelle pause.

Non. Décidément, je ne peux pas le prononcer.

Suicide. Ce mot si affreux.

Le lendemain, en trouvant mon sachet vide, j'ai compris qu'un truc clochait. Du moins, j'ai pensé qu'un truc clochait. Les premiers mois de cours, je recevais régulièrement quatre ou cinq messages par jour. Mais là, après ma coupe de cheveux si radicale, rien.

J'ai donc attendu une semaine.

Puis deux.

Puis trois.

Rien.

Je repousse mon verre en travers du comptoir et lève les yeux vers l'homme derrière la caisse.

– Vous voulez bien reprendre ça ?

Il était temps d'en avoir le cœur net. Je me suis donc écrit un mot à moi-même.

L'homme me jette un œil noir tout en rendant la monnaie. La cliente qui attend me regarde, elle aussi. Elle porte ses mains à ses oreilles. Les écouteurs. Je parle trop fort.

– Désolé, dis-je à voix basse.

Mais peut-être qu'aucun son n'est sorti de ma bouche.

« Hannah, me suis-je écrit. J'adore ta nouvelle coupe. Pardon de ne pas te l'avoir dit plus tôt. » Et pour faire bonne mesure, j'ai rajouté un smiley au feutre violet.

Histoire d'éviter la honte de me faire prendre, j'ai aussi préparé un message pour quelqu'un d'autre. À la fin du cours, je suis allée jusqu'au présentoir et j'ai ostensiblement déposé mon bout de papier dans le sachet voisin. Puis, d'un geste nonchalant, j'ai palpé l'intérieur du mien pour faire semblant de vérifier si j'avais du courrier. Je dis « faire semblant », bien sûr, car je savais pertinemment qu'il n'y avait rien dedans.

Et le lendemain ? Sachet vide. Mon message avait disparu.

Ça te semblait peut-être insignifiant, Zach. Mais à présent, j'espère que tu comprends. Tout s'écroulait autour de moi. J'avais besoin de ces petits mots. Besoin du moindre gramme d'espoir qu'ils auraient pu m'offrir.

Et toi ? Tu m'as privée de cet espoir. Tu as décrété que je ne le méritais pas.

Plus j'écoute ces cassettes, plus j'ai le sentiment de la connaître. Non pas la Hannah de ces dernières années, mais celle de ces derniers mois. Celle que je commence à comprendre.

Hannah comme elle était à la fin.

La dernière fois que je me suis senti aussi proche de quelqu'un, d'un être en proie à une lente agonie, c'était le soir de la fête. Le soir où j'ai vu deux voitures se percuter à un carrefour non éclairé.

Mais sur le moment, comme maintenant, j'ignorais que je voyais quelqu'un en train de mourir.

Sur le moment, comme maintenant, il y avait une foule de témoins. Qu'auraient-ils bien pu faire ? Ces gens plantés autour de la voiture, ces gens qui s'efforçaient de calmer le conducteur blessé en attendant l'ambulance, auraient-ils pu changer quoi que ce soit ?

Et ces gens qui croisaient Hannah dans les couloirs, qui s'asseyaient à côté d'elle en cours, qu'auraient-ils pu faire ?

Sur le moment, comme maintenant, il était peut-être déjà trop tard.

Alors, Zach, combien de messages m'as-tu volés ? Combien de petits mots n'ai-je ainsi jamais eu l'occasion de lire ? Les as-tu lus, toi ? Je l'espère. Au moins, quelqu'un saura ce que les autres pensaient réelle-ment de moi.

Je regarde par-dessus mon épaule. Tony est toujours là, qui mâchonne une frite en assaisonnant son hamburger de ketchup.

C'est vrai, je participais peu aux débats en classe. Mais quand cela m'arrivait, les gens me laissaient-ils des commentaires ? Ça m'aurait plu de le savoir. En fait, ça m'aurait peut-être même encouragée à m'exprimer davantage.

C'est un procès injuste. Si Zach avait eu la moindre idée de ce que traversait Hannah, je suis convaincu qu'il n'aurait pas fait ça.

Le jour de la disparition de mon propre message, je suis restée devant la porte de la classe pour papoter avec une fille à qui je n'avais jamais adressé la parole de ma vie. Toutes les dix secondes, je regar-dais par-dessus son épaule pour observer les autres en train de collec-ter leur courrier.

Ça avait l'air très agréable, Zach.

Et c'est là que je t'ai vu. Du bout du doigt, tu as tiré le rebord de mon sachet et tu l'as entrouvert juste assez pour couler un regard à l'intérieur.

Rien.

Tu t'es dirigé vers la porte sans inspecter ton propre sachet, détail qui m'a semblé très intéressant.

L'homme au tablier débarrasse mon verre et passe un tor-chon maculé de chocolat sur le comptoir.

Ça ne prouvait rien, bien sûr. Tu aimais peut-être juste vérifier qui avait du courrier et qui n'en avait pas... Avec un intérêt particulier pour moi.

Bref. Le lendemain, je suis entrée dans la salle de Mrs Bradley pendant l'heure du déjeuner. J'ai détaché mon sachet du présentoir pour le recoller avec un bout de scotch microscopique. À l'intérieur, j'ai glissé un message plié en deux.

De nouveau, à la fin du cours, j'ai attendu sur le pas de la porte pour observer la scène. Mais je ne discutais avec personne, cette fois. Je me contentais de regarder.

Le piège parfait.

Tu as entrouvert mon sachet, vu le message et tendu la main pour le prendre. Le sachet est tombé par terre et tu as viré écarlate. Mais tu t'es quand même penché pour le ramasser. Ma réaction ? Incrédulité totale. Je veux dire, j'avais vu la chose de mes propres yeux. Je m'y attendais, même. Mais je n'arrivais toujours pas à y croire.

Au départ, je comptais te voler dans les plumes sur-le-champ mais je me suis reculée précipitamment... en retrait de la porte.

Tu as franchi le seuil un peu vite... et nous nous sommes retrouvés nez à nez. Je t'ai dévisagé, les yeux brûlants. Puis j'ai baissé la tête. Et tu t'es éloigné vivement.

Elle n'avait pas envie qu'il s'explique. Il n'y avait aucune explication à donner. Elle l'avait vu faire.

Arrivé à la moitié du couloir, sans ralentir le pas, tu as courbé la nuque comme si tu lisais quelque chose. Mon message ? Oui.

Tu t'es retourné, rien qu'une seconde, pour voir si je t'observais. Et à cet instant, j'ai pris peur. Allais-tu avouer, t'excuser ? Ou m'insulter ?

Réponse : ni l'un ni l'autre. Tu m'as tourné le dos et tu as poursuivi ton chemin en direction de la sortie, vers ton échappatoire.

Et pendant que je restais plantée là dans le couloir – seule – en essayant de comprendre ce qui venait de se passer, et pourquoi, j'ai compris la vérité : je ne valais pas une explication – pas même une réaction. Pas à tes yeux, Zach.

Elle marque une pause.

Pour vous autres qui m'écoutez, mon petit message s'adressait personnellement à Zach. Peut-être le considère-t-il à présent comme un prologue à ces cassettes. Parce que sur ce message, j'admettais en être arrivée à un stade de ma vie où le moindre encouragement aurait pu m'être précieux. Encouragement... qu'il m'avait volé.

Je me mordille le pouce, réprimant l'envie de couler un regard en direction de Tony par-dessus mon épaule. Se demande-t-il ce que je suis en train d'écouter, ou est-ce qu'il s'en fout ?

Mais j'avais atteint le point de non-retour. Voyez-vous, Zach n'est pas le seul à bouillir à petit feu.

J'ai crié après lui : « Pourquoi ? »

Il restait encore quelques personnes dans le couloir, transitant d'une salle à l'autre. Tout le monde a sursauté. Mais une seule personne s'est arrêtée. Et cette personne est restée là, face à moi, tout en enfonçant mon message dans sa poche arrière.

J'ai hurlé ma question, encore et encore. Les larmes jaillissaient enfin, inondaient mon visage. « Pourquoi ? Pourquoi, Zach ? »

J'ai entendu parler de cette histoire. Hannah piquant une crise, sans raison apparente, se collant la honte devant tout le monde.

Mais les gens se trompaient. Elle avait ses raisons.

Maintenant, parlons de choses plus intimes. Dans un esprit d'ouverture – de franchise totale – laissez-moi vous faire une révélation : mes parents m'aiment. Je le sais. Mais les choses n'ont pas été faciles ces derniers temps. Disons depuis un an. Depuis l'ouverture du vous-savez-quoi en périphérie de la ville.

168

Je m'en souviens. Les parents d'Hannah passaient aux infos régionales tous les soirs, expliquant que l'ouverture d'un centre commercial géant serait une catastrophe pour les petits commerces du centre-ville. Plus personne ne viendrait faire ses courses chez eux.

Quand c'est arrivé, mes parents sont devenus distants. Ils avaient un tas de soucis, tout à coup. Une pression énorme pour tenter de joindre les deux bouts. Ils me parlaient, bien sûr, mais plus comme avant.

Quand j'ai fait couper mes cheveux, ma mère n'a même pas remarqué.

Et pour ce que j'en savais – grâce à toi, Zach – personne au lycée n'avait rien remarqué non plus.

Moi si.

Au fond de la classe, Mrs Bradley avait elle aussi son propre sachet en papier. Accroché parmi les nôtres sur le présentoir pivotant. Nous étions libres de l'utiliser – et elle nous encourageait à le faire – pour lui parler de sa façon d'enseigner. Lui faire des critiques, ou autres. Elle voulait aussi qu'on lui propose des sujets pour les prochains débats.

Alors c'est ce que j'ai fait. J'ai écrit ceci à Mrs Bradley : « Le suicide. C'est quelque chose à quoi je pense. Pas très sérieusement, mais j'y pense. »

Voilà quel était mon message. Mot pour mot. Et je le sais, car je l'ai réécrit des dizaines de fois avant de le lui déposer. J'en écrivais un, je le jetais ; j'en écrivais un autre, je le roulais en boule.

Mais pourquoi l'écrire, d'ailleurs ? Je me reposais la question chaque fois que j'imprimais mon texte sur une nouvelle page blanche. Pourquoi écrire ce message ? C'était un mensonge. Je ne pensais pas au suicide. Pas vraiment. Pas en détail. Quand l'idée surgissait dans un coin de ma tête, je la chassais.

Mais ça m'arrivait de plus en plus souvent.

Après tout, c'était un thème que nous n'avions jamais abordé en classe. Or, d'autres que moi devaient bien y penser aussi, non ? Pourquoi ne pas en débattre à plusieurs ?

À moins qu'au fond, tout au fond, il ne s'agisse d'autre chose. Peut-être avais-je envie que quelqu'un devine le nom de l'auteur de ces mots et vienne secrètement à mon secours.

Peut-être. Je n'en sais rien. Mais j'ai pris soin de ne surtout montrer aucun signe.

Ta coupe de cheveux. Ton regard fuyant dans les couloirs. Tu avais beau te dérober, les signes étaient là. Infimes. Mais bien présents.

Et puis, du jour au lendemain, tu es revenue.

Sauf que je m'étais trahie devant toi, Zach. Tu savais que j'étais l'auteur de ce message à Mrs Bradley. Forcément. Elle l'a sorti de son sachet et l'a lu le lendemain du jour où je t'ai démasqué. Le lendemain du jour où j'avais craqué en plein couloir.

Quelques jours avant d'avaler ses cachets, Hannah était redevenue elle-même. Elle saluait tout le monde dans les couloirs. Croisait le regard des gens. Un changement d'attitude qui semblait radical, car voilà des mois qu'elle ne s'était plus comportée comme ça. Comme la vraie Hannah.

Mais tu n'as pas bougé, Zach. Même quand Mrs Bradley a mis la question sur le tapis, tu n'as rien fait pour venir vers moi.

Ce changement semblait radical, parce qu'il l'était.

Qu'attendais-je du groupe ? En fait, je voulais surtout entendre ce que chacun avait à dire sur ce sujet. Leur réaction. Leur sentiment.

Eh bien, je n'ai pas été déçue.

L'un d'eux a objecté que c'était difficile d'aider quelqu'un sans savoir pourquoi il avait envie de se tuer.

170

Et là, oui, je me suis retenue d'ajouter : « Ou elle. Ça peut très bien être une fille. »

D'autres ont fait des propositions.

« Si cette personne se sent seule, on pourrait l'inviter à déjeuner avec nous.

– Si elle a du mal à suivre en cours, on pourrait l'aider à réviser.

– Si c'est un problème familial, on peut... je sais pas, moi... genre, lui conseiller d'aller voir quelqu'un. »

Mais dans tout ce qu'ils disaient – tout ! – semblait transparaître une pointe d'agacement.

Alors l'une des filles, peu importe son nom, a fini par exprimer l'opinion générale : « J'ai l'impression que l'auteur de ce message cherche surtout à se faire remarquer. Si c'était sérieux, il nous aurait dévoilé son identité. »

Bon sang. Comment Hannah aurait-elle pu s'ouvrir au sein d'un groupe pareil ?

Je n'en croyais pas mes oreilles.

Par le passé, Mrs Bradley avait déjà reçu des messages suggérant des thèmes de discussion comme l'avortement, les violences familiales, l'infidélité – tous sexes confondus – ou encore la triche aux examens. Personne ne s'était soucié de savoir qui avait proposé ces sujets. Mais pour une raison étrange, ils refusaient d'avoir un débat sur le suicide sans d'autres précisions.

Pendant une dizaine de minutes, Mrs Bradley a débité des statistiques – locales – qui avaient de quoi surprendre. Chez les adolescents, nous a-t-elle expliqué, tant qu'un suicide ne se déroule pas dans un lieu public, devant témoins, il est probable qu'on n'en parlera pas aux informations. Et aucun parent ne tient à faire savoir que son fils ou sa fille, l'enfant qu'il a élevé, s'est suicidé. Le plus souvent, on fait donc

171

croire à un accident. Le problème étant qu'au final, plus personne ne sait ce qui se passe dans sa ville ou dans son quartier.

Là-dessus, aucun débat réel n'a été lancé.

Était-ce juste de la curiosité malsaine de leur part, ou pensaient-ils sincèrement qu'un supplément d'informations était le seul moyen d'apporter de l'aide ? Aucune idée. Un peu des deux, sans doute.

En première heure, pendant le cours de Mr Porter, je la regardais beaucoup. Si nous avions abordé le thème du suicide en classe nos regards se seraient peut-être croisés, et alors j'aurais su.

Honnêtement, j'ignore ce qu'ils auraient pu me dire pour me faire pencher d'un côté ou de l'autre. Parce que je me montrais peut-être égoïste, après tout. Je voulais seulement me faire remarquer. Entendre des gens parler de moi et de mes problèmes.

Si j'en juge d'après ce qu'elle m'a dit à la soirée, elle aurait sûrement cherché mon regard à ce moment-là. Elle aurait plongé ses yeux dans les miens en espérant que je la verrais.

Ou peut-être attendais-je que quelqu'un me pointe du doigt en disant : « Tu penses vraiment à te suicider, Hannah ? Non, ne fais pas ça. Je t'en prie. Tu me le promets, hein ? »

Mais la vérité, c'est que j'étais la seule à me dire cela. Tout au fond, c'étaient les mots que je m'adressais à moi-même.

À la fin du cours, Mrs Bradley a distribué des tracts intitulés « Les signaux indicateurs chez les personnes à tendances suicidaires ». Devinez ce qui venait en tête du top 5 ?

« Un brusque changement d'apparence. »

J'ai tiré sur une mèche de mes cheveux courts.

Hmm... Si prévisible, moi ? Qui l'eût cru ?

172

En frottant mon menton contre mon épaule, j'aperçois Tony, toujours au même endroit. Il a fini son hamburger et presque toutes ses frites. Il reste assis là, parfaitement inconscient de ce que je suis en train de vivre.

J'ouvre le walkman, en sors la quatrième cassette et je la retourne.

▶

Aimeriez-vous pouvoir entendre les pensées des autres ?

Évidemment. Tout le monde répond oui à cette question. Avant d'y réfléchir vraiment.

Par exemple, si les gens se mettaient à entendre vos pensées ? S'ils captaient tout ce qui vous passe par la tête... en ce moment ?

Ils n'entendraient que de la confusion. De la frustration. De la colère. Ils entendraient les mots d'une fille morte résonner à l'intérieur de mon crâne. D'une fille qui – allez savoir pourquoi – m'accuse de son suicide.

Il nous arrive d'avoir des pensées que nous ne comprenons pas nous-mêmes. Des pensées qui n'ont rien de véridique – qui ne représentent pas vraiment ce qu'on ressent – mais qui nous traversent quand même l'esprit parce qu'elles valent le coup d'être étudiées.

Je repositionne le porte-serviettes métallique devant moi, de façon à ce que je puisse y voir le reflet de Tony assis sur la banquette ; les coudes sur sa table, il s'essuie les mains.

Si vous entendiez les pensées des autres, vous surprendriez des choses vraies et d'autres totalement aléatoires. Et vous ne pourriez pas

175

faire le tri. Ça vous rendrait marteau. Où est le vrai ? Où est le faux ? Un million d'idées, mais que signifient-elles ?

Je ne connais pas les pensées de Tony. Et il ne sait rien des miennes. Il ignore que la voix qui résonne dans ma tête, la voix restituée par son walkman, est celle d'Hannah Baker.

C'est ce que j'aime dans la poésie. Plus c'est abstrait, mieux c'est. Quand vous n'êtes pas sûr de bien saisir le poète. Vous avez bien une idée, peut-être, mais impossible d'en avoir le cœur net. Pas à cent pour cent. Chaque mot, pesé avec soin, pourrait avoir un million de sens différents. Est-ce un symbole, un renvoi à une autre idée ? Ou le début d'une métaphore plus vaste, plus profonde ?

Nous en sommes à la huitième face, Hannah. S'il s'agit de poésie, ce n'est pas mon tour. Et il ne reste que cinq noms sur la liste.

Je détestais la poésie jusqu'au jour où quelqu'un m'a appris à vraiment l'apprécier. Cette personne m'a suggéré d'envisager chaque poème comme un puzzle. Au lecteur d'en déchiffrer le code, ou les mots, en se fondant sur sa propre connaissance de la vie et des émotions.

Le poète a-t-il choisi la couleur rouge pour symboliser le sang ? La colère ? Le désir ? Ou cette brouette est-elle simplement rouge parce que ça sonnait mieux que « noire » ?

Je m'en souviens. C'était en cours de littérature. Il y avait eu tout un débat sur la signification du rouge. Je ne sais plus comment nous avions tranché au final.

Cette même personne qui m'a montré comment apprécier la poésie m'a aussi appris à aimer l'écrire. Et franchement, il n'existe pas de meilleur moyen d'explorer ses émotions que la poésie.

Ou les cassettes audio.

Si vous êtes en colère, inutile d'écrire un poème expliquant le pourquoi du comment. Mais il faut que votre poème, lui, exprime la colère.

176

Alors lancez-vous... Écrivez-en un. Je sais que vous êtes en colère contre moi, même juste un peu.

Et quand vous aurez fini de l'écrire, déchiffrez-le comme si vous veniez de le découvrir imprimé dans un manuel scolaire et que vous ne saviez rien de son auteur. On obtient parfois des résultats fascinants... et effrayants. Mais ça revient toujours moins cher qu'un psy.

J'ai essayé pendant un temps. La poésie, pas les psys.

Un psy aurait peut-être pu t'aider, Hannah.

J'ai acheté un carnet à spirales pour y consigner tous mes poèmes. Deux fois par semaine, après les cours, j'allais au Monet's écrire un poème ou deux.

Mes premiers essais étaient assez médiocres. Ça manquait de profondeur, de subtilité. Un peu trop premier degré. Mais certains poèmes sortaient quand même du lot. Du moins à mon humble avis.

Et puis, sans le vouloir, j'ai fini par mémoriser le tout premier poème de mon cahier. J'ai beau essayer, impossible de me le sortir du crâne, même aujourd'hui. Alors le voici, pour votre appréciation... ou votre amusement.

Si mon amour était l'océan,
Il n'y aurait plus de continents.
S'il était un désert,
Vous ne verriez plus jamais la mer.
Si c'était une étoile –
Lumière, même au cœur de la nuit.
Et s'il lui poussait des ailes
Je m'envolerais avec lui.

Allez-y. Riez. Mais si c'était imprimé sur une carte de vœux, vous l'achèteriez. Vous le savez.

Une douleur soudaine éclate au fond de ma poitrine.

Le simple fait de savoir que j'allais me rendre au Monet's pour écrire de la poésie rendait mes journées supportables. Lorsqu'il m'arrivait un truc drôle, choquant ou blessant, je me disais : voilà qui fera un poème intéressant.

Par-dessus mon épaule, je vois Tony sortir du restaurant. Bizarre.

Pourquoi ne s'est-il pas arrêté pour me dire au revoir ?

En ce qui me concerne, ces cassettes doivent constituer une sorte de thérapie poétique, j'imagine.

À travers la vitrine, je le regarde.

À mesure que je vous raconte ces histoires, j'apprends des choses. Sur moi, oui, mais aussi sur vous. Sur chacun d'entre vous.

Il allume ses phares.

Et plus nous approchons de la fin, plus je découvre de connexions. Des connexions profondes. Certaines dont je vous ai déjà parlé, reliant deux histoires entre elles. Mais d'autres dont je ne vous ai encore rien dit.

La Mustang vibre quand Tony démarre le moteur. Lentement, il recule le long du trottoir.

Vous-mêmes, peut-être, avez isolé certains liens que je n'avais pas encore remarqués. Peut-être avez-vous un cran d'avance sur le poète.

Non, Hannah. J'ai plutôt du mal à suivre.

Et quand je prononcerai mes dernières paroles... Bon, sans doute pas les toutes dernières, mais les dernières sur ces cassettes... Ce sera une boule de mots denses, poignants et bien ficelés.

En d'autres termes, un poème.

Je me sens comme devant un film en regardant la voiture de Tony à travers la vitre. Sa Mustang s'éloignant lentement à l'écran. Mais ses phares ne s'estompent pas petit à petit, ce qui devrait pourtant être le cas s'il continuait à reculer ou s'il s'éloignait du trottoir. Non. Ses phares s'éteignent, brusquement.

Comme s'il les avait coupés.

Maintenant que j'y repense, j'ai cessé d'écrire dans mon cahier quand j'ai finalement cessé de chercher à comprendre qui j'étais.

Reste-t-il là, dans sa voiture, à attendre ? Pourquoi ?

Quand une chanson vous fait pleurer, mais que vous n'avez plus envie de pleurer, vous cessez de l'écouter.

Mais échapper à soi-même, c'est impossible. On ne peut pas décider de ne plus se voir. De couper le son à l'intérieur de sa tête.

‖

À présent que les phares de Tony sont éteints, la vitrine du restaurant n'est plus qu'une simple surface de verre noir. De temps à autre, derrière le parking, une voiture passe, éclaboussant la vitre d'un rai brillant sur toute sa longueur.

Mais la seule source de lumière fixe, quoique distante, apparaît dans le coin supérieur droit. Un éclairage rose et bleu, un peu flou. Le haut de l'enseigne du Crestmont, pointant par-dessus les toits des commerces alentour.

Bon sang. Ce que je ne donnerais pas pour revivre cet été-là.

Quand nous étions seuls, c'était si simple de parler avec Hannah. De rire avec elle. Mais dès qu'il y avait du monde, je devenais timide. Je battais en retraite. Je ne savais plus où me mettre.

Coincé dans mon bocal, mon seul lien avec mes collègues du hall était un téléphone rouge. Pas de touches à enfoncer, juste un combiné. Mais chaque fois que je décrochais et que c'était Hannah qui me répondait, je me sentais tout nerveux. Comme si je ne l'appelais pas d'une dizaine de mètres, mais directement chez elle.

« Je suis en panne de monnaie.

– Encore ? » disait-elle. Mais toujours ce sourire dans sa voix. Et je me sentais rougir d'embarras. Parce que la vérité, c'est que je réclamais bien plus souvent de la monnaie quand elle était en poste que quand elle n'était pas là.

Deux minutes plus tard, j'entendais frapper à la porte. Je réajustais ma chemise et je la laissais entrer. Sa petite caisse portative à la main, elle se glissait jusqu'à moi, ô proximité insupportable, pour m'échanger mes billets. Parfois, les soirs un peu morts, elle s'asseyait carrément sur la chaise et me disait de fermer la porte.

Chaque fois qu'elle prononçait ces mots, je me faisais violence pour ne pas laisser mon imagination galoper. Car nous avions beau être exposés derrière des vitres, devant et de chaque côté, tels des monstres de foire, et elle avait beau ne faire qu'obéir aux consignes stipulant qu'il ne fallait jamais laisser la porte ouverte... dans un espace aussi exigu, tout pouvait arriver.

Si seulement.

Dans ces moments-là, si brefs et rares fussent-ils, je me sentais important. Hannah Baker choisissait de passer son temps libre avec moi. Et parce que nous étions au boulot, personne n'avait rien à y redire. Personne ne pouvait se faire des idées.

Mais pourquoi ? Pourquoi, chaque fois que quelqu'un nous voyait, faisais-je comme si de rien n'était ? Nous étions seulement là pour travailler, voilà ce que je voulais faire croire. On ne passait pas du temps ensemble. On travaillait.

Pourquoi ?

Parce que Hannah avait une certaine réputation. Une réputation qui m'effrayait.

Cette prise de conscience m'a frappé il y a quelques semaines, pendant une fête, alors qu'Hannah se tenait juste devant moi. Un moment incroyable, où tous les éléments semblaient enfin se mettre en place.

Mon regard plongé dans le sien, je n'ai pas pu m'empêcher de m'excuser. M'excuser d'avoir attendu si longtemps pour lui dire ce que je ressentais.

L'espace d'une seconde, j'avais réussi à l'avouer. À elle, et à moi. Mais je n'ai jamais pu le faire une seconde fois. Jusqu'à aujourd'hui.

Sauf qu'aujourd'hui, il est trop tard.

Voilà pourquoi j'éprouve soudain une telle haine. Envers moi-même. Je mérite ma place sur cette liste. Si je n'avais pas autant eu la trouille des autres, j'aurais pu dire à Hannah qu'elle comptait pour quelqu'un. Et Hannah serait peut-être encore en vie.

Je détourne les yeux du néon.

▶

Parfois, je m'arrêtais au Monet's pour boire un chocolat avant de rentrer chez moi. Je commençais mes devoirs. Ou je bouquinais. Mais je n'écrivais plus de poésie.

J'avais besoin d'un break... avec moi-même.

Je passe ma main sur mon cou, depuis le bas du menton jusqu'au creux de la nuque. La racine de mes cheveux est trempée de sueur.

Mais j'adorais la poésie. Ça me manquait. Un jour, au bout de plu-sieurs semaines, j'ai décidé de m'y remettre. Et d'utiliser la poésie pour me rendre heureuse.

Des poèmes heureux. Des poèmes radieux, joyeux, lumineux. Du bon-heur, du bonheur et encore du bonheur. Comme le tract de ces deux femmes que j'avais trouvé au Monet's.

Elles animaient un atelier intitulé « Poésie : Pour aimer la Vie ». Elles promettaient d'enseigner non seulement comment aimer la poésie mais, à travers elle, comment mieux nous aimer les uns les autres.

OK, je signe !

D-7 sur votre carte. La salle d'animation de la bibliothèque munici-pale.

Il fait trop noir pour m'y rendre maintenant.

Le cours de poésie commençait pile au moment où retentissait la dernière sonnerie de la journée, si bien que je devais courir ventre à terre jusqu'à la bibliothèque pour ne pas être en retard. Mais même quand je l'étais, tout le monde semblait heureux de me voir – moi et ma « perspective féminine adolescente », comme ils disaient.

En jetant un regard circulaire, je réalise qu'il ne reste plus que moi chez Rosie. L'établissement ne ferme pas avant une bonne demi-heure. Je ne consomme plus rien, mais l'homme derrière le comptoir ne m'a pas encore demandé de partir. Alors je reste.

Imaginez dix ou douze chaises orange réunies en cercle, avec nos deux joyeuses poétesses chacune à une extrémité. Le seul problème, dès le premier jour, c'est qu'elles étaient tout sauf joyeuses. Quelqu'un avait dû retoucher leurs photos sur le tract pour transformer leurs mines tragiques en visages souriants.

Leurs textes évoquaient la mort. La méchanceté des hommes. Ou encore la destruction de – je cite – « l'orbe vert bleuté, parsemé de blanches flammèches ».

Je vous jure, c'était comme ça qu'elles décrivaient la Terre. Elles allaient jusqu'à la qualifier de créature enceinte et boursouflée ayant besoin d'une bonne IVG.

Raison supplémentaire de mon hostilité envers la poésie. Qui dit « orbe » au lieu de « globe » ou « sphère » ?

« Dévoilez-vous, disaient-elles. Laissez-nous entrevoir vos replis les plus sombres et les plus intimes. »

Mes replis sombres et intimes ? Vous êtes qui, ma gynécologue ?

Hannah...

Tant de fois, j'ai failli lever le bras pour demander : « Heu, bon, quand est-ce qu'on en vient aux trucs joyeux ? La célébration de l'existence, et tout ça ? Vous savez : « Poésie : Pour aimer la Vie » ? C'était marqué sur le tract. Je suis venue exprès. »

Pour finir, je n'y suis allée que trois fois. Mais il en est quand même sorti quelque chose. Du positif ?

Non.

Quoique... Allez savoir.

En fait, il y avait quelqu'un de très particulier dans ce groupe. Un autre adolescent dont la « perspective » ravissait les poètes adultes. Qui donc ? Le rédacteur en chef d'Objets trouvés, la gazette de notre cher lycée.

Ryan Shaver.

Vous voyez de qui je parle. Et je suis sûre que toi aussi, monsieur le Rédac' Chef, tu bous d'impatience de m'entendre prononcer ton nom.

Alors à ton tour, Ryan Shaver. Tu verras... La vérité est libératrice.

C'est la devise d'Objets trouvés.

Tu as compris depuis le début, Ryan. J'en suis sûre. Dès que j'ai commencé à parler poésie, tu as su qu'il s'agissait de toi. Sans l'ombre d'un doute. Tout en te disant certainement : *Je ne peux pas être sur ces cassettes à cause de ça.* Ce n'était qu'un détail de rien du tout.

Le poème retrouvé au lycée. Nom de Dieu. C'était le sien.

N'oublie pas, c'est une boule de mots tendus, poignants et bien ficelés que je suis en train de façonner ici.

Je ferme les yeux et pose ma main par-dessus.

Je serre les dents de toutes mes forces, à m'en faire mal, pour m'empêcher de hurler. Ou de pleurer. Je n'ai pas envie qu'elle le lise. Pas envie d'entendre ce poème avec sa voix.

Ça vous dirait d'entendre le dernier poème que j'ai écrit avant de laisser tomber la poésie ? De l'abandonner pour de bon ?

Non ?

Très bien. Sauf que vous le connaissez déjà. C'est un texte très populaire, au lycée.

Je desserre l'étau de ma mâchoire et je rouvre les yeux.

Le poème. Nous en avions parlé en cours d'anglais. Nous l'avions même lu plusieurs fois à voix haute.

Et chaque fois, Hannah était là.

Certains d'entre vous s'en souviennent peut-être, maintenant. Pas mot pour mot, bien sûr, mais vous voyez de quel poème je veux parler. Celui d'Objets trouvés. La gazette éditée par Ryan deux fois par an, dans laquelle il recense ses trouvailles chinées aux quatre coins du lycée.

Imaginons un mot d'amour coincé sous un bureau et jamais lu par son destinataire. Si Ryan mettait la main dessus, il supprimait les noms, histoire de rendre le texte anonyme, et il le scannait pour le publier dans le numéro suivant.

Des photos tombées de classeurs... ça aussi, il prenait.

184

Des notes prises en cours d'histoire et ornées de petits dessins par quelqu'un s'ennuyant ferme en classe... scannées, elles aussi.

Certains se demandaient comment Ryan faisait pour dénicher tous ces trésors. Était-ce vraiment le fruit du hasard ? Ou bien volait-il ses trophées ? Je lui ai posé la question après l'une de nos séances de poésie. Et il m'a juré que tout ce qu'il publiait était réellement trouvé par accident.

Parfois, m'avait-il avoué, les gens lui laissaient des objets trouvés dans son casier. Pour ceux-là, impossible de jurer à cent pour cent de leur authenticité. C'est pourquoi il ôtait les noms et les numéros de téléphone. Et par principe, les photos ne devaient jamais être embarrassantes.

Il assemblait cinq ou six pages de trouvailles géniales, décalées, et les tirait à cinquante exemplaires. Puis il les agrafait et les éparpillait un peu partout dans le lycée. Toilettes. Vestiaires. Piste du stade.

« Jamais au même endroit », m'a-t-il expliqué. Il aimait l'idée que les gens tombent par hasard sur son catalogue d'objets trouvés par hasard.

Mais devinez quoi. Mon poème ? Il l'a volé.

Je prends une serviette en papier et frotte sa surface râpeuse contre mes yeux.

Chaque semaine, après la réunion du groupe de poésie, on s'asseyait tous les deux sur les marches de la bibliothèque pour discuter. La première fois, on s'est contentés de se moquer des poèmes des autres. Ils étaient tellement déprimants que ça nous faisait rire.

« C'est pas censé vous rendre heureux, plutôt ? » s'est-il exclamé. Visiblement, il était venu pour les mêmes raisons que moi.

Je lève les yeux. L'homme au comptoir est en train de nouer un énorme sac-poubelle. C'est l'heure de la fermeture.

– Je pourrais avoir un verre d'eau ?

La deuxième semaine, on s'est à nouveau assis sur les marches pour nous lire chacun nos poèmes. Des trucs qu'on avait écrits à des étapes différentes de notre vie.

L'homme observe mes yeux, ma peau rougie par le frottement de la serviette en papier.

Mais seulement des poèmes joyeux. Qui parlaient d'aimer la vie. Des choses que nous n'aurions jamais lues à voix haute devant ce petit groupe de poètes miteux, adorateurs de la dépression.

Et surtout, chose que les poètes ne font jamais, nous nous expliquions ce que nous avions écrit. Vers par vers.

La troisième semaine, nous avons carrément pris le risque d'échanger nos cahiers de poèmes.

L'homme pose un verre d'eau fraîche devant moi. À l'exception de ce verre et du porte-serviettes, le comptoir est vide.

Wow ! Ça demandait un sacré cran. Pour moi, en tout cas. Mais je suis sûre que pour toi aussi, Ryan. Et pendant les deux heures qui ont suivi, à la lueur déclinante du soleil, nous sommes restés assis sur ces marches en ciment à nous lire l'un l'autre, page après page.

Son écriture était illisible, et j'ai mis plus de temps à déchiffrer ses poèmes. Mais ils étaient fabuleux. Bien plus profonds que les miens.

Ses textes sonnaient comme de la vraie poésie. Au sens pro du terme. Et j'étais prête à parier qu'un jour, des gens de notre âge bûcheraient sur l'analyse de ses poèmes, reproduits dans leurs manuels scolaires.

J'effleure la paroi glacée du verre, enroule ma main autour.

Bien sûr, je n'avais pas la moindre idée de ce qu'ils racontaient. Pas vraiment. Mais je ressentais précisément chacune des émotions. Elles étaient sublimes. Et j'avais presque honte de ce qu'il avait dû penser en lisant mon cahier. Parce que en lisant ses poèmes, j'ai réalisé à quel point les miens étaient bâclés. J'aurais dû prendre le temps de mieux choisir mes mots. Des mots plus forts.

Pourtant, un de mes poèmes l'a interpellé. Il a voulu en savoir plus... Quand l'avais-je écrit, par exemple.

Mais je ne lui ai rien dit.

Je ne bois pas mon eau. Je regarde une goutte ruisseler lentement le long du verre et s'écraser contre mon doigt.

Ce poème, je l'avais écrit le jour où un groupe d'élèves s'était mis en colère. Parce que l'un d'entre eux avait eu l'audace de leur avouer ses pensées suicidaires. Et vous souvenez-vous pourquoi ? Parce que la personne en question n'avait pas signé son message.

Quelle indélicatesse.

Un texte anonyme. Comme le poème publié dans Objets trouvés.

Bref. Ryan voulait savoir pourquoi j'avais écrit ce poème.

Dans ce cas précis, le poème était censé parler de lui-même, lui ai-je rétorqué. Mais j'étais curieuse de connaître son interprétation.

En surface, a-t-il déclaré, ce poème parlait de mon problème d'acceptation... par rapport à ma mère. Plus encore, je recherchais son approbation. Et je voulais que certaines personnes – en l'occurrence un garçon – fassent enfin attention à moi.

Un garçon ?

À la base du verre, l'eau crée un petit effet de ventouse avant de s'écouler sur la table. J'avale une gorgée et laisse passer un glaçon dans ma bouche.

Je lui ai demandé s'il y voyait un sens plus profond.

Je garde le glaçon sur ma langue. C'est très froid, mais je veux le sentir fondre.

Quelque part, c'était une boutade. Il avait déjà mis exactement le doigt dessus. Mais j'étais curieuse d'entendre le genre d'analyse qu'un prof pourrait demander à ses élèves sur mon poème. Parce que les profs en rajoutent toujours des tonnes.

Et tu as trouvé, Ryan. Tu as exhumé la vérité cachée de mon poème. Tu as compris ce que je n'y avais pas décelé moi-même.

Il ne s'agissait pas de ma mère, as-tu déclaré. Ni d'un garçon. Mais de moi. Je m'étais écrit une lettre... sous la forme d'un poème.

En entendant cela, j'ai tressailli. J'étais sur la défensive – en colère, même. Mais tu avais raison. Et je me suis sentie effrayée, attristée par mes propres mots.

Tu m'as dit que j'avais écrit ce poème par peur de me regarder en face. Et que je m'étais servie de ma mère comme bouc émissaire en l'accusant de ne pas m'aimer ou m'accepter suffisamment alors que j'aurais dû proférer ces accusations devant un miroir.

« Et le garçon ? t'ai-je demandé. Que représente-t-il ? »

C'est moi. Oh seigneur, c'est moi. Je le sais.

Je me couvre les oreilles. Non pas pour chasser le bruit extérieur – un silence quasi total baigne la salle de la cafétéria. Mais parce que je veux ressentir ses mots, tous ses mots, tels qu'ils sont dits.

En attendant ta réponse, j'ai cherché des mouchoirs en papier dans mon sac. Je savais qu'à tout moment, je risquais de fondre en larmes.

Tu m'as dit que ce garçon ne me méprisait pas plus que je me méprisais moi-même. C'était du moins ce que tu croyais comprendre. Là était d'ailleurs la raison pour laquelle tu m'avais posé ces questions. Tu sentais que ce poème allait plus loin que tu ne pouvais l'interpréter.

Eh bien, Ryan, tu avais vu juste. Mon poème allait beaucoup, beaucoup plus loin. Et si tu en étais conscient – si c'était là ton sentiment

– alors pourquoi avoir pillé mon carnet ? Pourquoi avoir imprimé mon poème, celui que tu jugeais toi-même « angoissant », dans Objets trouvés ? Pourquoi permettre à d'autres gens de le lire ?

Et de le disséquer. Et de s'en moquer.

Ce n'était pas un poème perdu, Ryan. Et tu ne l'as pas trouvé. Il n'avait rien à faire dans ton catalogue.

Mais c'est pourtant là que les gens l'ont découvert. Là que certains profs sont tombés dessus par hasard, juste avant leur cours sur la poésie. Là que des classes entières l'ont décortiqué pour tenter d'en percer le secret.

Dans notre classe, personne n'a trouvé. Personne ne s'en est même approché. Mais tout le monde s'est cru très malin. Mr Porter y compris.

Vous savez ce que Mr Porter a dit avant de distribuer mon poème en classe ? Il a dit que lire un poème rédigé par une personne anonyme du lycée, c'était comme de lire un grand classique écrit par un poète mort. Vous avez bien entendu – un poète mort. Parce qu'à l'un comme à l'autre, il était impossible de poser des questions sur le sens réel de son travail.

Puis il a attendu, espérant que l'auteur du poème allait se dénoncer. Mais comme vous le savez, ça ne s'est jamais produit.

Maintenant, vous savez tout. Et pour ceux qui auraient besoin de se rafraîchir la mémoire, voilà le chef-d'œuvre. « Âme solitaire », par Hannah Baker.

Je cherche ton regard,
Mais tu ne me vois pas
À peine une réaction
Quand je te murmure...
Salut.

Tu pourrais être mon âme sœur
– Deux esprits jumeaux
Ou peut-être pas.
Nous ne le saurons
Jamais

Ma chère mère
Tu m'as portée dans ton ventre
Aujourd'hui, tu ne vois plus
Que ce que je porte sur moi.
On te demande de mes nouvelles,
Tu souris, tu hoches la tête.
Ne laisse pas les choses
Se terminer ainsi.

Portez-moi
À la verticale du Ciel et
Découvrez-moi
Ne me voyez pas seulement avec vos yeux
Ôtez
Ce masque d'os et de chair et
Voyez-moi
À travers mon âme

Solitaire

Et maintenant, vous savez pourquoi.
Alors, les profs m'ont-ils bien analysée ? Avaient-ils raison ? Aviez-vous deviné qu'il s'agissait de moi ?

Oui, pour certains d'entre vous. Ryan avait dû en parler à quelqu'un – tout fier que son magazine soit étudié en cours. Mais quand des gens m'ont posé la question, j'ai refusé de confirmer ou de nier quoi que ce soit. Ce qui en a agacé plus d'un.

Certains ont même écrit des parodies de mon poème pour me les lire à voix haute dans l'espoir que je me trahisse d'une manière ou d'une autre.

J'ai vu cela. Deux filles ont récité leur version devant toute la classe, juste avant le cours de Mr Porter.

C'était si stupide, si puéril... si cruel.

C'était sans fin. Chaque jour, pendant toute la semaine, les gens apportaient de nouveaux poèmes. Hannah faisait de son mieux pour les ignorer, feignait de bouquiner en attendant l'arrivée de Mr Porter. En attendant d'être sauvée par le début du cours.

Ça n'a pas l'air si terrible, hein ?

Pour vous, non, peut-être. Mais le lycée ne m'était déjà plus un refuge depuis bien longtemps. Et grâce à tes virées photographiques, Tyler, je ne me sentais même plus à l'abri chez moi.

Maintenant, tout à coup, voilà que mes propres pensées étaient livrées en pâture.

Un jour, dans la classe de Mr Porter, pendant que ces filles la ridiculisaient, Hannah a levé les yeux. Son regard a croisé le mien le temps d'un éclair. Un flash. Mais elle savait que j'étais en train de l'observer. Aucun témoin n'avait surpris cet échange, pourtant je me suis quand même détourné.

Elle était seule.

Bravo, Ryan. Merci à toi. Tu es un vrai poète.

■

J'enlève les écouteurs et les laisse pendouiller autour de mon cou.

– J'ignore ce qui t'est arrivé, me lance l'homme derrière son comptoir, mais je ne veux pas de ton argent.

Il souffle dans une paille et en coince les deux extrémités.

Je secoue la tête et plonge la main derrière moi pour attraper mon portefeuille.

– Non, je vais payer.

Il souffle de plus en plus fort dans sa paille.

– Je suis sérieux. Ce n'était qu'un milk-shake. Et comme je te l'ai dit, je ne sais pas ce qui se passe dans ta vie, ni comment je peux t'aider, mais il est clairement arrivé quelque chose de grave alors je tiens à ce que tu gardes ton argent.

Son regard fouille le mien, et je comprends qu'il ne changera pas d'avis.

Je ne sais pas quoi dire. Même si les mots me venaient, ma gorge est si serrée qu'elle ne les laisserait pas sortir.

Je me contente de hocher la tête, d'attraper mon sac, et je change de cassette en me dirigeant vers la sortie.

13 RAISONS ▶

PHOTOS DE LA SÉRIE ORIGINALE **NETFLIX**

Dylan Minnette (Clay)

Katherine Langford
(Hannah)

Brandon Flynn (Justin)

Katherine Langford (Hannah), Brandon Flynn (Justin)

Miles Heizer (Alex)

Miles Heizer (Alex), Dylan Minnette (Clay)

Katherine Langford (Hannah), Alisha Boe (Jessica)

Alisha Boe (Jessica), Brandon Flynn (Justin)

Devin Druid (Tyler)

Dylan Minnette (Clay), Devin Druid (Tyler)

Katherine Langford (Hannah), Michele Selene Ang (Courtney)

Michele Selene Ang (Courtney)

Steven Silver (Marcus), Dylan Minnette (Clay)

Steven Silver (Marcus)

Ross Butler (Zach), Katherine Langford (Hannah)

Ross Butler (Zach)

Tommy Dorfman (Ryan), Katherine Langford (Hannah)

Tommy Dorfman (Ryan)

Dylan Minnette (Clay), Katherine Langford (Hannah)

Dylan Minnette (Clay), Katherine Langford (Hannah)

Ajiona Alexus (Sheri), Katherine Langford (Hannah)

Ajiona Alexus (Sheri)

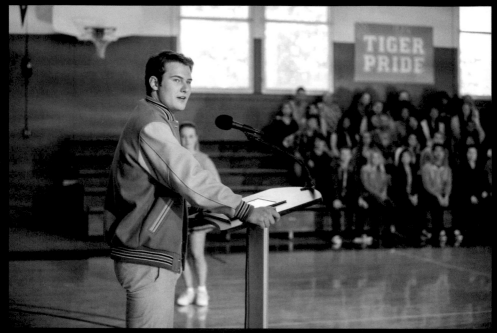

Justin Prentice (Bryce)

Michele Selene Ang (Courtney), Justin Prentice (Bryce), Katherine Langford (Hannah)

Derek Luke (Mr. Porter), Dylan Minnette (Clay)

Derek Luke (Mr. Porter)

JAY ASHER
SUR LE PLATEAU

K7 N° 5 : FACE A

La porte vitrée de la cafétéria se referme derrière moi, et j'entends immédiatement trois verrous se mettre en place.

Bon, et maintenant : où me poser ? Chez moi ? Retourner au Monet's Garden ? À moins d'aller à la bibliothèque, tout compte fait. Je pourrais m'asseoir sur les marches en ciment. Écouter le reste des cassettes dans le noir.

– Clay !

C'est la voix de Tony.

Des phares puissants clignotent trois fois de suite. La fenêtre côté conducteur est baissée, et la main de Tony me fait signe d'approcher. Je remonte la fermeture éclair de mon blouson et m'avance jusqu'à lui. Mais je ne me penche pas par la vitre. Je n'ai aucune envie de parler. Pas maintenant.

Cela fait des années qu'on se connaît Tony et moi, qu'on révise et qu'on traîne un peu ensemble après les cours. Et malgré ça, nous n'avons jamais eu la moindre discussion sérieuse.

Sauf que maintenant, je le crains, il voudrait que ça change. Il est resté là tout ce temps. Assis dans sa voiture. À attendre. Que peut-il bien avoir derrière la tête ?

193

Il évite de me regarder. À la place, il tend le bras pour réajuster son rétroviseur avec le pouce. Puis il ferme les yeux et laisse retomber sa tête en arrière.

– Grimpe, Clay.

– Est-ce que tout va bien ?

Après un court silence, lentement, il me fait oui de la tête.

J'ouvre la portière et m'assois à côté de lui, un pied à l'extérieur. Mon sac à dos, avec le carton à chaussures d'Hannah dedans, est posé sur mes genoux.

– Ferme la porte, m'ordonne-t-il.

– Où est-ce qu'on va ?

– Tout va bien, Clay. Referme juste la porte. (Il remonte sa vitre en tournant la poignée.) Quel froid de canard.

Son regard hésite entre le tableau de bord, l'autoradio et le volant, mais sans jamais se poser sur moi.

À l'instant où je claque ma portière, comme si un pistolet venait de donner le coup d'envoi, Tony commence.

– Tu es la neuvième personne que j'avais à suivre, Clay.

– Hein ? Qu'est-ce que tu racontes ?

– Le double des cassettes. Hannah ne bluffait pas. Il est chez moi.

– Oh mon Dieu...

J'enfouis mon visage entre mes mains. Derrière mon arcade sourcilière, le pic lancinant est de retour. Je presse la base de ma paume contre mon front. Très fort.

– Ça va bien se passer, me dit-il.

Je ne peux pas le regarder en face. Que sait-il ? Que sait-il sur moi ? Qu'a-t-il entendu ?

– De quoi tu parles ?

194

– Tu en étais où, en arrivant ici ?

– Hein ?

– Quelle cassette écoutais-tu ?

Je pourrais nier, faire semblant de ne pas comprendre. Ou bien sortir de sa voiture et m'en aller. Mais de toute manière, il sait.

– Ça va aller, Clay. Je t'assure. Quelle cassette ?

Les yeux toujours fermés, j'appuie mes doigts contre mon front.

– Celle de Ryan. Le poème.

Cette fois, je le regarde.

Il se tient la tête appuyée en arrière, paupières closes.

– Alors quoi ?

Pas de réponse.

– Pourquoi te les a-t-elle données à toi ?

Il porte la main au trousseau de clés suspendu au tableau de bord.

– Je peux rouler pendant que tu écoutes la face suivante ?

– Dis-moi pourquoi elle te les a données à toi.

– Je te répondrai, rétorque-t-il, si tu écoutes la cassette suivante ici, avec moi.

– Pourquoi ça ?

– Clay, je ne plaisante pas. Écoute-la.

– Dis-moi d'abord pourquoi.

– Parce qu'il s'agit de toi. (Il relâche son trousseau de clés.) La cassette suivante parle de toi.

Rien.

Mon cœur ne se soulève pas. Mes yeux ne tremblent pas. Je ne respire pas.

Quand tout à coup.

195

Je balance un violent coup de coude dans mon siège. Puis j'écrase mon poing sur la portière et me retiens de cogner mon crâne contre la vitre. À la place, je me rejette en arrière et heurte l'appuie-tête.

Tony pose sa main sur mon épaule.

– Écoute-la, dit-il. Et ne sors pas de cette voiture.

Il démarre.

Les larmes aux yeux, je me tourne dans sa direction. Mais il ne bouge pas.

J'ouvre le walkman, en sors la cassette. La cinquième. Avec son 9 bleu foncé tracé en haut à droite. Ma face. Je suis le numéro neuf.

Je la réinsère et, à deux mains, referme le boîtier de l'appareil comme un livre.

Tony quitte son stationnement et traverse le parking désert avant de rejoindre la rue principale.

Sans regarder je passe le doigt sur le walkman, tâtonnant à la recherche du bouton pour me plonger dans le récit.

▶

Roméo, ô Roméo. Où es-tu, mon Roméo ?

Mon histoire. Ma cassette. Et ce sont ses premiers mots.

Bonne question, Juliette. J'aimerais avoir la réponse.

Tony s'adresse à moi par-dessus le bruit du moteur.

– Ça va aller, Clay !

Pour être parfaitement honnête, je n'ai jamais pensé, à un seul moment de ma vie : « Clay Jensen... OUI, c'est lui ! »

Rien qu'en entendant mon nom, je sens la douleur redoubler au fond de mon crâne. Un nœud terrible m'étreint la poitrine.

J'ignore dans quelle mesure j'avais appris à connaître le vrai Clay Jensen au fil des ans. La plupart des éléments dont je disposais n'étaient que des infos de seconde main. Voilà pourquoi j'avais envie de mieux le connaître. Parce que tout ce que j'entendais sur lui – absolument tout ! – était positif.

Ça faisait partie de ces choses que je ne pouvais plus me sortir de la tête une fois qu'elles y étaient entrées.

Kristen Rennert, par exemple. Elle s'habille toujours avec un truc noir. Un pantalon noir. Ou des chaussures noires. Un haut noir. Si c'est une veste, et qu'il s'agit de la seule touche de noir qu'elle porte sur elle, elle ne l'enlèvera pas de la journée. La prochaine fois que vous la croiserez, vous verrez, vous aussi. Et vous ne pourrez plus vous empêcher de le remarquer.

Même chose pour Steve Oliver. Chaque fois qu'il lève la main pour intervenir en cours, ou pour poser une question, il commence sa phrase par « OK ».

« Mr Oliver ?

– OK, si Thomas Jefferson avait des esclaves...

– Mr Oliver ?

– OK, j'obtiens 76,1225.

– Mr Oliver ?

– OK, est-ce que je pourrais avoir une autorisation de sortie de classe ? »

Je vous jure. C'est systématique. Et maintenant, vous le remarquerez aussi... chaque fois.

Oui, j'avais déjà remarqué, Hannah. Revenons-en au sujet de départ. Par pitié.

À force d'entendre parler de Clay Jensen, c'est donc devenu une obsession chez moi. Comme je l'ai dit, je ne le connaissais pas très bien mais je tendais l'oreille chaque fois que quelqu'un prononçait son nom. Je devais désespérément guetter le moindre ragot croustillant à son sujet. Non par envie de jouer les pipelettes. Mais je ne pouvais pas croire à l'existence d'un être aussi pur.

Je me tourne vers Tony en roulant des yeux. Mais il conduit, le regard rivé sur la route.

Si c'était vraiment quelqu'un d'aussi parfait... tant mieux. Fantastique ! Mais c'est devenu une sorte de petit jeu personnel. Combien de temps encore n'entendrais-je dire que du bien de Clay Jensen ?

Normalement, quand quelqu'un possède une image irréprochable, vous pouvez être sûr que quelqu'un d'autre attend sagement dans son coin le moment propice pour le mettre en charpie. L'instant où le défaut fatidique explosera enfin au grand jour.

Mais pas avec Clay.

Je coule un nouveau regard vers Tony. Cette fois, il arbore un petit sourire en coin.

J'espère que cette cassette ne vous incitera pas à aller exhumer son vilain secret honteux... qui existe réellement, j'en suis sûre. Au moins un ou deux, non ?

J'en ai quelques-uns en réserve, oui.

Mais une seconde, n'est-ce pas ce que tu es en train de faire, Hannah ? Tu nous le présentes comme Monsieur Parfait pour mieux le réduire en miettes. C'est toi, Hannah Baker, qui attends sagement dans ton coin. À guetter la faille. Tant et si bien que tu l'as trouvée. Et maintenant, tu trépignes d'impatience de la dévoiler au reste du monde pour ruiner son image.

Ce à quoi je répondrai... Non.

Ma poitrine se relâche, et j'expire une bouffée d'air que je n'avais même pas conscience de retenir.

J'espère que je ne vous déçois pas trop. J'espère que vous ne m'écou-
tez pas seulement en salivant dans l'attente de nouveaux potins.
J'espère que ces cassettes signifient un peu plus pour vous.

Clay, chéri, ton nom n'a rien à faire sur cette liste.

J'appuie ma tête contre la vitre et ferme les yeux, concentré
sur le contact glacé du verre. Peut-être qu'en l'écoutant parler
tout en focalisant mon attention sur cette sensation, je par-
viendrai à tenir le coup.

Tu n'as pas mérité d'être là au même titre que les autres. Comme
disait la chanson dans 1, Rue Sésame : « L'un de ces objets n'est pas
comme les autres. L'un de ces objets n'a rien à faire ici. »

Et cet objet, c'est toi, Clay. Mais ta présence est indispensable si je
veux pouvoir raconter mon histoire. La raconter le plus complètement
possible.

▌▌

– Pourquoi faut-il que j'écoute ça ? je lance à Tony. Pourquoi
m'avoir inclus dans la liste si je n'ai pas mérité d'en faire
partie ?

Tony continue à rouler. Son attention ne se détache de la
route que pour vérifier furtivement son rétroviseur.

– J'aurais été cent fois plus heureux de ne jamais entendre
ça, dis-je.

Tony secoue la tête.

– Non. Tu serais devenu dingue de ne pas savoir ce qui lui
était arrivé.

Je regarde la route à travers le pare-brise, la succession de
lignes blanches étincelant à la lueur des phares. Et je réalise
qu'il a raison.

199

– Et puis, ajoute-t-il, je crois qu'elle voulait que tu saches.

Peut-être, me dis-je. Mais pourquoi ?

– Où est-ce qu'on va ?

Il ne répond pas.

▶

Oui, il y a de sacrées incohérences dans mon récit. Certaines parties que je n'ai pas su raconter. Ou pas pu me résoudre à dire à voix haute. Des événements que je n'ai pas encore digérés... que je ne digérerai jamais. Et tant que je n'ai pas à en parler, je n'ai pas à les vivre une seconde fois.

Mais cela diminue-t-il l'importance de vos rôles respectifs ? Sont-ils moins significatifs sous prétexte que je ne dis pas tout sur moi ?

Non.

À vrai dire, cela les renforce.

Vous ignorez ce qui se passait dans le reste de mon existence. Chez moi. Même au lycée. Personne ne connaît vraiment la vie des autres, seulement la sienne. Et quand on bousille une partie de la vie de quelqu'un, ça ne se limite pas à cette partie-là. Hélas, nul n'est jamais aussi précis, aussi sélectif. Quand on bousille une partie de la vie de quelqu'un, on bousille sa vie tout entière.

Tout... a une influence sur le reste.

Les quelques récits qui vont suivre tournent autour d'une seule et même soirée.

La fête.

Notre soirée, Clay. Et tu sais très bien de laquelle je veux parler, car au fil de toutes ces années passées à fréquenter le même lycée, ou à travailler ensemble au cinéma, nous n'avons passé qu'une seule soirée ensemble.

200

Vraiment ensemble.

Cette soirée va également entraîner un certain nombre de nos audi-teurs dans le récit... dont l'un d'entre vous pour la seconde fois. Une soirée banale qu'aucun de vous ne peut effacer.

Je détestais cette soirée. Avant même l'arrivée des cassettes, je la haïssais déjà. Cette nuit-là, j'ai couru chez une vieille dame lui annoncer que son mari était hors de danger. Que tout allait bien se passer. Mais je mentais. Car pendant que j'accourais chez cette femme pour la rassurer, l'autre conduc-teur, lui, était en train de mourir.

Et le temps qu'il rentre chez lui auprès de sa femme, le vieil homme savait.

Heureusement, personne en dehors des membres de la liste n'écou-tera jamais ces cassettes, et vous seuls aurez à gérer leurs conséquences sur votre propre vie.

En revanche, si elles sont révélées au public, vous aurez à gérer des effets secondaires qui vous échappent totalement. J'espère donc sincèrement que la chaîne de transmission sera respectée jusqu'au bout.

J'observe Tony à la dérobée. Ferait-il une chose pareille ? Donnerait-il les cassettes à une personne extérieure ?

Qui ?

Pour certains d'entre vous, ces conséquences seront sans doute minimes. Un sentiment de honte, peut-être. Ou d'embarras. Mais pour d'autres, difficile à dire. Licenciement ? Prison ?

Gardons tout cela entre nous, d'accord ?

Bref, Clay. Je ne devais même pas assister à cette soirée. On m'y avait invitée, mais je n'étais pas censée m'y rendre. Mes résultats étaient en chute libre. Mes parents réclamaient des rapports aux profs chaque semaine. Et quand tous ont fini par se révéler mauvais, j'ai été privée de sortie.

Pour moi, privée de sortie signifiait que j'avais une heure pour rentrer du lycée. Ma seule heure de liberté avant l'arrivée de ces bulletins.

Nous sommes arrêtés à un feu rouge. Mais Tony continue à regarder droit devant lui. Est-ce pour éviter de me voir pleurer ? Parce qu'il n'a aucune crainte à avoir : je ne pleure pas. Pour l'instant.

À l'occasion de ma traditionnelle pêche aux ragots spéciale Clay Jensen, j'ai appris que tu allais te rendre à cette fête.

Quoi ? Clay Jensen, à une fête ? Ça alors !

Je passe mes week-ends à réviser. Dans la plupart de mes cours, on a interro le lundi. Je n'y peux rien.

C'est non seulement la première pensée qui m'a traversé l'esprit, mais aussi la réaction de tous ceux qui en parlaient. Personne ne comprenait pourquoi on ne te voyait jamais aux fêtes. Les gens avaient toutes sortes de théories, bien sûr. Mais... devine quoi ? Gagné. Aucune d'elles n'était négative.

Ben voyons.

Comme vous l'aviez compris étant donné la taille de Tyler, qui n'aurait jamais été assez grand pour espionner une fenêtre située ailleurs qu'au rez-de-chaussée, faire le mur depuis ma chambre était un jeu d'enfant. Et ce soir-là, il fallait que je le fasse. Mais n'en tirez pas de conclusions trop hâtives. Avant ça, je n'avais fait le mur que deux fois dans ma vie.

OK, trois fois. Disons quatre. Grand maximum.

Pour ceux d'entre vous qui ne voient pas de quelle soirée je parle, j'ai tracé une étoile rouge sur la carte. Une grosse étoile bien visible, coloriée en entier. C-6. 512, Cottonwood.

Est-ce l'endroit où Tony m'emmène ?

Aaaah... Maintenant, tout s'éclaire. Certains d'entre vous viennent de comprendre comment ils s'intégraient à l'histoire. Mais vous devrez attendre que vos noms apparaissent pour entendre ce que j'ai à dire. Et ce que je suis prête à dévoiler.

Ce soir-là, j'ai pensé que ce serait plus sympa d'aller à la fête à pied. Histoire de me détendre. Il avait beaucoup plu pendant la semaine, et je me rappelle que de gros nuages bas traînaient encore dans le ciel. Le fond de l'air était doux pour cette heure de la nuit. J'adore ce type de temps, c'est mon préféré.

Le mien aussi.

De la magie pure.

C'est drôle. En passant devant toutes ces maisons, sur le chemin, j'ai eu la sensation que la vie était pleine de possibilités. De possibilités infinies. Et pour la première fois depuis très longtemps, j'ai eu de l'espoir.

Moi aussi. Je me suis forcé à sortir de chez moi pour aller à cette soirée. J'étais prêt à vivre quelque chose de nouveau. Quelque chose d'excitant.

De l'espoir ? Hmm. J'avais dû mal interpréter un truc ou deux.

Et maintenant ? Sachant ce qui s'est passé entre Hannah et moi, y serais-je quand même allé ? Même si rien n'avait changé ?

C'était seulement le calme avant la tempête.

La réponse est oui. Même pour obtenir le même résultat.

Je portais une jupe noire et un sweat à capuche assorti. Pendant le trajet, j'ai fait un détour trois rues plus loin pour voir mon ancienne maison – celle que nous avions habitée au tout début, en arrivant. La première étoile rouge, sur la première face de la première cassette.

Le porche était allumé, et un moteur de voiture vrombissait dans le garage.

Mais la porte était fermée.

Suis-je le seul à connaître ce détail ? À savoir que c'est ici qu'il vivait ? Le vieil homme de l'accident. Celui dont la voiture avait tué un gars de notre lycée.

Je me suis arrêtée et, pendant quelques minutes, j'ai observé la façade depuis le trottoir. Hypnotisée. Une autre famille dans ma maison. Je ne connaissais pas ces gens, je ne savais pas à quoi ils ressemblaient – ni eux ni leurs vies.

La porte du garage a commencé à s'ouvrir et, à la lueur rougeoyante des phares, j'ai vu la silhouette d'un homme en train de pousser le lourd battant vers le haut. Il s'est installé au volant, il a descendu l'allée en marche arrière et il est parti.

Pourquoi ne s'est-il pas arrêté, pourquoi ne m'a-t-il pas demandé ce que je faisais là, plantée devant chez lui, à épier sa maison ? Je l'ignore. Il a peut-être cru que j'attendais la fin de sa manœuvre pour reprendre ma joyeuse marche.

Quoi qu'il en soit, la scène semblait surréaliste. Deux individus – moi, lui – une maison. Pourtant, il est parti, sans se douter de ce qui le reliait à cette inconnue sur le trottoir. Et à cet instant, allez savoir pourquoi, l'air s'est comme alourdi. Chargé de solitude. Et cette solitude m'a collé à la peau le restant de la soirée.

Même les meilleurs moments de la fête ont été gâchés par cet incident – ce non-incident – devant mon ancien chez-moi. Le désintérêt de cet homme envers moi était comme un rappel. J'avais beau avoir une histoire avec cette maison, ça n'avait aucune importance. On ne peut jamais retrouver les choses telles qu'elles étaient. Telles qu'on les croyait.

Nous n'avons... que le présent.

Nous autres, qui figurons sur ces cassettes, ne pouvons pas non plus revenir en arrière. Ne *pas* trouver de colis devant notre porte. Ou dans notre boîte aux lettres. Depuis cet instant, pour nous, tout a changé.

Ce qui explique mon pétage de plomb, Clay. Et c'est la raison pour laquelle tu recevras ces cassettes. Je tenais à m'expliquer. À te dire que j'étais désolée.

S'en souvient-elle ? Se souvient-elle des excuses que je lui ai faites, ce soir-là ? Est-ce pour cela qu'elle me demande pardon à son tour ?

La fête battait déjà son plein quand je suis arrivée. Contrairement à moi, la plupart des gens n'avaient pas eu à attendre que leurs parents s'endorment.

Les picoleurs habituels squattaient devant l'entrée, brandissant leurs bières pour saluer les nouveaux arrivants. Je n'aurais jamais cru qu'un prénom comme Hannah puisse être mal articulé, mais ces types m'ont brillamment démontré le contraire. Une première moitié répétait mon nom en boucle, en l'écorchant chaque fois, pendant que l'autre était pliée de rire.

Mais c'était bon enfant. Les gens éméchés et rigolos apportent une touche sympa en soirée. Ils ne cherchent pas la bagarre. Ni à emballer à tout prix. Ils ont juste envie de boire et de s'amuser.

Je me souviens de ces types. Un peu les mascottes de la soirée. « Clay ! Mais kesstu fais là ? Mwah-ha-ha ! »

La musique hurlait et personne ne dansait. C'était une soirée comme les autres... à un détail près.

Clay Jensen.

Tu as dû te prendre un paquet de remarques sarcastiques en faisant

205

ton entrée. Mais le temps que j'arrive, tu étais redevenu pour tout le monde un invité comme les autres. Sauf que tu étais la seule raison de ma présence en ces lieux.

Avec tout ce qui se passait dans ma vie – dans ma tête – j'avais envie qu'on se parle. Pour de vrai. Juste une fois. Occasion qui ne nous avait jamais été offerte au lycée. Ni au boulot. L'occasion de se demander : qui es-tu ?

Nous n'avons pas eu cette chance parce que j'avais peur. Peur de n'avoir aucune chance avec toi.

C'était ce que je croyais. Et je m'étais fait une raison. Car au fond, si en apprenant à te connaître je découvrais que les rumeurs étaient fondées ? Que tu n'étais pas celle que j'espérais trouver ?

Cette déception aurait été pire que tout.

Pendant que je faisais la queue dans la cuisine pour me servir mon premier verre de bière, tu es arrivé derrière moi.

« Hannah Baker », as-tu déclaré. Je me suis retournée. « Hannah... Salut. »

À son arrivée, en la voyant franchir le pas de la porte, j'ai été pris au dépourvu. Et comme une mauviette, j'ai tourné les talons et je me suis enfui vers la cuisine pour sortir par la porte du fond.

Il était trop tôt, avais-je pensé. Je m'étais rendu à cette soirée en me promettant que si je tombais sur Hannah Baker, j'irais lui parler. Au diable les autres, je ne la lâcherais pas du regard et nous discuterions ensemble.

Mais quand elle est entrée, j'ai paniqué.

Je n'arrivais pas à le croire. D'un coup de baguette magique, tu étais là.

206

Non, pas d'un coup de baguette magique. D'abord, j'ai fait les cent pas dans le jardin en me maudissant de réagir comme un petit garçon apeuré. Puis j'ai franchi le portail avec la ferme intention de rentrer chez moi.

Mais une fois sur le trottoir, je m'en suis encore plus voulu. Alors j'ai fait demi-tour pour regagner la maison. Les mecs bourrés de l'entrée m'ont de nouveau salué, et je me suis dirigé droit sur toi.

C'était tout sauf un coup de baguette magique.

« *Je ne sais pas pourquoi, m'as-tu déclaré, mais je crois qu'il faut qu'on parle.* »

Il m'a fallu toutes mes tripes pour lancer cette conversation. Toutes mes tripes et deux verres de bière.

Et j'ai acquiescé, probablement avec le sourire le plus niais de tous les temps scotché en travers du visage.

Non. Le plus magnifique.

Puis j'ai remarqué l'encadrement de la porte derrière toi. Pleine de marques au stylo et au crayon à papier, indiquant la taille des enfants au fur et à mesure qu'ils grandissaient. Et je me suis rappelé le jour où ma mère a effacé ces marques sur la porte de la cuisine, dans notre ancienne maison, avant de la vendre pour emménager ici.

J'ai vu cela. Aperçu quelque chose dans tes yeux quand tu as regardé par-dessus mon épaule.

Bref. Tu as remarqué mon verre vide, tu l'as rempli avec la moitié du tien, et tu m'as demandé si j'avais un moment pour parler.

Je vous vois venir, chers auditeurs. Vous pensez au plan drague classique consistant à embobiner une fille et à la faire boire. Mais vous vous trompez. Ça ne faisait pas du tout cet effet-là.

Et ce n'était pas mon intention. Personne ne me croira, mais c'est la vérité.

Si tel était le cas, il m'aurait encouragée à remplir mon verre en entier.

Nous sommes donc passés au salon, où une moitié du canapé était déjà occupée.

Par Jessica Davis et Justin Foley.

Mais il restait plein de place de l'autre côté, alors on s'est assis. Et là, quel est le premier truc que nous avons fait ? Nous avons posé nos verres, et nous avons commencé à discuter. Comme ça... tout simplement.

Elle devait forcément savoir qu'il s'agissait d'eux. Jessica et Justin. Mais elle n'a pas prononcé leurs noms. Le tout premier garçon avec lequel elle était sortie, en train d'embrasser la fille qui l'avait giflée au Monet's Garden. Son passé ne semblait pas vouloir la lâcher.

Je n'aurais pas pu rêver mieux. Les questions étaient personnelles, comme pour rattraper le temps que nous avions laissé filer, mais sans jamais paraître intrusives.

Sa voix, si cela est physiquement possible, irradie d'une douce chaleur en sortant des écouteurs. Je plaque mes mains sur mes oreilles pour empêcher ses paroles de s'échapper.

Et elles n'étaient pas intrusives. Parce que j'avais envie que tu me connaisses.

C'était merveilleux. Je n'arrivais pas à croire qu'Hannah et moi parlions enfin ensemble. Pour de vrai. Et je ne voulais plus que ça s'arrête.

J'ai adoré discuter avec toi, Hannah.

J'avais le sentiment que tu pouvais me connaître. Comme si tu comprenais tout ce que je te disais. Et à mesure que nous parlions, j'ai su pourquoi. Nous étions enthousiasmés par les mêmes choses. Angoissés par les mêmes choses.

Tu aurais pu me dire n'importe quoi, Hannah. Cette nuit-là, il n'y avait plus de limites. Je serais resté avec toi jusqu'à ce que tu vides ton sac, que tu m'ouvres ton cœur en entier. Mais tu ne l'as pas fait.

Je voulais te dire absolument tout. Et cela me déchirait, car certaines choses étaient trop effrayantes. Certaines choses que j'avais moi-même du mal à comprendre. Comment confier à quelqu'un – quelqu'un avec qui j'avais un vrai échange, pour la première fois – le fond réel de mes pensées ?

Je ne pouvais pas. C'était encore trop tôt.

Tu te trompes.

Ou peut-être déjà trop tard.

Mais tu te confies maintenant. Pourquoi avoir attendu tout ce temps ?

Ses mots n'ont plus cette douce tiédeur. Ce n'était sans doute pas son intention, mais à présent ils me marquent au fer rouge. Dans ma tête. Dans mon cœur.

Clay, tu ne cessais de répéter que tu savais que les choses couleraient facilement entre nous. Que tu le pressentais depuis longtemps. Tu savais qu'on s'entendrait bien tous les deux. Qu'on serait sur la même longueur d'ondes.

Mais pourquoi ? Tu ne me l'as jamais expliqué. Comment pouvais-tu le savoir ? Parce que je savais, moi, ce que les gens disaient dans mon dos. J'entendais ces rumeurs, ces mensonges qui ne me quitteront plus jamais.

Je savais que tout était faux, Hannah. Enfin, je l'espérais très fort. Mais j'étais trop lâche pour le vérifier.

Je m'effondrais en mille morceaux. Si seulement je t'avais parlé plus tôt. Nous aurions pu être... nous aurions pu... je ne sais pas. Mais le point de non-retour était franchi. J'avais pris ma décision. Non pas celle de mettre fin à mes jours. Pas encore. J'avais décidé de vivre mécaniquement jusqu'à la fin du lycée. De ne plus m'attacher à personne. C'était le plan. Une fois mon diplôme en poche, je partirais.

Et puis je m'étais rendue à une fête. Pour te rencontrer.

Pourquoi avais-je fait une chose pareille ? Pour mieux me faire souffrir ? Car c'est exactement ce qui se passait – je me haïssais d'avoir attendu si longtemps. Je me haïssais parce que c'était injuste envers toi.

La seule chose injuste, ce sont tes cassettes, Hannah. Parce que j'étais là, pour toi. Nous parlions ensemble. Tu aurais pu tout me dire. J'aurais absolument tout écouté.

Il y avait donc ce couple assis à côté de nous sur le canapé : la fille avait trop bu, elle riait aux éclats et me bousculait toutes les deux minutes. C'était drôle, au début, mais ça m'a très vite tapé sur les nerfs.

Pourquoi ne révèle-t-elle pas son prénom ?

J'ai commencé à me dire qu'elle n'était peut-être pas si éméchée que ça. Que c'était seulement un jeu pour séduire le garçon qui lui parlait... enfin, quand ils ne faisaient pas autre chose que parler. Ou peut-être voulait-elle le canapé pour eux tout seuls.

Bref, nous nous sommes levés.

Nous avons fait le tour de la fête, à crier par-dessus la musique partout où on allait. J'ai enfin réussi à faire basculer le cours de la conversation. Terminé, les sujets graves et sérieux. On avait besoin de rire. Mais où qu'on aille, il y avait trop de bruit pour discuter.

Pour finir, on a ouvert une porte et on s'est retrouvés dans une chambre vide.

Je me rappelle tout ce qui s'est passé ensuite. Je me le rappelle parfaitement. Mais quels souvenirs en a-t-elle gardé, elle ?

Nous sommes restés là, debout contre la porte, nos verres à la main, pliés de rire.

Mais la solitude qui m'avait accompagnée en début de soirée m'a envahie de plus belle.

Pourtant je n'étais pas seule. Je le savais, avec certitude. Pour la première fois depuis des siècles, je me sentais proche – complice – de quelqu'un de mon lycée. Comment pouvais-je me sentir seule ?

Tu n'étais pas seule. Hannah, j'étais là.

Parce que je voulais me sentir seule. C'est la seule conclusion. La seule explication possible. Combien de fois m'étais-je laissé aller à m'attacher à quelqu'un pour me prendre ensuite une gifle en pleine figure ?

Les choses semblaient bien engagées, mais je savais qu'elles pouvaient aussi très mal tourner. Me blesser encore plus que tout le reste.

Ça ne se serait jamais passé comme ça.

Tu étais là, ouvert à moi, disponible. Et quand c'est devenu au-dessus de mes forces, quand j'ai détourné la conversation vers des sujets plus légers, tu m'as fait rire. Et tu étais vraiment drôle, Clay. Tu étais pile ce dont j'avais besoin.

Alors je t'ai embrassé.

C'est moi qui t'ai embrassée, Hannah.

Un long, beau baiser.

Et quelle a été ta réaction quand nous avons repris notre souffle ? Avec le sourire du petit garçon le plus adorable, le plus effronté qui soit, tu m'as demandé : « En quel honneur ? »

Je m'incline. C'est toi qui m'as embrassé.

Je t'ai traité d'idiot. Et nous avons remis ça de plus belle.

Espèce d'idiot. Oui, je me souviens de ça, aussi.

Au bout d'un moment, nous avons fermé la porte pour entrer à l'intérieur de la pièce. D'un côté du mur, nous. Et de l'autre, la fête dont nous parvenait la musique – assourdie, certes, mais toujours très forte.

Incroyable. Nous étions ensemble. Je me répétais ce mot en boucle dans ma tête. Incroyable. Et je me concentrais de toutes mes forces pour ne surtout pas le lâcher à voix haute.

Certains d'entre vous se demandent peut-être : comment se fait-il que personne n'ait été au courant ? Tout le monde savait toujours avec qui sortait Hannah Baker.

Parce que je n'en ai parlé à personne.

Faux. Tout le monde croyait savoir. N'avez-vous donc rien écouté de ce que je vous ai dit ? Ou avez-vous seulement prêté attention à la cassette qui vous concernait ? Parce que je peux compter sur les doigts d'une main – oui, une seule – le nombre de mes ex. Mais vous pensiez sûrement qu'il me fallait les deux mains et les deux pieds rien que pour commencer la liste, pas vrai ?

Quoi, vous ne me croyez pas ? Vous êtes choqués ? Eh bien, devinez quoi... ça m'est égal. La dernière fois que je me suis souciée de ce qu'on pouvait penser de moi, c'était cette nuit-là. Et on ne m'y a plus jamais reprise.

Je détache ma ceinture pour me pencher en avant. Je plaque ma main contre ma bouche de toutes mes forces pour m'empêcher de hurler.

Mais je hurle quand même, et le son se heurte à l'épaisseur de ma paume.

Tony continue à conduire.

212

Maintenant, installez-vous confortablement, car je m'en vais vous raconter ce qui s'est passé entre Clay et moi dans cette chambre. Vous êtes prêts ?

On s'est embrassés.

Voilà, c'est tout. On s'est embrassés.

J'observe le walkman posé sur mes genoux. Il fait trop sombre pour voir les pivots de défilement de la bande, derrière la paroi en plastique, mais j'ai besoin de concentrer mon attention sur quelque chose. Alors j'essaie quand même. Et en me focalisant sur l'emplacement présumé de ces deux pivots, j'ai presque l'impression de plonger mes yeux dans ceux d'Hannah en l'écoutant parler.

C'était merveilleux, allongés tous les deux sur le lit. L'une de ses mains sur ma hanche. Son autre bras glissé sous ma tête, comme un oreiller. Et moi qui le serrais tout contre moi, pour l'enlacer davantage. Et en ce qui me concerne, j'avais envie d'aller plus loin.

C'est là que je l'ai dit. Que je lui ai murmuré : « Pardonne-moi. » Parce que, au fond, je me sentais à la fois heureux et triste. Triste qu'il m'ait fallu tout ce temps pour en arriver là. Heureux que nous soyons enfin ensemble.

C'était comme de premiers vrais baisers. Quelque chose semblait me souffler que je pourrais tout reprendre à zéro, si je voulais. Avec lui.

Mais reprendre quoi ?

Alors j'ai repensé à toi, Justin. Pour la première fois depuis très longtemps, j'ai repensé à nous, dans le parc. Mon tout premier baiser. Je me suis remémoré l'attente, l'excitation. Tes lèvres pressées contre les miennes.

Puis je me suis rappelé comment tu avais tout gâché.

« Arrête », ai-je dit à Clay. Et mes mains ont cessé de le presser contre moi.

213

Tes mains m'ont repoussé.

As-tu ressenti ce que je traversais, Clay ? L'as-tu deviné ? Sûrement.

Non. Tu te dissimulais. Tu ne m'as jamais expliqué ce qui se passait, Hannah.

J'ai fermé les yeux, très fort, à m'en faire mal. Pour tenter de chasser les images qui m'assaillaient. Et j'ai vu défiler tous les gens de cette liste... et plus encore. La succession de visages menant jusqu'à cette soirée. Tous ces gens qui m'avaient fait m'intéresser à la réputation de Clay – à sa réputation si différente de la mienne.

Non, nous étions pareils toi et moi.

Et je ne pouvais rien y faire. Je n'avais aucun contrôle sur ce que les gens pensaient de moi.

Clay, ta réputation était méritée. Mais la mienne... non. Et je me trouvais là, avec toi. Aggravant ma réputation.

Mais ça n'avait rien à voir. À qui en aurais-je parlé, Hannah ?

Je t'ai répété : « Arrête. » Cette fois, j'ai glissé mes mains sur ta poitrine pour te repousser. Je me suis retournée et j'ai enfoui ma tête dans l'oreiller.

Tu as voulu me parler, mais je t'ai interrompu. Je t'ai demandé de partir. Tu as insisté et j'ai crié. J'ai hurlé dans mon oreiller.

Alors tu n'as plus rien dit. Tu m'avais entendue.

Le matelas a bougé de ton côté quand tu t'es levé. Mais tu as mis un temps fou à t'en aller, à comprendre que j'étais sérieuse.

J'espérais que tu me dirais à nouveau d'arrêter. D'arrêter de marcher vers la porte.

Même les yeux fermés, enfoncés dans l'oreiller, j'ai perçu le changement de lumière quand tu as fini par ouvrir la porte. Un éclat lumineux. Puis l'obscurité, à nouveau... tu étais parti.

Pourquoi l'ai-je écoutée ? Pourquoi l'ai-je laissée seule ? Elle avait besoin de moi, et je le savais.

Mais j'avais peur. Une fois de plus, je m'étais laissé guider par la peur.

J'ai glissé au bas du lit pour m'asseoir par terre. Je suis restée là, recroquevillée, à enserrer mes genoux... et à pleurer.

Et c'est ici que ton histoire s'achève, Clay.

Mais ça ne devrait pas se terminer comme ça. J'étais là pour toi, Hannah. Tu aurais pu m'appeler au secours, et tu ne l'as pas fait. Tu en as décidé autrement. Tu avais le choix et tu m'as rejeté. Je t'aurais aidé. Je voulais t'aider.

Tu as quitté la pièce, et nous ne nous sommes plus jamais reparlé.

Ta décision était prise. Tu as beau dire, les jeux étaient faits.

Dans les couloirs, au lycée, tu cherchais mon regard mais je détournais chaque fois la tête. Parce que cette nuit-là, en rentrant chez moi, j'ai arraché une page de cahier et j'ai inscrit une série de noms. L'un après l'autre. Ceux qui avaient défilé dans ma tête quand j'avais cessé de t'embrasser.

Il y en avait tant, Clay. Près d'une trentaine, au bas mot.

Et là... j'ai tracé des liens.

J'ai entouré ton nom en premier, Justin. De là, j'ai fait un trait jusqu'à Alex. J'ai entouré Alex, et tracé un trait jusqu'à Jessica, contournant au passage les noms sans rapport – ceux qui se trouvaient là par hasard, incidents de parcours isolés, détachés du reste.

Ma colère, ma frustration envers vous se sont changées en larmes, pour redevenir haine et colère à chaque nouvelle connexion que j'établissais.

Puis j'ai entouré Clay, l'unique raison de ma venue à cette soirée. J'ai entouré son nom et tracé une ligne... en arrière. Vers un nom déjà cité.

Justin.

En fait, Clay, peu après ton départ de la chambre... cette personne y est entrée.

Sur la cassette de Justin, la toute première, Hannah a bien dit que son nom reviendrait. Or il était à la soirée. Sur le canapé, avec Jessica.

Mais ce quelqu'un a déjà reçu les cassettes. Donc Clay, ignore-le au moment de passer le colis à la personne suivante. Après tout, il a relancé le cycle en permettant à un nouveau nom d'atterrir sur cette liste. C'est à cette personne qu'il te faudra envoyer les cassettes.

Et Clay... je te demande pardon, moi aussi.

■

Mes yeux me piquent. Non pas à cause du sel dans mes larmes, mais parce que je ne les ai plus fermés depuis l'instant où j'ai appris qu'Hannah avait pleuré quand j'étais sorti de la chambre.

Les muscles de ma nuque me brûlent. M'intiment de tourner la tête vers la vitre, de m'arracher à la vision du walkman, de laisser mon regard errer dans le vide. Mais je suis incapable de bouger, de rompre l'effet de ses mots.

Tony ralentit pour se garer le long du trottoir.

– Ça va ?

C'est une rue pavillonnaire, mais pas celle de la soirée.

Je fais non de la tête.

– Est-ce que ça va aller ? me demande-t-il.

Je me redresse, la tête posée en arrière contre l'appuie-tête, et ferme les yeux.

– Elle me manque.

– À moi aussi, dit-il.

216

Quand je rouvre les yeux, il a la tête baissée. Pleure-t-il ? À moins qu'il s'efforce de ne pas pleurer.

– Le truc, dis-je, c'est qu'elle ne m'avait jamais vraiment manqué avant maintenant.

Il se cale en arrière dans son siège et me jette un regard oblique.

– Je ne savais pas quoi penser de cette soirée. De ce qui s'était passé. Elle me plaisait en secret, depuis très longtemps, mais je n'ai jamais eu l'occasion de lui parler. (Je baisse les yeux vers le walkman.) Nous n'avons eu qu'une soirée ensemble, et au final j'avais l'impression de la connaître encore moins qu'avant. Sauf que maintenant, je sais. Je sais dans quel état d'esprit elle se trouvait ce soir-là. Maintenant, je sais par quoi elle passait.

Ma voix se brise, et dans cette brèche s'engouffre un flot de larmes.

Tony n'a aucune réaction. Le regard tourné vers le dehors, vers la rue déserte, il m'accorde simplement la permission de rester assis dans sa voiture à sentir le manque d'Hannah. Sentir le manque d'elle à chaque bouffée d'air que je respire. Sentir son absence avec un cœur si froid, si seul, mais baigné d'une douce chaleur chaque fois que la pensée d'elle me traverse.

Je m'essuie les joues avec la manche de mon blouson. Puis je ravale mes larmes, et je lâche un petit rire.

– Merci de m'avoir écouté. Tu as le droit de me faire taire, la prochaine fois.

Tony met son clignotant, vérifie l'angle mort et redémarre. Mais il évite de me regarder.

– Il n'y a pas de quoi.

K7 N° 5 : FACE B

J'ai l'impression d'être repassé plusieurs fois dans cette rue depuis que nous sommes partis de chez Rosie. Comme si Tony cherchait à gagner du temps.

– Tu y étais, à cette fête ? je lui demande.

Après un coup d'œil par-dessus son épaule, il change de file.

– Non. Écoute, Clay, j'ai besoin d'être sûr que ça va aller pour toi.

Impossible de répondre. Car non, je n'ai pas repoussé Hannah. Je n'ai ni ajouté à sa souffrance ni fait quoi que ce soit pour la blesser. Je l'ai juste abandonnée dans cette chambre. La seule personne capable de lui tendre la main et de la sauver d'elle-même. De la tirer hors de l'abîme dans lequel elle s'enfonçait.

J'ai obéi. Je suis parti. Alors que j'aurais dû rester.

– On ne m'accuse de rien, dis-je dans un murmure.

J'ai besoin d'entendre ces mots à voix haute. Besoin de les entendre avec mes oreilles, et pas seulement à l'intérieur de ma tête.

– On ne m'accuse de rien.

– De rien, répète Tony en fixant toujours la route.

– Et toi ?

Nous arrivons à hauteur d'un stop, il ralentit.

Un bref instant, il m'observe de côté. Puis regarde à nouveau droit devant lui.

– Non, je ne t'accuse de rien.

– Mais pourquoi toi ? Pourquoi t'a-t-elle confié le double des cassettes ?

– Laisse-moi t'emmener sur les lieux de la fête. Je te dirai tout là-bas.

– Tu ne peux pas le faire maintenant ?

Il esquisse un faible sourire.

– J'essaie de nous éviter une sortie de route.

▶

Peu après le départ de Clay, le couple du canapé est entré dans la chambre. Ou pour être plus exact, a titubé dans la chambre. Vous vous rappelez ? Cette fille qui me paraissait faire semblant d'avoir trop bu et de me bousculer exprès pour nous virer du canapé. Eh bien, hélas, elle ne faisait pas semblant. Elle était ivre morte.

Je les avais croisés dans le couloir. Jessica se raccrochant péniblement d'un bras aux épaules de Justin et, de l'autre main, s'appuyant au mur pour rester debout.

Naturellement, je ne les ai pas entendus entrer. J'étais encore assise de l'autre côté du lit, par terre, et il faisait noir comme dans un tunnel.

J'éprouvais une telle frustration en sortant de cette chambre. Une telle confusion. Je me suis adossé au piano dans le salon, comme pour m'aider à me tenir sur mes deux jambes. Que faire ? Rester, partir ? Mais dans ce cas, pour aller où ?

Son petit ami du canapé l'a empêchée de se cogner trop fort contre la table de nuit. Et chaque fois qu'elle est tombée du lit... à deux reprises... il l'a hissée pour la rallonger sur le matelas. Bon prince, il s'efforçait de rire le moins possible.

Je me suis dit qu'il allait la mettre au lit, la border et refermer la porte derrière lui en partant. Et que ce serait alors le bon moment pour filer. Fin de l'épisode.

Hannah n'était pas la première fille que j'embrassais, mais la première qui comptait ; mon premier baiser avec une fille à laquelle je tenais. Et après notre conversation à bâtons rompus ce soir-là, je pensais que ce n'était qu'un début. Qu'il se passait un truc entre nous. Un déclic, un vrai. Je le sentais.

Mais l'histoire n'est pas terminée. À quoi bon lui consacrer une cassette, sinon ? Je suis sûre que de votre côté, vous aviez déjà compris qu'il y avait une suite.

Pour finir, sans trop savoir où aller, je suis parti.

Au lieu de s'en aller, il a commencé à l'embrasser.

Je sais, certains d'entre vous n'auraient demandé qu'à rester pour profiter de cette formidable opportunité de voyeurisme. Une rencontre sexuelle du troisième type. Même sans l'image, il y aurait au moins le son.

Mais deux choses m'ont retenue assise par terre, dans mon coin. Le front pressé contre mes genoux, j'ai réalisé que j'avais quand même pas mal bu pendant la soirée. Et avec un sens de l'équilibre aussi précaire, je me voyais mal m'élancer en courant vers la porte.

C'est donc ma première excuse.

La seconde, c'est que les choses commençaient à se calmer, là-haut. La fille était non seulement ivre morte et hésitante, mais aussi totale-

ment amorphe. De toute évidence, il l'embrassait sans aller plus loin. Surtout, elle ne semblait pas lui rendre la pareille.

Là encore, en vrai gentleman, il n'a pas abusé de la situation. Ce n'était pourtant pas l'envie qui lui en manquait. Longuement, il a tenté d'obtenir une réaction de sa part. « Tu es toujours réveillée ? Tu veux que je t'emmène dans la salle de bains ? Tu as envie de vomir ? »

La fille n'était pas complètement dans les vapes. Elle marmonnait et grognait tout doucement.

Il a fini par comprendre – enfin ! – qu'elle n'était pas d'humeur romantique et ne le serait sans doute pas avant un moment. Il l'a installée bien confortablement et lui a promis de repasser voir si tout allait bien. Là-dessus, il est parti.

À ce stade, vous vous demandez sans doute : mais qui sont ces gens ? Hannah, tu as oublié de nous dire leurs noms. Or je n'ai pas oublié. S'il y a bien une chose qui me reste, c'est la mémoire.

Non pas que ça m'enchante. Si j'oubliais un peu, de temps en temps, peut-être serions-nous tous un peu moins malheureux.

Il y avait un épais brouillard quand j'ai quitté la fête. À mesure que je parcourais les rues, le crachin s'est mis à tomber. Puis la pluie. Mais au début, en tout cas, il n'y avait que ce lourd nuage de brume, voilant ce qui m'entourait.

Non, vous devrez attendre avant d'obtenir un prénom. Mais si vous avez été attentifs, je vous ai déjà fourni la réponse il y a un moment.

Avant de révéler son identité, laissons mariner un peu ce garçon... le temps qu'il se remémore tout ce qui s'est déroulé entre ces quatre murs.

Et il s'en souvient. Je le sais.

J'adorerais voir sa tête en ce moment. Ses yeux résolument fermés. Sa mâchoire serrée. Ses mains empoignant ses cheveux.

Et à ce garçon, je dis ceci : ose donc me contredire ! Ose nier que je me trouvais dans cette pièce. Ose nier ce que tu as fait. Ou plutôt, ce que tu n'as pas fait. Ce que tu as laissé faire. Fais tout pour te convaincre que ce n'est pas sur cette face-ci que ton nom réapparaît. Cela doit venir plus tard, sur une autre cassette. C'est forcément sur une autre cassette.

Ah oui ? Et ça te plairait ? Tu trouverais rassurant de réapparaître sur une autre cassette que celle-ci ?

À ta place, je ne parierais pas là-dessus.

Seigneur. Quel autre drame y a-t-il bien pu avoir cette nuit-là ?

Je sais que ce n'était pas ta copine, que vous aviez échangé trois mots et que tu la connaissais à peine, mais est-ce la meilleure excuse que tu aies pu trouver pour justifier la suite ? Ou est-ce la seule ?

Quoi qu'il en soit, tu n'en avais aucune.

Je me suis relevée en m'appuyant d'une main sur le lit. Tes chaussures – l'ombre de tes chaussures – étaient encore visibles dans le rai lumineux sous la porte. Car après être sorti de la chambre, tu t'es posté devant l'entrée. J'ai lâché mon point d'appui, et je me suis dirigée vers ce filet de lumière en me demandant ce que j'allais bien pouvoir te raconter en ouvrant la porte.

Mais à mi-chemin, deux nouvelles ombres sont apparues sur le palier... je me suis arrêtée net.

En quittant la soirée, j'ai simplement marché. À travers les rues. Je n'avais pas envie de rentrer chez moi. Ni de faire demi-tour.

La porte s'est ouverte, mais tu l'as refermée en disant : « Non. Laisse-la dormir. »

Dans ce bref éclat de lumière, j'ai aperçu un placard – sa porte cou-

lissante à moitié ouverte. Pendant ce temps, quelqu'un insistait pour que tu le laisses entrer.

J'ai attendu, le cœur battant, coincée au beau milieu de la pièce.

La porte s'est de nouveau ouverte. Mais de nouveau tu l'as refermée. Tu as même essayé de blaguer : « Crois-moi, elle ne remuera pas. Même un orteil. »

Et quelle a été sa réaction ? Qu'a-t-il répondu, déjà ? Quel argument a-t-il employé pour te convaincre de reculer d'un pas et de le laisser entrer ? T'en souviens-tu ? Parce que moi, oui.

Son travail de nuit.

Il t'a répondu qu'il bossait de nuit et qu'il devait partir dans quelques minutes.

Quelques minutes, c'était tout ce dont il avait besoin avec elle. Alors relax, quoi, et ouvre cette porte.

Et ça t'a suffi.

Seigneur.

Pathétique.

Je n'arrivais pas à le croire. Et ton copain non plus, d'ailleurs, parce que après avoir tourné la poignée de la porte pour la troisième fois, il n'a même pas fait mine d'entrer tout de suite. Il s'attendait à ce que tu protestes.

Pendant ce bref instant – ces quelques secondes où tu n'as plus rien dit – je suis tombée à genoux, prête à vomir, en me recouvrant la bouche à deux mains. Je me suis traînée jusqu'au placard, la vision de la lumière du couloir brouillée par les larmes. Et en m'effondrant à l'intérieur, j'ai heurté une pile de blousons posée par terre.

Quand la porte de la chambre s'est ouverte, j'ai refermé celle du placard. Et j'ai aussi fermé les yeux. Le sang cognait à mes oreilles. Je me suis frappé la tête d'avant en arrière, d'avant en arrière, contre la pile

224

de blousons. Mais avec les basses qui résonnaient dans toute la mai-son, personne ne m'entendait.

« Relax, quoi. » Ces mots, il les avait déjà prononcés. C'est son expression fétiche pour se servir des gens. Les filles. Ses potes. N'importe qui.

C'est Bryce. Ça ne peut être que lui. Bryce Walker était entré dans cette chambre.

Et avec le martèlement des basses qui résonnait dans toute la mai-son, personne ne l'a entendu entrer. Traverser la chambre. Grimper sur le lit. Les ressorts du matelas ont même grincé sous son poids. Personne n'a rien entendu.

Et j'aurais pu empêcher ça. Si j'avais été en mesure de parler. De voir. Si j'avais été en mesure de penser quoi que ce soit, j'aurais rou-vert la porte du placard et j'aurais mis fin à ce qui se passait.

Mais non. Et peu importe mon excuse. Le fait que je sois au fond du gouffre n'était pas une excuse. Je n'en avais aucune. J'aurais pu empê-cher cette chose – point final. Mais pour ça, je me disais qu'il faudrait d'abord que j'arrête le monde de tourner autour de moi. Comme si tout était hors contrôle depuis si longtemps que plus rien de ce que je pouvais faire ou non n'avait d'importance.

Et je ne pouvais plus gérer ce trop-plein d'émotions. Je voulais que le monde s'arrête... pour de bon.

Pour elle, le monde s'est arrêté. Mais pas pour Jessica. Pour elle, la vie a continué. Jusqu'à ce qu'Hannah la rattrape avec ces cassettes.

J'ignore combien de chansons sont passées pendant que je gardais la tête enfoncée dans ces blousons. Les rythmes s'enchaînaient. Au bout d'un moment, j'ai senti que ma gorge me brûlait. Comme à vif. Avais-je hurlé sans le savoir pendant tout ce temps ?

Les genoux pressés contre le sol, je sentais le sol vibrer chaque fois que quelqu'un passait dans le couloir. Et quand un bruit de pas a résonné à l'intérieur de la chambre – au bout de plusieurs chansons – je me suis recroquevillée contre le mur du fond... prête. Guettant le moment où la porte du placard allait s'ouvrir brutalement. Où des mains m'arracheraient à ma cachette.

Et là ? Que ferait-il de moi ?

Tony ralentit et se gare. Son pneu avant frotte contre le rebord du trottoir. J'ignore comment nous sommes arrivés ici mais la maison est bien là, visible juste derrière ma vitre. La même porte d'entrée par laquelle je suis arrivé à la soirée. Le même perron que j'ai redescendu pour partir. Et à gauche du porche, une fenêtre. Derrière cette fenêtre, une chambre à coucher meublée d'un placard aux portes coulissantes où Hannah, la nuit de notre baiser, a disparu.

Mais la lumière du couloir a jailli dans la pièce, jusqu'à l'intérieur du placard, et ses pas se sont éloignés. Terminé.

Après tout, il ne pouvait pas arriver en retard au boulot, non ?

Bref. Et moi, dans tout ça ? J'ai bondi hors de la pièce pour me ruer le long du couloir. Et c'est là que je t'ai vu. Seul, dans une autre chambre... Justin Foley.

J'ouvre précipitamment la portière, l'estomac vrillé.

Tu étais assis au bord du lit dans la pénombre.

Assis là, le regard dans le vide. Pendant que je me tenais immobile dans le couloir, pétrifiée, à t'observer.

Nous avions parcouru du chemin, Justin. Depuis ce premier jour où je t'avais vu déraper sur la pelouse devant chez Kat. Depuis mon premier baiser au pied du toboggan. Jusqu'à aujourd'hui.

Tu avais d'abord déclenché une réaction en chaîne qui avait ruiné ma vie. Et voilà que tu t'attaquais à la sienne.

226

Je me mets à vomir, ici, devant cette maison.

Arc-bouté en avant, la tête penchée au-dessus du caniveau.

Tu as fini par te tourner vers moi. La couleur de ton visage... blême. Ton expression... vide. J'ai cru lire une immense fatigue dans ton regard.

Ou était-ce de la souffrance ?

– Prend ton temps, me lance Tony.

T'inquiète, me dis-je intérieurement. Je ne vais pas vomir dans ta bagnole.

Justin, trésor, je ne te rends pas entièrement responsable de ce qui s'est passé. Nous sommes dans le même bateau, toi et moi. Nous aurions pu empêcher ça. L'un comme l'autre. Nous aurions pu la sauver. Et je le confesse devant toi. Devant vous tous. Cette fille a eu deux occasions d'être sauvée. Et tous les deux, nous l'avons laissé tomber.

L'air de la nuit me fait du bien, rafraîchit mon front et ma nuque ruisselants de sueur.

Alors pourquoi avoir consacré cette cassette à Justin ? Et l'autre type ? Son geste à lui n'est-il pas bien pire ?

Si. Absolument. Mais ces cassettes doivent faire le tour jusqu'au bout de la chaîne. Et si je les lui envoie, elles n'iront pas plus loin. Réfléchissez. Il a violé une fille, il fuirait loin de cette ville dans la seconde s'il savait que... eh bien... S'il savait que nous savons.

‖

Toujours courbé en deux, j'inspire le plus à fond possible. Puis je retiens mon souffle.

Et j'expire.

Inspire. Retiens mon souffle.

Expire.

Je me redresse contre mon siège, la porte ouverte, au cas où.

– Pourquoi toi ? Pourquoi as-tu le double des cassettes ? Qu'est-ce que tu as fait ?

Une voiture nous dépasse, et nous la voyons tourner à gauche deux rues plus loin. Tony laisse encore passer une bonne minute avant de me répondre.

– Rien, dit-il. Et c'est la vérité.

Pour la première fois depuis qu'il m'a abordé chez Rosie, Tony plonge son regard dans le mien. Et dans ses yeux, captant la lueur d'un lampadaire situé à une vingtaine de mètres de là, brillent des larmes.

– Va d'abord jusqu'au bout de cette face, Clay. Je t'expliquerai tout.

Je ne réponds pas.

– Termine, insiste-t-il. Tu es presque à la fin.

▶

Mais que penses-tu de lui aujourd'hui, Justin ? Est-ce que tu le hais ? Ton fameux copain qui a violé cette fille, est-ce toujours ton ami ?

Oui, mais pourquoi ?

La force du déni, sans doute. C'est la seule réponse possible. Certes, il a toujours été soupe au lait. Certes, il change de nana comme de slip. Mais ça a toujours été un bon copain. Et plus tu passes de temps avec lui, plus tu retrouves en lui ton bon vieux pote de toujours, pas vrai ? Et s'il est resté lui-même, ça veut forcément dire qu'il n'a rien fait de mal cette nuit-là. Et par conséquent, toi non plus.

Génial ! C'est super, Justin. Parce que si lui n'a rien fait de mal, et si tu n'as rien fait de mal, alors je n'ai rien fait de mal non plus. Et tu ne peux pas savoir à quel point je regrette d'avoir bousillé la vie de cette fille.

Mais je l'ai fait, pourtant.

J'y ai contribué, en tout cas. Et toi aussi.

Non, tu as raison, tu ne l'as pas violée. Ni moi non plus. C'est lui. Mais toi... et moi... nous l'avons laissé faire.

C'est notre faute.

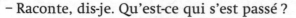

– Raconte, dis-je. Qu'est-ce qui s'est passé ?

Je sors la sixième cassette de ma poche et la glisse dans le walkman à la place de celle-ci.

K7 N° 6 : FACE A

Tony sort la clé du contact et garde le trousseau dans sa main. Une bouée à laquelle se raccrocher tout en me parlant.

– J'ai fait tourner les mots dans ma tête pendant tout le temps qu'on roulait. Tout le temps qu'on a passé dans cette voiture. Même pendant que tu rendais tripes et boyaux.

– Tu as vu que je n'avais pas vomi dans ta voiture.

– En effet. (Il sourit, regarde ses clés.) Merci. Je t'en suis très reconnaissant.

Je referme la portière. Mon estomac se remet doucement.

– Elle est passée chez moi, lâche-t-il. Hannah. J'aurais pu faire quelque chose.

– Faire quoi ?

– Clay, tous les signes étaient là.

– J'aurais pu intervenir, moi aussi. (J'enlève les écouteurs et les pose sur mes genoux.) À la soirée. Elle a pété un plomb pendant qu'on s'embrassait, j'ai rien compris. J'aurais pu faire quelque chose.

L'intérieur de la voiture est sombre. Et silencieux. Avec les vitres remontées, le monde extérieur semble plongé dans un sommeil profond.

231

– Nous sommes tous responsables, dit-il. Un petit peu.

– Donc, elle est venue chez toi.

– Sur son vélo. Celui qu'elle prenait toujours pour aller au lycée.

– Son vélo bleu, dis-je. Laisse-moi deviner. Tu étais en train de bricoler ta bagnole.

Il lâche un petit rire.

– Étonnant, non ? C'était la première fois qu'elle passait chez moi, alors ça m'a un peu surpris. Mais bon. Comme on s'entendait bien au bahut, je me suis dit pourquoi pas. Le détail bizarre, par contre, c'était la raison de sa visite.

– Pourquoi ?

Il jette un œil à travers la vitre et sa poitrine se soulève.

– Elle venait me donner son vélo.

Ces mots restent suspendus dans l'air, immobiles, pendant un temps incroyablement long.

– Elle voulait me l'offrir, poursuit-il. Elle n'en voulait plus. Quand je lui ai demandé pourquoi, elle a juste haussé les épaules. Elle n'avait aucune explication. Mais c'était un signe. Et je l'ai loupé.

L'un des points de la brochure qu'on nous avait distribuée en cours me revient en mémoire : « *Distribution des effets personnels.* »

Tony hoche la tête.

– Elle m'a dit que j'étais le seul susceptible d'en avoir besoin. D'après elle, j'avais la plus vieille bagnole du lycée et si jamais elle tombait en panne, j'aurais besoin d'une solution de secours.

– Mais ce petit bijou ne tombe jamais en rade.

232

– Ce tas de boue tombe constamment en rade. Je passe mon temps à le réparer. Je lui ai donc répondu que je ne pouvais pas accepter son vélo sans lui donner quelque chose en échange.

– Tu lui as donné quoi ?

– Je ne l'oublierai jamais, dit-il en se tournant vers moi. Son regard, Clay. Il ne s'est pas détaché de moi une seule seconde. Elle me fixait, droit dans les yeux, et elle s'est mise à pleurer. Là, devant moi, les larmes roulaient sur ses joues.

Il essuie ses propres larmes, puis passe sa main sur sa bouche.

– J'aurais dû faire quelque chose.

Tous les signaux étaient là, indiscutablement, pour quiconque avait envie de les voir.

– Qu'est-ce qu'elle t'a demandé ?

– Elle voulait savoir comment j'enregistrais mes cassettes, celles que j'écoute sur mon autoradio. (Il incline la tête en arrière, inspire profondément.) Je lui ai parlé de la vieille platine de mon père. (Il marque une pause.) Alors elle m'a demandé si j'avais de quoi enregistrer les voix.

– Mon Dieu...

– Un genre de dictaphone, quelque chose comme ça. Un truc qui marcherait à piles et qu'on pourrait emporter partout avec soi. Et je ne lui ai pas demandé pourquoi. Je lui ai dit de m'attendre là, que j'avais ce qu'il fallait.

– Et tu lui as donné ?

Il se tourne vers moi, le visage dur.

– Je ne savais pas ce qu'elle comptait en faire, Clay.

– Attends, Tony. Je ne t'accuse de rien. Mais elle n'a pas du tout précisé pourquoi elle en avait besoin ?

– Tu crois qu'elle m'aurait dit la vérité si je lui avais posé la question ?

Non. En se rendant chez Tony, sa décision était irrévocable. Si elle avait cherché quelqu'un pour l'en empêcher, pour la sauver d'elle-même, j'étais là. À la soirée. Elle le savait.

Je secoue la tête.

– Elle ne t'aurait rien dit.

– Quelques jours plus tard, reprend Tony, en rentrant de cours, je trouve un paquet devant chez moi. Je le monte dans ma chambre, et je commence à écouter les cassettes. Mais je n'y comprends rien.

– Avait-elle laissé un message, une explication ?

– Non. Juste les cassettes. Mais ça n'avait aucun sens, parce que j'avais cours avec Hannah en troisième heure et qu'elle était venue au lycée, ce jour-là.

– Quoi ?

– Bref, quand je suis rentré et que j'ai commencé à écouter les cassettes, j'ai tout passé en accéléré. Je faisais avance rapide pour voir si elle parlait de moi. Mais non. Et c'est là que j'ai compris qu'elle m'avait donné le double. J'ai cherché son numéro, j'ai appelé chez elle, mais personne n'a décroché. J'ai téléphoné au magasin de ses parents. Je leur ai demandé si Hannah était là, et ils m'ont aussitôt demandé si tout allait bien parce que je devais avoir l'air d'un cinglé au bout du fil.

– Qu'est-ce que tu leur as dit ?

– Qu'il y avait un problème, et qu'il fallait absolument qu'ils la retrouvent. Mais je ne pouvais pas me résoudre à leur dire pourquoi. (Il prend une inspiration irrégulière.) Et le lendemain matin, en cours, elle n'était pas là.

234

Je veux lui dire que je suis désolé, que je ne peux même pas imaginer ce qu'il a dû ressentir. Mais je pense à demain, au lycée, et je réalise que je le saurai bien assez tôt. Quand je recroiserai tous les gens cités sur les cassettes.

– Je suis rentré chez moi plus tôt, ce jour-là, en prétextant être malade. Et je dois reconnaître qu'il m'a fallu plusieurs jours pour m'en remettre. Mais quand je suis retourné au bahut, Justin Foley avait une mine de déterré. Puis est venu le tour d'Alex. Alors j'ai pensé : bien fait – la plupart d'entre eux ne l'ont pas volé, je vais donc respecter les consignes d'Hannah et m'assurer que son message parvienne aux intéressés.

– Mais comment suis-tu la progression de la chaîne ? Comment savais-tu que les cassettes étaient en ma possession ?

– Avec toi, c'était un jeu d'enfant. Tu m'as volé mon walkman, Clay.

Nous rions tous les deux. Et ça fait du bien. C'est un soulagement. Comme de rire à un enterrement. Déplacé, peut-être, mais salutaire.

– Pour les autres, c'était plus difficile, reprend-il. Je courais jusqu'à ma voiture après la dernière sonnerie, et je longeais la pelouse devant le lycée le plus près possible. Après avoir vérifié qui était le suivant sur la liste, je laissais s'écouler deux jours à partir du moment où je savais que la personne précédente avait écouté les cassettes, puis je hélais ma victime en l'appelant par son prénom et je lui faisais signe de s'approcher.

– Et alors, tu lui demandais s'il avait écouté les cassettes ?

– Non. N'importe qui nierait, bien sûr. Ma tactique consistait à brandir une cassette sous son nez et de lui dire de monter pour écouter un truc. Chaque fois, rien qu'à sa réaction, je savais.

– Et tu mettais une des cassettes d'Hannah ?

– Non. S'il ne s'enfuyait pas, il fallait bien que je fasse quelque chose. Alors je passais une chanson, explique Tony. N'importe laquelle. Il ou elle restait assis là, à ta place, en se demandant pourquoi diable je lui faisais écouter ce machin. Mais quand je voyais juste, son regard se voilait, comme s'il se trouvait à des années-lumière d'ici.

– Alors, pourquoi toi ? (J'insiste.) Pourquoi Hannah t'a-t-elle donné les cassettes ?

– Aucune idée. La seule réponse à laquelle je suis parvenu, c'est que je lui avais prêté mon dictaphone. Elle a pensé que j'étais déjà impliqué, et que j'assumerais mon rôle jusqu'au bout.

– Tu n'es pas sur les cassettes, mais tu en fais quand même partie.

Il regarde devant lui et agrippe le volant.

– Il faut que j'y aille.

– Je ne faisais aucun sous-entendu, dis-je. Je t'assure.

– Je sais. Mais il est tard. Mon père va se demander si je ne suis pas tombé en panne quelque part.

– Quoi, tu n'as pas envie d'une nouvelle séance de bricolage ?

Je m'apprête à ouvrir ma portière, quand je repense à un truc et sors mon téléphone.

– J'ai besoin que tu me rendes un service. Tu veux bien dire bonsoir à ma mère ?

– Pas de problème.

Je fais défiler mon carnet d'adresses, appelle son numéro. Elle décroche presque aussitôt.

– Clay ?

– Salut, m'man.

– Clay, où es-tu ?

Elle s'exprime d'une voix blessée.

– Je t'avais prévenue que je risquais de rentrer tard.

– Je sais. Oui. J'espérais juste avoir de tes nouvelles, quand même.

– Désolé. Mais j'ai besoin d'encore un peu de temps. Je vais peut-être rester dormir chez Tony cette nuit.

Pile à la seconde près :

– Bonsoir, Mrs Jensen.

Elle me demande si j'ai bu.

– Maman, non. Je te le jure.

– Bon, très bien... c'est pour un devoir d'histoire, c'est ça ?

Je frissonne. Elle veut désespérément croire à mes excuses. Chaque fois que je mens, elle y met comme un point d'honneur.

– Je te fais confiance, Clay.

Je lui dis que je repasserai à la maison avant d'aller en cours, et nous raccrochons.

– Où est-ce que tu vas dormir ? m'interroge Tony.

– J'en sais rien. Chez moi, probablement. Mais j'avais peur qu'elle s'inquiète si je décide de ne pas rentrer.

Il insère sa clé, démarre le moteur et rallume ses phares.

– Tu veux que je te dépose quelque part ?

Je saisis la poignée de la porte et fais un signe de tête vers la maison.

– C'est là que j'en suis dans les cassettes, dis-je. Merci quand même.

237

Il regarde droit devant lui.

– Sérieusement. Merci.

Et en disant cela, je le remercie pour bien plus qu'une simple balade en voiture. Je le remercie pour tout. Pour sa réaction quand j'ai craqué et fondu en larmes. Pour avoir essayé de me faire rire pendant la pire nuit de mon existence.

C'est un soulagement de savoir que quelqu'un comprend ce que je suis en train d'entendre. Ce que je vis. D'une certaine manière, ça me donne moins peur d'écouter la suite.

Je sors sur le trottoir et claque la portière. La voiture repart.

J'appuie sur PLAY.

▶

Revenons à la soirée, chers auditeurs. Mais ne prenez pas trop vos aises, nous restons juste une minute.

Devant, un peu plus loin, la Mustang de Tony s'arrête à un croisement, tourne à gauche et disparaît.

Si le temps était une corde reliant toutes vos histoires entre elles, cette soirée en serait le nœud central. Et ce nœud continuerait à grossir, à s'emmêler et à incorporer toutes les autres histoires.

Quand Justin et moi avons enfin détaché nos regards douloureux l'un de l'autre, j'ai continué à longer le couloir pour rejoindre la fête. J'y ai titubé, pour être exacte. Pas vraiment à cause de l'alcool. Mais du reste.

Je m'assois sur le trottoir, à un ou deux mètres à peine de l'endroit où j'ai vomi par la portière de Tony. Si la personne qui vit dans cette maison – car je n'ai aucune idée de qui organisait cette soirée – veut sortir et me demander de partir, aucun problème. Avec plaisir.

238

Je me suis agrippée au piano du salon. Puis au tabouret. Et je me suis assise.

J'avais envie de partir, mais pour aller où ? Je ne pouvais pas rentrer chez moi. Pas encore.

Et quelle que soit ma destination, comment étais-je censée m'y rendre ? Je me sentais trop faible pour marcher. C'était du moins mon impression. Mais pour être honnête, je me sentais trop faible pour seulement tenter le coup. Ma seule certitude était que je voulais sortir d'ici et ne plus penser à rien ni à personne.

Alors une main a pressé mon épaule. Gentiment.

C'était Jenny Kurtz.

La pom-pom girl du secrétariat.

Jenny, c'est ton tour.

Ma tête s'enfonce entre mes genoux.

Jenny m'a demandé si j'avais besoin qu'on me raccompagne en voiture, et j'ai failli éclater de rire. Ça se voyait tant que ça ? Avais-je vraiment une mine si épouvantable ?

J'ai donc tendu le bras et elle m'a aidée à me relever. C'était si agréable de se laisser prendre en charge par quelqu'un. Nous sommes sorties de la maison en nous frayant un chemin à travers les groupes de gens en train de comater sous le porche ou de fumer dans le jardin.

Ailleurs, au même moment, j'errais seul par les rues en essayant de comprendre pourquoi j'avais quitté cette soirée. Comprendre et analyser ce qui venait de se passer entre Hannah et moi.

Le trottoir était mouillé. Mes pieds, lourds et engourdis, se traînaient sur le bitume. Je prêtais attention au moindre bruit de gravillon ou de feuille morte sous mes pas. Je voulais tout entendre. Refouler au loin la musique et les voix des autres.

Alors qu'à plusieurs pâtés de maisons de là, je percevais encore les échos de la musique. Distante. En sourdine. Comme s'il était impossible de s'en éloigner.

Et je me rappelle encore toutes les chansons qui passaient.

Jenny, tu n'as pas prononcé un mot. Tu ne m'as posé aucune question. Et je t'en étais infiniment reconnaissante. Peut-être avais-tu déjà assisté à des choses ou vécu certaines expériences à des fêtes dont tu ne souhaitais pas parler. Pas tout de suite, en tout cas. Ce qui ne pouvait pas mieux tomber, puisque je n'ai moi-même parlé de ceci à personne jusqu'à aujourd'hui.

Enfin... non... J'ai essayé de le faire. Une fois. Mais il n'a pas voulu m'écouter.

S'agit-il de la douzième face ? La treizième ? Ou bien d'encore autre chose ? L'un des noms inscrits sur sa première liste, celle dont elle ne parlera pas ici ?

Bref, Jenny, tu m'as emmenée jusqu'à ta voiture. Et j'avais beau avoir la tête ailleurs – les yeux dans le vide – je sentais nettement ton contact. Tu m'as prise tendrement par le bras pour m'aider à m'installer sur le siège passager. Tu as bouclé ma ceinture, tu t'es assise au volant, et nous avons démarré.

La suite, je n'en suis pas très sûre. Je ne faisais pas vraiment attention. Je me sentais juste à l'abri dans ta voiture. Il y régnait une chaleur rassurante. Le frottement des essuie-glaces, réglés en position lente, m'a tirée en douceur de mes pensées pour me ramener là, assise à côté de toi. À la réalité.

La pluie n'était pas très forte, juste assez pour brouiller la vision à travers le pare-brise et créer une ambiance un peu irréelle. Et j'avais besoin de ça. Pour me tenir à distance des choses trop crues, trop brutales.

Et là... le choc. Rien de tel qu'un accident pour vous replonger de plein fouet dans la vraie vie.

Un accident, encore un ? Deux en une nuit ? Comment ai-je pu ne pas être au courant ?

La roue avant de mon côté a percuté le rebord du trottoir et grimpé par-dessus. Un poteau en bois a heurté ton pare-chocs et s'est brisé comme un cure-dent.

Seigneur. Non.

Un panneau stop est tombé à l'envers, pile devant nous. Il est passé sous tes roues et tu as enfoncé la pédale de frein en hurlant. Dans mon rétroviseur, j'ai vu une gerbe d'étincelles sur le bitume pendant que nous dérapions avant de nous arrêter.

OK. Cette fois, je suis bien réveillée.

Nous sommes restées immobiles un moment, les yeux exorbités droit devant nous. Pas un mot, pas un regard entre nous. Les essuie-glaces chassaient toujours la pluie sur le pare-brise. Et mes mains restaient agrippées à ma ceinture de sécurité – Dieu merci, nous n'avions heurté qu'un panneau routier.

L'accident avec le vieil homme. Et le type du lycée. Hannah savait-elle ? Avait-elle conscience que c'était la faute de Jenny ?

Ta portière s'est ouverte. Je t'ai vue marcher jusqu'à l'avant de la voiture, puis t'accroupir devant les phares pour inspecter les dégâts de plus près. Tu as palpé la déformation du capot et laissé tomber ta tête en avant. Je n'arrivais pas à déterminer si tu étais furax. Ou si tu pleurais.

Peut-être riais-tu seulement de la tournure horrible que prenait cette soirée.

Je sais où aller. Je n'ai même pas besoin du plan. Je sais exactement où se trouve la prochaine étoile ; je me lève pour me remettre en marche.

Le capot n'était pas trop enfoncé. Amoché, oui, mais c'était quand même un soulagement. Ç'aurait pu être pire. Tellement pire. Par exemple... tu aurais pu renverser quelqu'un.

Elle sait.

Quelqu'un de vivant.

J'ignore ce que tu as pensé à ce moment-là, mais tu t'es relevée avec une expression indéchiffrable. Tu restais là, fixant le capot en secouant la tête.

Puis tu as croisé mon regard. Et je suis sûre que ton visage s'est rembruni, juste un quart de seconde. Mais très vite, tu m'as souri. Puis tu as haussé les épaules.

Quels ont été tes premiers mots en te rasseyant ? « Quelle poisse. » Après quoi tu as remis ta clé dans le contact et... et je t'ai arrêtée d'un geste. Je ne pouvais pas te laisser redémarrer comme ça.

Au carrefour où Tony a tourné à gauche, je prends à droite. Encore deux pâtés de maisons à parcourir, mais je sais qu'il est là-bas. Le fameux stop.

Tu as fermé les yeux et tu m'as dit : « Hannah, je ne suis pas bourrée. »

Je ne t'accusais pas d'avoir trop bu, Jenny. Je me demandais seulement comment ta voiture avait pu s'encastrer sur le trottoir.

Tu as dit : « Il pleut. »

Et oui, c'est vrai, il pleuvait. Trois gouttes.

Je t'ai demandé de garer ta voiture.

Tu m'as dit : « Sois raisonnable. » Nous habitions tous près, et tu ne prendrais que des petites rues pavillonnaires – comme si ça changeait quoi que ce soit.

Je le vois. Un poteau métallique surmonté d'un panneau stop, ses lettres réflectrices visibles même à cette distance. Mais la nuit de l'accident, ce n'était pas le même panneau. Ses lettres n'étaient pas réflectrices, et il était fixé à un poteau en bois.

Tu as dit : « T'inquiète pas, Hannah. » Avant d'éclater de rire. « Personne ne respecte les stops, de toute manière. Les gens passent sans s'arrêter. Alors maintenant que celui-là n'existe plus, c'est légal. Tu vois ? Les gens me remercieront. »

À nouveau, je t'ai demandé de te garer. On demanderait à quelqu'un de la soirée de nous raccompagner. Je passerais te prendre chez toi le lendemain matin à la première heure, et on irait récupérer ta voiture.

Mais tu ne voulais rien entendre. « Hannah, écoute-moi.

– Gare-toi, ai-je insisté. S'il te plaît. »

Alors tu m'as demandé de sortir. J'ai refusé. J'ai essayé de te convaincre. Ce n'était qu'un panneau, tu avais eu de la chance. Imagine si je te laissais conduire tout le restant du trajet ?

Mais toi : « Sors de ma caisse. »

Je suis restée un long moment sans bouger, les yeux clos, à écouter le clapotis de la pluie et le frottement des essuie-glaces.

« Hannah ! J'ai dit... dégage ! »

Et c'est ce que j'ai fait. J'ai ouvert la portière, et je suis sortie. Mais je n'ai pas refermé la porte. Je t'ai observée. Tu regardais droit devant toi – entre les essuie-glaces – les mains agrippées au volant.

Encore toute une rue à longer mais mes yeux sont déjà rivés sur le stop, là-bas au loin.

Je t'ai demandé si je pouvais utiliser ton téléphone. Il était posé juste sous ton autoradio.

« Pour quoi faire ? » m'as-tu demandé.

Va savoir pourquoi, je t'ai dit la vérité. J'aurais dû mentir. « Il faudrait qu'on prévienne quelqu'un, pour le panneau », t'ai-je répondu.

243

Tu as gardé les yeux résolument braqués devant toi. « Ils retraceront l'appel, m'as-tu rétorqué. Ils en sont capables, Hannah. » Sur ces mots, tu as démarré le moteur et tu m'as ordonné de fermer la porte.

J'ai refusé.

Alors tu as braqué le volant pour partir en demi-tour, et j'ai dû faire un bond en arrière pour éviter un coup de portière.

Le panneau métallique frottait – arrachait – le dessous de ta voiture, mais tu t'en fichais. Quand tu t'en es enfin débarrassée, il est resté gisant à mes pieds, tout gondolé et parsemé d'égratignures argentées.

Tu as fait gronder ton moteur, et j'ai compris le message : je suis remontée sur le trottoir. Puis tu as démarré en trombe, si bien que la portière s'est claquée toute seule, tu as pris de la vitesse... et tu as disparu au loin.

En réalité, tu as fui bien plus qu'un panneau renversé, Jenny.

Et une fois de plus, j'aurais pu empêcher ça... D'une manière ou d'une autre.

Nous aurions tous pu intervenir. Réagir à temps pour empêcher quelque chose. Les rumeurs. Le viol.

Toi.

J'aurais pu trouver un truc à dire. J'aurais au moins pu te confisquer tes clés. Même, à la limite, tendre le bras pour te chiper ton téléphone et appeler les flics.

D'ailleurs, c'était la seule chose vraiment importante à faire. Car tu es rentrée chez toi en un seul morceau, Jenny. Mais là n'est pas le problème. Un stop gisait à terre – voilà où était le problème.

B-6 sur votre plan. À deux pâtés de maisons du lieu de la fête se trouve un panneau stop. Mais cette nuit-là, pendant un laps de temps indéterminé, ce panneau a disparu. Or il pleuvait. Et quelqu'un tenait à livrer ses pizzas à temps. Et quelqu'un d'autre, lancé dans la direction opposée, a tourné au croisement.

Le vieil homme.

Il n'y avait pas de stop au carrefour. Pas cette nuit-là. Et l'un d'eux, l'un de ces deux conducteurs, est mort.

Personne n'a jamais compris l'origine de l'accident. Ni nous. Ni la police.

Mais Jenny savait. Hannah savait. Et les parents de Jenny aussi, peut-être, car son pare-chocs a été bien vite réparé.

Je ne connaissais pas le conducteur de la voiture. C'était un élève de terminale. Quand j'ai vu sa photo dans le journal, ça ne m'a rien évoqué du tout. Un visage parmi tant d'autres, au lycée, quelqu'un que je ne connaissais pas... et que je ne connaîtrais jamais.

Je ne suis même pas allée à son enterrement, d'ailleurs. J'aurais dû, sans doute, mais je ne l'ai pas fait. Et aujourd'hui, je suis sûre que la raison de mon absence saute aux yeux.

Elle ne savait pas. À propos du vieil homme dans l'autre voiture. Elle ignorait qu'il habitait dans sa maison. Son ancienne maison. Tant mieux. Car plus tôt dans la soirée, elle l'avait vu sortir de son garage. Elle l'avait regardé s'éloigner sans même qu'il la remarque.

Mais cet enterrement, certains d'entre vous y ont assisté.

Parti rendre une brosse à dents. C'est ce que m'a expliqué la vieille dame chez elle, sur son canapé, quand nous attendions que la police lui ramène son mari. Il était parti à l'autre bout de la ville afin de rapporter une brosse à dents, celle de leur petite-fille. Ils l'avaient gardée pendant que ses parents étaient en vacances, et elle avait oublié sa brosse à dents en repartant. Les parents de la petite avaient protesté, inutile de traverser toute la ville pour ça, ils en avaient plein d'autres de rechange. « Mais il est comme ça, m'a expliqué sa femme. C'est son tempérament. »

Puis la police est arrivée.

Pour ceux d'entre vous qui étaient à l'enterrement, laissez-moi vous décrire l'ambiance au lycée ce jour-là. Un quart des élèves ne sont pas venus le matin. Surtout des terminales, ce qui se comprend. Quant à nous autres, les profs nous ont fait savoir que même si nous avions oublié d'apporter un mot de nos parents, ils ne compteraient pas notre absence si nous décidions de nous rendre à la cérémonie.

Mr Porter a déclaré que les enterrements pouvaient aider au travail de deuil. Mais j'en doutais fortement. Pas pour moi. Parce qu'à cette intersection, cette nuit-là, il n'y avait pas de stop. Quelqu'un l'avait renversé. Et quelqu'un d'autre... qui vous parle en ce moment... aurait pu changer le cours des choses.

Deux agents de police l'ont aidé à entrer dans la maison, tout tremblant. Sa femme s'est levée pour venir à sa rencontre. Elle l'a serré dans ses bras et ils ont sangloté tous les deux.

Au moment de partir, en fermant la porte derrière moi, ma dernière vision a été celle de ce vieil homme et de sa femme debout au milieu de leur salon. Blottis l'un contre l'autre.

Le jour de l'enterrement, pour que les absents n'aient pas de cours à rattraper, nous n'avons rien fait. Dans chaque classe, les profs nous ont laissé quartier libre. Pour écrire. Pour lire.

Pour penser.

Et à quoi ai-je occupé ce temps libre ? Pour la première fois, j'ai pensé à mes propres funérailles.

Depuis un moment, de façon très générale, je pensais de plus en plus souvent à ma mort. Au simple fait de mourir. Mais ce jour-là, pendant que vous étiez tous à l'enterrement de ce garçon, j'ai commencé à réfléchir au mien.

J'arrive enfin au pied du panneau. Du bout des doigts, j'effleure le métal froid du poteau.

J'imaginais sans mal la vie – le lycée et tout le reste – se poursuivant sans moi. Mais je ne parvenais pas à me figurer mon propre enterrement. Impossible. Essentiellement parce que je n'arrivais pas à m'imaginer qui viendrait, ou ce que les gens diraient.

J'avais... Je n'ai... aucune idée de ce que vous pensiez de moi.

Moi aussi, j'ignore ce que les autres pensent de toi, Hannah. Quand la nouvelle s'est répandue, personne n'a eu l'occasion de dire grand-chose. D'autant que tes parents n'ont pas organisé de cérémonie ici.

Aujourd'hui, deux semaines se sont écoulées depuis cette soirée. Et jusqu'à présent, Jenny, tu es parvenue à m'éviter avec succès. C'est compréhensible, j'imagine. Tu aimerais oublier ce que nous avons fait – oublier ce qui s'est passé entre ta voiture et ce stop. Oublier les conséquences.

Mais tu n'oublieras jamais.

Peut-être n'avais-tu aucune idée de ce que les gens pensaient de toi parce qu'ils ne le savaient pas eux-mêmes. Peut-être nous as-tu laissé trop peu d'indices, Hannah.

Sans cette soirée, je ne t'aurais jamais connue vraiment. Mais pour une raison que j'ignore, et je t'en suis extrêmement reconnaissant, tu m'as laissé une chance. Brève, certes, mais une chance quand même. Et j'ai beaucoup aimé la Hannah que j'ai rencontrée cette nuit-là. J'aurais peut-être même pu l'aimer tout court.

Mais tu as décrété qu'il n'en serait pas ainsi, Hannah. C'est toi qui as choisi.

247

Moi, en revanche, je n'ai plus qu'une seule journée pour y penser.

Je me détourne du stop et repars dans l'autre sens.

Si j'avais su que deux voitures allaient se percuter à cet endroit, je serais repartie en courant à la fête pour appeler les flics. Mais je n'aurais jamais pu imaginer un accident pareil. Jamais.

Je me suis donc contentée de marcher. Mais je ne suis pas retournée à la soirée. Tout se bousculait au fond de mon crâne. Je n'arrivais même plus à réfléchir. Ni à marcher droit.

J'ai envie de me retourner. De jeter un œil par-dessus mon épaule et de contempler le panneau avec ses énormes lettres réflectrices, comme une injonction qui s'adresserait à Hannah. Stop !

Mais je garde le cap, droit devant, refusant de me laisser aller à ce genre de superstitions. Ce n'est qu'un panneau routier. Un stop planté à une intersection. Rien de plus.

Je passais d'une rue à l'autre sans trop savoir où j'allais.

Nous avons arpenté ces rues ensemble, Hannah. Dans des sens différents, mais au même moment. La même nuit. Arpenté ces rues pour nous enfuir. Moi, loin de toi. Et toi, de la soirée. Mais pas seulement. De toi-même, aussi.

Puis j'ai entendu des pneus crisser, j'ai fait volte-face et j'ai vu deux voitures se rentrer dedans.

J'ai fini par tomber sur une station-service. C-7 sur votre plan. Et j'ai appelé la police depuis une cabine. Pendant que ça sonnait, mes mains agrippaient le combiné. Une partie de moi espérait que personne ne décroche.

Je voulais attendre. Je voulais que le téléphone continue à sonner dans le vide. Que la vie en reste là... en suspens.

Je ne peux plus suivre le trajet. Tant pis pour la station-service.

Quand quelqu'un a enfin décroché, j'ai ravalé mes larmes et commencé à expliquer qu'au coin de Tanglewood et South...

Mais la femme m'a interrompue. Elle m'a dit de me calmer. Et à cet instant, j'ai réalisé avec quelle violence je pleurais. Et avec quelle violence je hoquetais pour tenter de reprendre mon souffle.

Je traverse la rue, creusant davantage la distance entre le lieu de la fête et moi.

Ces dernières semaines, j'ai fait des détours impossibles pour éviter de passer devant. M'épargner le souvenir, la douleur, de mon unique soirée avec Hannah Baker. Je n'ai aucun désir de revoir cette maison deux fois en une seule nuit.

Elle m'a dit que la police était prévenue et serait bientôt sur les lieux.

Je fais basculer mon sac à dos sur le devant pour ressortir le plan.

Ma stupéfaction était totale. Je n'en revenais pas : tu avais donc appelé les flics, Jenny.

Je déplie la carte pour la consulter une dernière fois.

Mais j'avais tort. Parce que en réalité, tu n'avais appelé personne.

Je froisse le papier et le roule en une boule de la taille de mon poing.

C'est seulement le lendemain, au lycée, en entendant tout le monde parler de ce qui s'était passé la veille, que j'ai compris qui avait prévenu la police. Et ce n'était pas pour signaler un panneau cassé.

J'enfouis la boule de papier au creux d'un buisson et je repars.

C'était pour signaler un accident. Un accident provoqué par la destruction d'un panneau stop. Un accident dont j'ignorais l'existence... Jusqu'à cet instant.

Mais cette nuit-là, après avoir raccroché le téléphone, j'ai continué à errer dans les rues. Parce qu'il fallait que je cesse de pleurer. Que je me calme avant de rentrer chez moi. Si mes parents me surprenaient en train de rentrer en douce, en larmes, ils m'assailliraient de questions. Auxquelles je serais incapable de répondre.

C'est ce que je fais, moi aussi. Retarder le moment du retour. Je n'ai pas pleuré, la nuit de la fête, mais à présent je peux difficilement me contenir.

Et je ne peux pas rentrer chez moi.

J'ai donc marché au hasard, sans réfléchir. Et ça me faisait du bien. Le froid. La brume. Voilà en quoi s'était changée la pluie, depuis. Une légère brume.

Et j'ai marché pendant des heures, m'imaginant ce voile de brume en train de s'épaissir pour m'avaler tout entière. Et la simple pensée de pouvoir disparaître ainsi – en un clin d'œil – me rendait heureuse.

Mais, comme vous le savez, ça n'a pas été aussi simple.

■

J'ouvre le walkman pour retourner la cassette. J'en suis presque à la fin.

Mon Dieu. Le souffle court, je ferme les yeux. La fin.

▶

Plus que deux. Ne baissez pas les bras maintenant.

Désolée. C'est un peu bizarre, venant de moi. N'est-ce pas précisément ce que je suis en train de faire ? Baisser les bras ? Laisser tomber ?

Eh bien, oui. C'est exact. Et j'irai même un peu plus loin. Car c'est la seule raison d'être de tout ceci, au fond. Moi... me laissant tomber... moi-même.

Peu importe ce que je vous ai raconté, peu importent ces gens dont je vous ai parlé. Au final, la boucle se referme... sur moi.

Elle s'exprime d'une voix claire. Semble peser tranquillement chaque mot.

Avant cette soirée, j'avais déjà souvent envisagé d'abandonner la partie. Allez savoir – certaines personnes sont peut-être prédisposées à y penser plus souvent que d'autres. Parce qu'à chaque nouveau coup dur, j'y repensais.

À quoi ? OK, je vais le dire, cette fois. Je pensais au suicide.

Colère, culpabilité... Envolées. Sa décision est prise. Elle n'a plus à lutter pour prononcer le mot.

251

Après les événements que je vous ai décrits au fil de ces cassettes, après tout ce qui s'est passé, j'ai envisagé le suicide. D'habitude, c'était juste une phrase qui me traversait la tête.

Je voudrais mourir.

Ces mots m'ont traversé l'esprit bien des fois. Mais c'est autre chose de les prononcer à voix haute. Et plus effrayant encore de réaliser qu'on les pense peut-être pour de bon.

Mais parfois, il m'arrivait d'aller plus loin et de me demander comment je ferais. Allongée sur mon lit, je passais en revue tout le matériel dont je disposais chez moi, à portée de main.

Arme à feu ? Non. Il n'y en avait jamais eu sous notre toit. Et je ne saurais même pas où m'en procurer une.

Bon, la pendaison alors ? Mais avec quoi ? Où ça ? Même en ayant la réponse à ces deux questions, je ne supportais pas l'idée que quelqu'un découvrirait mon corps... oscillant... à quelques centimètres du sol.

Je ne pouvais pas faire ça à mes parents.

Comment l'ont-ils découverte, alors ? Tant de rumeurs ont circulé là-dessus.

C'est devenu une sorte de jeu pervers : m'imaginer tous les moyens possibles pour me tuer. Et j'en trouvais de toutes sortes, parfois incongrues et très inventives.

Tu as avalé des cachets. Ça, tout le monde le sait. Certains affirment que tu as perdu connaissance et que tu t'es noyée dans ta baignoire.

Deux options s'offraient à moi. Si je voulais faire croire à un accident, il me suffisait de crasher ma voiture. Quelque part où je n'aurais aucune chance de me rater. Et ce genre d'endroit ne manque pas en périphérie de la ville. J'ai bien dû repasser devant chacun d'entre eux une bonne dizaine de fois ces deux dernières semaines.

252

D'autres prétendent que tu as rempli la baignoire, mais que tu t'es endormie sur ton lit pendant que l'eau coulait. En rentrant, tes parents ont trouvé la salle de bains inondée et t'ont appelée dans toute la maison. Mais tu ne répondais pas.

Mais il y a ces cassettes.

Puis-je compter sur les douze d'entre vous pour garder le secret ? Ne jamais avouer la vérité à mes parents ? Leur laisser croire à un accident si c'est la thèse officielle ?

Elle marque une pause.

Difficile à dire. J'hésite à vous faire confiance.

Elle croit que nous la trahirons. Que nous irons voir tous nos copains en disant : « Tu veux entendre un secret glauque ? »

J'ai donc opté pour la solution la moins douloureuse possible.

Les cachets.

Mon estomac se rétracte, comme pour me purger de tout ce que j'ai en moi. Nourriture. Pensées. Émotions.

Mais quel genre de cachets ? Et combien ? Je ne sais pas trop. Et je n'ai pas vraiment le temps d'y réfléchir car demain... c'est le passage à l'acte.

Wow.

Je m'assois sur le trottoir à un coin de rue silencieux, plongé dans l'obscurité.

Je ne serai plus là... demain.

La plupart des demeures situées autour du carrefour laissent filtrer peu de signes de vie à l'intérieur. Ici et là, la pâle lueur bleutée d'un téléviseur vacille derrière une fenêtre. Près du tiers de ces maisons ont leur porche allumé. Quant aux autres, hormis leur pelouse tondue ou une voiture garée devant, on pourrait presque croire qu'elles sont inhabitées.

253

Demain je vais me lever, m'habiller et me rendre à pied au bureau de poste. De là, j'enverrai un carton de cassettes à Justin Foley. Et après ça, il n'y aura plus de retour en arrière possible. J'arriverai au lycée, en retard pour le premier cours, et nous passerons une dernière journée ensemble. La seule différence étant que je saurai qu'il s'agit de la dernière.

Pas vous.

Est-ce que je m'en souviens ? Ai-je conservé une image d'elle, dans les couloirs, ce dernier jour ? Je veux me rappeler la toute dernière fois où je l'ai vue.

Et vous me traiterez comme vous l'avez toujours fait. Vous rappelez-vous la dernière chose que vous m'avez dite ?

Non.

Le dernier geste que vous avez eu envers moi ?

Je t'ai souri, j'en suis sûr. Je te souriais chaque fois que je t'apercevais, depuis la soirée. Mais tu ne me regardais jamais. Car ta décision était prise.

Si l'occasion se présentait, tu savais que tu serais tentée de me rendre mon sourire. Et tu ne pouvais pas te le permettre. Pas si tu comptais aller jusqu'au bout.

Et quelles sont les dernières paroles que je vous ai adressées ? Parce que croyez-moi, en les prononçant, je savais que c'était la dernière chose que je vous dirais.

Rien. Tu m'as demandé de sortir de la chambre, et voilà. Tu m'as systématiquement ignoré depuis.

Ce qui m'amène à l'un de mes tout derniers week-ends. Celui juste après l'accident. Il y avait une autre fête. À laquelle je ne suis pas allée.

Bien sûr, j'étais encore privée de sortie à ce moment-là. Mais ce n'est pas pour cette raison que j'ai séché la soirée. Si j'avais voulu m'y rendre, ç'aurait été encore plus facile que la dernière fois parce que je ne dormais pas chez moi, cette nuit-là. Un ami de mon père était parti en week-end et m'avait chargée de garder sa maison, de m'occuper de son chien et de veiller un peu sur le reste car une fiesta monstre était censée se dérouler un peu plus loin dans sa rue.

Et elle a bien eu lieu. Ce n'était peut-être pas une fête aussi énorme que celle du week-end précédent, mais ce n'était pas pour les petits joueurs, en tout cas.

Même si j'avais pensé pouvoir te croiser là-bas, je n'y serais pas allé.

Vu ta façon de me fuir au lycée, je me disais que tu ferais la même chose à cette soirée. Et j'avais déjà trop mal rien qu'à l'idée de voir ma théorie se vérifier.

J'ai entendu dire qu'après une mauvaise expérience avec la tequila, sa seule odeur suffisait à vous donner envie de vomir. Cette fête ne me donnait pas envie de vomir, mais sa simple présence à proximité – sa présence sonore, aussi – me refilait des nœuds à l'estomac.

Une semaine, c'était bien trop court pour me remettre de la fête précédente.

Le chien était fou, il n'arrêtait pas d'aboyer devant la fenêtre chaque fois que quelqu'un passait dans la rue. Je m'accroupissais pour lui ordonner de dégager, mais j'avais trop peur d'aller le chercher moi-même – trop peur que quelqu'un me voie et m'appelle.

J'ai donc enfermé le chien dans le garage, où il pouvait aboyer tant qu'il voulait.

Une seconde – ça me revient maintenant. La dernière fois que je t'ai vue.

Les basses résonnaient dans tout le quartier, impossible de les ignorer. Mais j'ai essayé. J'ai couru dans toute la maison pour fermer les rideaux et les volets.

Je me souviens des derniers mots que nous avons échangés.

Puis je me suis retranchée dans la cuisine, avec la télé à fond. Mais je n'étais pas vraiment là. Mes pensées me ramenaient malgré moi à l'intérieur de ce placard, recroquevillée au milieu d'une pile de blousons. J'ai recommencé à me balancer d'avant en arrière, d'arrière en avant. Et là non plus, il n'y avait personne pour m'entendre pleurer.

Pendant le cours d'anglais de Mr Porter, j'ai noté que ta place était vide. Mais à la fin de l'heure, quand je suis sorti dans le couloir, tu étais là.

Au bout d'un moment, la fête s'est terminée. Quand tout le monde a eu fini de repasser devant les fenêtres, et que le chien est redevenu silencieux, j'ai parcouru la maison pour rouvrir tous les rideaux.

Nous avons failli nous rentrer dedans. Mais tu avais les yeux baissés, et tu ne m'as pas reconnu. Ensemble, nous avons marmonné la même chose. « Pardon. »

Après être restée si longtemps confinée à l'intérieur, j'ai eu envie de prendre l'air. Et peut-être, à mon tour, de jouer les héroïnes.

Puis tu as levé les yeux. Et tu m'as vu. Que fallait-il déchiffrer, dans ton regard ? De la tristesse ? De la douleur ? Tu m'as contourné en essayant d'ôter les cheveux de ton visage. Tes ongles étaient teintés de vernis bleu foncé. Je t'ai regardée t'éloigner le long du couloir. Les gens me bousculaient, mais ça m'était égal.

Je suis resté là, à te regarder disparaître. Pour toujours.

Retour à la case D-4, chers auditeurs. Chez Courtney Crimsen. L'organisatrice de la fête.

Non, cette cassette ne lui est pas consacrée... bien qu'elle y joue un rôle. Mais Courtney n'a pas la moindre idée de ce que je vais vous raconter, pour la bonne raison qu'elle a quitté la scène au moment où l'action démarrait.

Je me retourne et pars dans la direction opposée de la maison de Courtney.

L'idée était de passer devant chez elle, tout simplement. Peut-être de tomber sur quelqu'un se débattant avec sa clé de voiture et de le raccompagner chez lui.

Je n'irai pas chez Courtney. J'irai au parc Eisenhower, là où Hannah a échangé son premier baiser.

Mais la rue était déserte. Tout le monde était parti.

Du moins en apparence.

Et là, j'ai entendu quelqu'un appeler mon prénom.

Par-dessus la palissade du jardin de Courtney, une tête est apparue. Et à qui appartenait-elle ? Réponse : à Bryce Walker.

Oh non. Ça ne peut que mal finir. Si quelqu'un a le pouvoir de bousiller Hannah encore plus, c'est bien lui.

« Où tu vas ? » m'a-t-il lancé.

Combien de fois l'avais-je vu attraper ses copines de force par le poignet et leur tordre la main ? Combien de fois l'ai-je vu traiter ces filles comme de simples morceaux de viande ?

Et c'était en public.

Mon corps, mes épaules, tout en moi était dirigé dans le sens de la marche. Et j'aurais dû poursuivre mon chemin. Mais j'ai tourné la tête dans sa direction. Un nuage de vapeur s'élevait juste derrière lui.

« Viens avec nous. On est en train de dessoûler. »

Et à ce moment même, qui est apparu juste à côté de lui ? Miss Courtney Crimsen en personne.

Quelle coïncidence. Celle qui s'était servie de moi comme taxi pour se rendre à une soirée. Et voilà que je m'incrustais à son « after ».

Celle qui m'avait plantée sur place, sans personne à qui parler. Voilà que je me trouvais chez elle, où elle n'avait nulle part où se cacher.

257

Ce n'est pas pour ça que tu l'as fait, Hannah. Ce n'est pas à cause de ça que tu les as rejoints. Tu savais que c'était le pire choix possible. Tu en étais parfaitement consciente.

Mais qui suis-je pour lui en tenir rigueur ?

C'est pour ça que tu l'as fait. Tu voulais que tout s'écroule autour de toi. Tu voulais toucher le fond. Et tu savais que Bryce était le candidat idéal pour cela.

Il m'a dit que vous étiez juste en train de vous détendre. Puis toi, Courtney, tu m'as proposé de me raccompagner chez moi plus tard, sans savoir que mon « chez moi » pour la nuit se trouvait deux maisons plus loin. Et tu semblais sincère, en plus, ce qui n'a pas manqué de me surprendre.

Voire de me faire sentir un peu coupable.

J'étais prête à te pardonner, Courtney. Et je te pardonne. Vous êtes presque tous pardonnés, d'ailleurs. Mais il faut quand même que vous m'écoutiez jusqu'au bout. Il faut quand même que vous sachiez.

J'ai traversé la pelouse humide, j'ai soulevé le loquet et entrouvert la porte de la barrière. Et derrière, source de ce nuage de vapeur... un jacuzzi en plein air.

Le bain à remous n'était pas allumé. Le seul bruit était le clapotis de l'eau contre le rebord du bassin. Contre vos deux corps immergés.

Vous étiez allongés la tête en arrière, paupières closes. Et vos visages béats rendaient la vapeur et le bain encore plus attirants.

Toujours les yeux fermés, Courtney a tourné la tête de mon côté. « On est en sous-vêtements », m'a-t-elle déclaré.

J'ai attendu une seconde. Devrais-je me joindre à eux ?

Non... mais j'allais le faire quand même.

Tu savais à quoi tu t'exposais, Hannah.

J'ai retiré mon haut, mes chaussures, mon pantalon, et j'ai gravi les marches en bois. Et là ? Je me suis enfoncée dans l'eau.

C'était si apaisant. Si réconfortant.

J'ai pris un peu d'eau chaude entre mes mains, et je l'ai laissé ruisseler sur ma figure. Sur le sommet de ma tête. Je me suis forcée à garder les yeux fermés, à détendre les muscles de mon corps, et à laisser aller ma tête en arrière contre le rebord du bassin.

Mais avec ce bain apaisant est aussi venue la terreur. Je ne devrais pas être ici. Je n'avais aucune confiance en Courtney. Ni en Bryce. Quelles que soient leurs intentions, je les connaissais suffisamment pour savoir qu'on ne pouvait pas se fier à eux bien longtemps.

Et j'avais raison... mais c'était trop tard. J'en avais assez de me battre. J'ai ouvert les yeux et contemplé le ciel nocturne. À travers la vapeur, le monde m'apparaissait comme une vision irréelle.

Je plisse les yeux au maximum tout en marchant. Je voudrais pouvoir les fermer complètement.

Bientôt, le bain m'est devenu désagréable. Trop chaud.

Quand je les rouvrirai, je veux me tenir à l'entrée du parc. Je ne veux plus voir aucune des rues que j'ai parcourues – les mêmes qu'Hannah a parcourues – cette fameuse nuit.

Mais quand je me suis redressée en position assise pour rafraîchir le haut de mon corps, j'ai réalisé que mon soutien-gorge trempé était devenu complètement transparent.

Je me suis donc renfoncée dans l'eau.

Et Bryce s'est laissé glisser vers moi... lentement... en travers du petit banc. Son épaule s'est collée contre la mienne.

Courtney a ouvert les yeux. Elle nous a regardés, et les a refermés.

Je balance un coup de poing à côté de moi dans le vide et

heurte une clôture grillagée. Les yeux fermés, je laisse courir mes doigts sur le métal rouillé.

Bryce a pris une voix douce, pour mieux jouer les séducteurs. « Hannah Baker », a-t-il susurré.

Tout le monde te connaît, Bryce. Tout le monde sait comment tu fonctionnes. Mais je n'ai rien fait pour te stopper.

Tu m'as demandé si j'avais aimé la soirée. Courtney a soupiré que je n'y étais pas, mais c'était le cadet de tes soucis. J'ai senti tes doigts frôler l'extérieur de ma cuisse.

Je rouvre les yeux et expédie un nouveau coup contre le grillage.

J'ai serré la mâchoire, et tu as éloigné ta main.

« Ça s'est vite fini », as-tu déclaré. Et tout aussi vite, tes doigts sont revenus.

J'empoigne la clôture et me remets en marche. Quand je lâche enfin prise, le métal m'entaille la paume.

C'était ta main tout entière, cette fois. Voyant que je ne protestais pas, tu l'as fait glisser en travers de mon ventre, doigts écartés. Ton pouce effleurant le bas de mon soutien-gorge, et ton petit doigt le haut de ma culotte.

J'ai tourné la tête de l'autre côté. Et crois-moi, je ne souriais pas.

Puis, les doigts à nouveau regroupés, tu t'es mis à décrire de grands cercles sur mon ventre. « C'est bon », as-tu murmuré.

Quelque chose a bougé dans l'eau. J'ai ouvert les yeux, rien qu'un instant.

Courtney s'en allait.

Te fallait-il des raisons supplémentaires pour être haïe de tout le monde, Courtney ?

« Tu te souviens, quand t'étais en première année ? » m'as-tu demandé.

Tes doigts se sont aventurés sous mon soutien-gorge. Mais tu n'en as pas profité tout de suite. Tu testais les limites, j'imagine. Ton pouce caressait juste la naissance de ma poitrine.

« T'étais pas sur cette liste, là ? Les plus belles fesses de l'année ? »

Bryce, tu devais bien voir ma mâchoire crispée. Mes yeux remplis de larmes. C'est ce qui t'excite, ou quoi ?

Bryce ? Oui. Totalement.

« C'est mérité », as-tu déclaré.

Alors, tout à coup, j'ai renoncé. Mes épaules ont cessé de lutter. Mes jambes aussi. J'étais parfaitement consciente de ce que je faisais.

Jamais je n'avais cédé à la réputation que vous m'aviez collée. Pas une seule fois. Même si ce n'était pas toujours facile. Même si, parfois, il m'arrivait d'être attirée par des gens qui voulaient seulement sortir avec moi à cause des rumeurs. Mais j'avais toujours dit non. Toujours !

Alors félicitations, Bryce. Tu es l'heureux gagnant. J'ai finalement cédé à ma réputation – je l'ai laissé me rattraper – avec toi. Quel effet ça te fait ?

Non, tais-toi. Laisse-moi d'abord préciser une chose : je n'avais aucune attirance envers toi, Bryce. À vrai dire, tu me répugnais.

Et je vais te défoncer la tête. Je le jure.

Tu me touchais... mais je me servais de toi. J'avais besoin de toi pour renoncer enfin à moi-même, entièrement.

Pour tous ceux qui m'écoutent, que les choses soient claires. Je n'ai pas dit non, pas plus que je n'ai repoussé sa main. Je n'ai fait que tourner la tête, serrer les dents et refouler mes larmes. Et il l'a vu. Il m'a même dit de me détendre.

« Relax, m'a-t-il susurré. Ça va bien se passer. » *Comme si le laisser me tripoter allait résoudre tous mes problèmes.*

Mais en fin de compte, je ne t'ai pas dit d'arrêter... et tu ne l'as pas fait.

Ta main a cessé de tourner en rond sur mon ventre. Tu l'as déplacée, délicatement, jusqu'à ma taille. Ton petit doigt s'est glissé sous l'élastique de ma culotte pour faire l'aller-retour entre mes hanches. Puis un deuxième l'a rejoint, repoussant ton petit doigt encore plus bas, jusqu'à mon pubis.

Et il ne t'en fallait pas plus, Bryce. Tu as commencé à m'embrasser l'épaule, le cou, pendant que tes doigts allaient et venaient. Et tu as continué. Tu ne t'es pas arrêté là.

Navrée. Ça devient trop osé pour vous ? Dommage.

Quand tu as fini, Bryce, je suis sortie de l'eau et je suis rentrée deux maisons plus loin. La soirée était terminée.

J'en avais terminé.

■

Je lève mon poing serré devant mon visage. À travers mes larmes, je vois le sang couler entre mes doigts. J'ai la paume déchirée en plusieurs endroits, incisée en profondeur par la grille rouillée.

Peu m'importe l'endroit où Hannah voudra m'envoyer ensuite, je sais où passer le reste de la nuit. Mais d'abord, il faut que je me nettoie la main. Mes blessures me lancent, mais je me sens surtout affaibli par la vue de mon propre sang.

Je mets le cap vers la station-service la plus proche. C'est à deux rues d'ici, ça ne m'oblige pas à un trop grand détour. J'agite un peu la main en marchant, projetant des gouttes de sang noires sur le trottoir.

Arrivé à la station d'essence, je cache ma main dans ma poche et pousse la porte de la supérette. Je choisis un flacon d'alcool à 90°, une petite boîte de pansements, je m'avance jusqu'à la caisse pour payer et je demande au passage la clé des toilettes.

– C'est dehors, tout au fond, m'annonce la femme derrière le comptoir.

J'enfonce la clé dans la serrure et ouvre la porte d'un coup d'épaule. Là, je rince mes plaies à l'eau froide et regarde le sang tournoyer vers le fond du lavabo. Je brise la languette du flacon d'alcool et, d'un seul geste, pour ne pas avoir à réfléchir, je vide son contenu sur ma main.

Mon corps tout entier se braque et je hurle un flot de jurons. C'est comme si on m'arrachait la peau à même le muscle.

Au bout d'un long moment, qui me semble durer une heure, je peux enfin à nouveau plier et tendre les doigts. De mon autre main, et aussi à l'aide de mes dents, j'applique quelques sparadraps sur mes blessures.

Je pars rendre la clé à la caissière, qui se contente de me dire « Bonne nuit ».

Une fois sur le trottoir, je me remets à courir. Il ne me reste plus qu'une cassette. Dotée d'un numéro 13 tracé en bleu dans un coin.

K7 N° 7 : FACE A

Le parc Eisenhower est désert. Je me tiens sans bruit devant l'entrée, à contempler son étendue. C'est ici que je vais passer la nuit. Ici que je finirai d'écouter ce qu'a à dire Hannah Baker, avant de m'endormir.

Des lampadaires ont été installés autour des aires de jeux, mais la plupart des ampoules sont grillées ou cassées. La partie supérieure du toboggan fusée est invisible, plongée dans le noir. Mais vers le haut, là où l'édifice commence à dépasser les balançoires et la cime des arbres, l'éclat de la lune fait briller les arceaux métalliques jusqu'au nez pointu de la fusée.

Je traverse le bac à sable qui entoure le toboggan et me courbe pour me glisser sous la plateforme de la fusée, surélevée par trois gros ailerons en fer. Au-dessus de moi, un trou assez large pour un corps d'adulte permet d'accéder au premier niveau à l'aide d'une échelle métallique posée dans le sable.

Quand je me redresse de toute ma hauteur, mes épaules passent à travers le trou. De ma main valide, j'attrape le rebord de la plateforme et grimpe les quelques barreaux pour accéder au premier étage.

Je palpe le walkman au fond de ma poche et appuie sur PLAY.

▶

OK... Dernière... tentative...

Elle chuchote. Le micro est tout contre sa bouche et je l'entends respirer à chaque mot.

J'accorde à la vie une dernière chance. Et cette fois, je vais demander de l'aide. Tout simplement parce que je ne peux pas y arriver seule. J'ai déjà essayé.

Tu n'as rien essayé, Hannah. J'étais là pour toi mais tu m'as demandé de partir.

Bien sûr, si vous entendez ceci, c'est que j'ai échoué. Ou qu'il a échoué. Et s'il échoue, alors les dés sont jetés.

Ma gorge se serre. Je commence à grimper au niveau suivant.

Une seule personne se tient désormais entre vous et cette collection de cassettes : Mr Porter.

Non ! Impossible. Il ne peut pas être au courant.

Hannah et moi avions anglais avec lui en première heure. Je le vois tous les jours. Je ne veux pas qu'il sache. Ni pour moi. Ni pour les autres. Mêler un adulte à cette histoire, un prof de notre lycée, n'est pas du tout ce que j'imaginais.

Mr Porter, voyons comment vous vous débrouillez.

Un scratch de velcro. Le son se fait plus étouffé. Elle vient d'enfouir son magnéto à l'intérieur de quelque chose. Sac à dos ? Blouson ?

Elle frappe. Une première fois.

Puis une deuxième.

– Hannah. Content que tu sois venue.

Le timbre de sa voix est assourdi, mais c'est bien lui. À la fois grave et amical.

– *Entre. Assieds-toi.*

– *Merci.*

Prof d'anglais et conseiller pédagogique de tous les élèves aux noms allant de A à G. Parmi lesquels... Hannah Baker.

– *Tu es bien installée ? Tu veux un verre d'eau ?*

– *Ça ira. Merci.*

– *Alors, Hannah, que puis-je faire pour toi ? De quoi aimerais-tu parler ?*

– *Eh bien... Je... je ne sais pas trop. D'un peu tout, sans doute.*

– *Ça risque de prendre un moment.*

Long silence. Trop long.

– *Hannah, ça va aller. On prendra le temps qu'il faut. Fais comme tu le sens, à ton rythme.*

– *C'est à cause de... tout. Tout est si difficile pour moi en ce moment.*

Sa voix tremble.

– *Je ne sais pas par où commencer. Enfin, si, un peu. Mais il y a trop de choses et je ne sais même pas si je pourrai tout résumer.*

– *Tu n'as pas besoin de tout me résumer. Commence plutôt par me dire comment tu te sens aujourd'hui.*

– *Là, maintenant ?*

– *Oui.*

– *Là, maintenant, je me sens... comme qui dirait... paumée. Vidée.*

– *Vidée comment ?*

– *Juste vidée. Sans rien. Tout m'est égal.*

– *Par exemple ?*

Faites-la parler. Posez-lui des questions, mais forcez-la à vider son sac.

– Tout. Les études. Moi. Les gens au lycée.

– Et tes amis ?

– Il va falloir que vous me définissiez le mot « ami » si vous voulez que je réponde à cette question.

– Ne me dis pas que tu n'as pas d'amis, Hannah. Je te vois dans les couloirs.

– Sérieusement, j'ai besoin d'une définition. Comment reconnaît-on un ami ?

– C'est quelqu'un vers qui on peut se tourner quand...

– Alors je n'en ai aucun. C'est bien pour ça que je suis là, non ? Je me tourne vers vous.

– C'est vrai. Et je suis content que tu sois là, Hannah.

Je me hisse jusqu'au deuxième niveau et m'agenouille près d'une ouverture entre deux barres métalliques. Une ouverture assez grande pour s'y glisser et atteindre l'entrée du toboggan.

– Vous ne savez pas à quel point ce rendez-vous a été difficile à organiser, pour moi.

– J'avais pourtant un emploi du temps très dégagé, cette semaine.

– Pas difficile à planifier. Difficile à accepter.

L'éclat de la lune fait luire le métal lisse du toboggan. Je visualise Hannah ici, il y a deux ans à peine, prenant son élan avant de descendre jusqu'en bas.

De s'éclipser.

– Encore une fois, je suis heureux que tu sois venue me voir, Hannah. Alors dis-moi. Quand tu sortiras de ce bureau, quels changements aimerais-tu constater autour de toi ?

– Comment vous pouvez m'aider, c'est ça ?

– Oui.

– Je crois que... j'en sais rien. Je ne sais pas trop quoi espérer.

268

– *Par exemple, de quoi aurais-tu besoin là, en ce moment ? Qu'est-ce qui te manque ? Commençons par là.*

– *J'aurais besoin que ça s'arrête.*

– *Que quoi s'arrête ?*

– *Que tout s'arrête. Les gens. La vie.*

Je me recule de l'entrée du toboggan.

– *Hannah, tu réalises ce que tu viens de dire ?*

Elle réalise parfaitement ce qu'elle vient de dire, Mr Porter. Elle l'a même dit exprès pour que vous lui portiez secours.

– *Tu veux que... la vie s'arrête ? Ta vie à toi ?*

Pas de réponse.

– *Est-ce là ce que tu voulais dire, Hannah ? Ce sont des paroles très graves, tu sais.*

Elle est consciente du moindre mot qui sort de sa bouche, Mr Porter. Elle sait que c'est grave. Remuez-vous !

– *Je sais. C'est vrai. Je suis désolée.*

Ne t'excuse pas. Dis ce que tu as sur le cœur !

– *Je ne veux pas que ma vie s'arrête. C'est pour ça que je suis là.*

– *Que s'est-il passé, Hannah ? Comment en est-on arrivé là ?*

– *Qui ça, on ? Ou moi ?*

– *Toi, Hannah. Comment est-ce arrivé ? Je sais que tu ne peux pas tout résumer. C'est l'effet boule de neige, n'est-ce pas ?*

Oui. L'effet boule de neige. C'est bien comme ça qu'elle l'appelle.

– *C'est une accumulation de choses. Et ça devient trop lourd à porter, c'est ça ?*

– *C'est trop lourd.*

– *La vie ?*

Nouveau silence.

Je m'agrippe aux barreaux extérieurs de la fusée et me hisse vers le haut. Ma main blessée me fait souffrir, les plaies ravivées par l'effort et le poids de mon corps, mais ça m'est égal.

– *Tiens. Prends ça. Une pleine boîte de mouchoirs en papier, rien que pour toi. Et toute neuve, en plus.*

Un petit éclat de rire. Il lui a arraché un rire !

– *Merci.*

– *Parlons un peu du lycée, Hannah. Histoire que je comprenne comment on... pardon, comment tu en es arrivée là.*

– *D'accord.*

Je commence mon ascension vers le troisième niveau.

– *Quand tu penses au lycée, quelle est la première chose qui te vient à l'esprit ?*

– *Je dirais... apprendre.*

– *Voilà qui fait plaisir à entendre.*

– *Je plaisantais.*

Cette fois, c'est Mr Porter qui rit.

– *J'apprends des choses, mais ce n'est pas ça que je vois dans le lycée.*

– *Alors que représente-t-il pour toi ?*

– *Un endroit. Juste un endroit plein de gens que je suis obligée de côtoyer.*

Je m'assois sur la plateforme du haut.

– *Et tu trouves ça difficile ?*

– *Des fois.*

– *Avec certaines personnes, ou les gens en général ?*

– *Avec certaines personnes. Mais aussi... tout le monde.*

– *C'est-à-dire ?*

Je me recule jusqu'au fond et m'appuie contre le volant en métal. La demi-lune qui brille au-dessus des arbres est presque trop lumineuse pour mes yeux.

– *C'est dur, parce que je ne sais jamais qui... comment dire... qui s'en prendra à moi la prochaine fois. Ou de quelle manière.*

– *Qu'entends-tu par « s'en prendre » à toi ?*

– *Pas au sens d'un complot ou je ne sais quoi. Mais j'ai l'impression de ne jamais savoir quand quelqu'un va surgir sur mon chemin.*

– *Et s'en prendre à toi ?*

– *Ça a l'air idiot, je sais.*

– *Alors explique-moi.*

– *C'est difficile à expliquer, à moins que vous ayez entendu certaines des rumeurs qui circulent sur moi.*

– *Non. Les professeurs, surtout ceux qui portent la double casquette de conseillers pédagogiques, ont tendance à être maintenus à l'écart des potins concernant les élèves. Ce qui ne veut pas dire que nous n'avons pas nos propres cancans.*

– *Même sur vous ?*

Il rit.

– *Ça dépend. Qu'as-tu entendu sur moi ?*

– *Rien. Je blaguais.*

– *Mais tu me le diras, si tu entends dire quelque chose ?*

– *Promis.*

Ne faites pas le malin, Mr Porter. Aidez-la. Concentrez-vous sur ses problèmes. Par pitié.

– *À quand remonte la dernière fois où une nouvelle rumeur a... fait surface ?*

– *En fait, c'est là le problème. Toutes ne sont pas des rumeurs.*

– *Ah.*

– *Non. Écoutez...*

Je vous en prie, écoutez-la.

271

– *Il y a quelques années de ça, on m'a élue... vous savez, dans ces espèces de sondages. Enfin, pas vraiment un sondage, plutôt une liste idiote écrite par quelqu'un. Un genre de classement du meilleur et du pire.*

Il ne réagit pas. A-t-il vu cette liste ? Sait-il de quoi elle parle ?

– *Et depuis, ça influence le comportement des gens vis-à-vis de moi.*

– *À quand remonte le dernier exemple en date ?*

Je l'entends sortir un kleenex de la boîte.

– *C'est récent. Pendant une fête. Je vous jure, une des pires soirées de ma vie.*

– *À cause d'une rumeur ?*

– *À cause de bien plus que ça. Mais oui, en partie.*

– *Puis-je te demander ce qui s'est passé, à cette fête ?*

– *C'était pas pendant la fête. Plutôt après.*

– *Bien, Hannah. Si on jouait à répondre seulement par oui ou non ?*

– *Comment ça ?*

– *On a parfois du mal à exprimer ses sentiments, même face à un éducateur dans le cadre d'une discussion strictement confidentielle.*

– *Bon, OK.*

– *À cette fête dont tu parles, y avait-il un garçon en particulier ?*

– *Oui. Mais je vous le redis, ce n'était pas pendant la fête.*

– *J'ai noté cela. Mais il faut bien commencer quelque part.*

– *D'accord.*

Il soupire profondément.

– *Je ne suis pas là pour te juger, Hannah, mais s'est-il passé ce soir-là quelque chose que tu regrettes ?*

– *Oui.*

Je me lève et m'avance jusqu'aux arceaux extérieurs de la

fusée. J'en empoigne un dans chaque main et cale ma tête dans l'interstice.

– *S'est-il passé quelque chose avec ce garçon... et tu peux absolument tout me dire, Hannah... quelque chose pouvant être qualifié d'illégal ?*

– *Un viol, vous voulez dire ? Non. Je ne pense pas.*

– *Pourquoi cette hésitation ?*

– *Parce qu'il y avait certaines circonstances...*

– *Alcool ?*

– *Moi non, mais lui peut-être.*

– *Drogue ?*

– *Non, juste des circonstances particulières.*

– *Envisages-tu de porter plainte ?*

– *Non. Je... non.*

Je relâche une bouffée d'air.

– *Alors quoi d'autre ?*

– *Je ne sais pas.*

Dites-lui, Mr Porter. Conseillez-la, montrez-lui la voie.

– *Que pourrions-nous faire pour résoudre ce problème, Hannah ? Le résoudre ensemble ?*

– *Rien. C'est du passé.*

– *Il faut pourtant agir, Hannah. Il faut que les choses changent pour toi.*

– *Je sais. Mais comment ? J'ai besoin de vos conseils.*

– *Eh bien, si tu ne veux pas porter plainte, si tu n'es même pas sûre de pouvoir le faire, il te reste deux possibilités.*

– *Vraiment ? Lesquelles ?*

Son ton est optimiste. Elle place beaucoup trop d'espoir dans les réponses du prof.

– *D'abord, tu peux le mettre face à ses responsabilités. Nous*

273

pourrions par exemple lui demander de nous rejoindre pour discuter de ce qui s'est passé lors de cette soirée. Je peux vous convoquer tous les...

– Et la seconde option ?

– Eh bien... Je ne voudrais pas te paraître brutal, Hannah, mais tu peux aussi tourner la page.

– Ne rien faire, vous voulez dire ?

Je m'agrippe aux barreaux et ferme les yeux très fort.

– Ce n'est qu'une possibilité, une simple suggestion. Écoute, il s'est passé quelque chose, Hannah. Je te crois. Mais si tu ne veux ni porter plainte ni affronter ce garçon, tu devrais peut-être envisager la possibilité de tourner la page... et de passer à autre chose.

Et si ce n'est pas une solution envisageable ? Alors, hein ? Parce que devinez quoi, Mr Porter : en effet, ça ne l'est pas.

– Passer à autre chose ?

– Est-il dans ta classe, Hannah ?

– Non, en terminale.

– Il ne sera donc plus là l'année prochaine.

– Vous me conseillez de passer à autre chose.

Il ne s'agit pas d'une interrogation, Mr Porter. Elle ne vous pose pas la question. Elle réfléchit à voix haute. Ce n'est pas une option envisageable pour elle parce que c'est au-dessus de ses forces. Dites-lui que vous allez l'aider.

Il y a comme un bruissement.

– Merci, Mr Porter.

Non !

– Hannah. Attends. Ne t'en va pas comme ça.

Je hurle entre les barreaux. Par-dessus les arbres.

– Non !

274

– Je crois que j'en ai terminé.

Ne la laissez pas partir.

– J'ai obtenu ce que je voulais.

– Il y a encore tant de choses dont nous pourrions discuter, Hannah.

– Non, je crois qu'on a fait le tour. Je n'ai qu'à tourner la page et arrêter de dramatiser.

– Je n'ai pas dit ça. Mais parfois, tourner la page est la seule solution.

Ne la laissez pas sortir de ce bureau !

– Vous avez raison. Je sais.

– Je ne comprends pas pourquoi tu es si pressée de partir, tout à coup.

– Parce qu'il faut que je pense à la suite. Si rien n'est amené à changer, alors il faut bien que je prenne une décision, non ?

– Hannah, mais de quoi est-ce que tu parles ?

– Je vous parle de ma vie, Mr Porter.

Une porte s'ouvre.

– Hannah, attends.

Puis se referme. Suivie d'un scratch de velcro.

Un bruit de pas résonne. S'accélère.

Je suis dans le couloir.

Le son de sa voix est plus clair. Plus audible.

Un silence.

Il ne me suit pas.

J'appuie mon visage contre les barreaux, de toutes mes forces. L'impression d'un étau qui me comprime le crâne à mesure que je presse.

Il me laisse partir.

Le point de douleur derrière mon sourcil martèle un rythme staccato, mais je ne le touche pas. Ne le frotte pas. Je le laisse cogner.

Je crois pourtant avoir été très explicite, mais personne ne me court après pour m'arrêter.

Qui ça, Hannah ? Tes parents ? Moi ? Tu n'as pas été très explicite avec moi.

Beaucoup d'entre vous étiez là, mais pas suffisamment. Et ça... c'est ce que j'avais besoin de découvrir.

Mais j'ignorais ce que tu traversais, Hannah.

Donc voilà, c'est fait.

Le bruit de pas s'intensifie. S'accélère.

Et je suis désolée.

L'enregistrement s'arrête.

Le visage coincé entre les barreaux, je me mets à pleurer. S'il y a quelqu'un dans le parc en ce moment, je sais qu'il risque de m'entendre. Mais ça m'est égal car je ne peux pas arriver à croire que je viens d'entendre les derniers mots d'Hannah Baker.

« Je suis désolée. » Tels sont ces mots. Et chaque fois que j'entendrai quelqu'un dire qu'il est désolé, je ne pourrai m'empêcher de penser à elle.

Mais certains d'entre nous refuseront de le dire. Certains d'entre nous seront trop en colère contre Hannah sous prétexte qu'elle s'est suicidée en faisant porter le chapeau à tout le monde.

Je l'aurais aidée, si elle m'avait seulement laissé une chance. Je l'aurais aidée parce que je voudrais qu'elle soit vivante aujourd'hui.

À l'intérieur du walkman, la cassette vibre en atteignant la fin de la bande.

K7 N° 7 : FACE B

La cassette change de face et continue dans l'autre sens.

Sans la voix d'Hannah, le bourdonnement de la bande est plus présent. Au fil des sept cassettes et des treize récits, ses mots étaient comme maintenus à une légère distance par ce sifflement continu à l'arrière-plan.

Paupières closes, les mains agrippées aux barreaux, je me laisse pénétrer par ce son. L'éclat de la lune disparaît. La cime ondulante des arbres disparaît. La sensation de l'air sur ma peau, la douleur qui désenfle au creux de ma paume, le chuintement de la bande audio sont autant de rappels de ce que je viens d'entendre au cours des dernières heures.

Ma respiration s'apaise peu à peu. La tension dans mes muscles se relâche.

Alors, un petit bruit sec dans les écouteurs. Un lent souffle d'air.

Je rouvre les yeux vers la lune étincelante.

Et Hannah, la voix chaleureuse :

Merci.

LENDEMAIN MATIN
APRÈS LA RÉEXPÉDITION DES CASSETTES

Je livre un combat contre chacun des muscles de mon corps qui, lui, ne demande qu'à s'écrouler. Me supplie de ne pas retourner en cours. Me supplie d'aller n'importe où ailleurs et de me planquer jusqu'au lendemain. Mais retarder l'échéance ne sert à rien, à un moment ou à un autre il faudra bien que j'affronte la vision de tous ceux cités sur les cassettes.

J'arrive devant l'entrée du parking, un buisson de lierre avec une imposante dalle gravée nous souhaitant chaque matin la bienvenue au lycée : SOUVENIR DE LA PROMO 1993. En trois ans, je suis passé un nombre incalculable de fois devant cette dalle mais jamais en voyant autant de voitures garées sur le parking. Jamais. Parce que je n'étais jamais arrivé aussi en retard.

Jusqu'à ce jour.

Il y a deux raisons à cela.

Petit un : j'ai dû attendre devant le bureau de poste. Attendre l'ouverture du guichet pour expédier une boîte de cassettes audio. J'ai utilisé du papier kraft et un rouleau entier de gros scotch pour remballer le paquet, omettant exprès l'adresse de l'expéditeur. J'ai ensuite envoyé le tout à Jenny

279

Kurtz, transformant pour toujours sa vision de la vie et son rapport au monde.

Et petit deux : Mr Porter. Si je vais à son cours, qu'il soit en train d'écrire au tableau ou qu'il se tienne face à la classe, je sais d'avance que mon attention sera immanquablement attirée vers un point précis au milieu de la salle, une rangée à gauche.

La place vide d'Hannah Baker.

Tous les jours, les gens regardent fixement son pupitre. Mais ce jour-ci, pour moi, marque une différence radicale avec hier. Je vais donc prendre tout mon temps devant mon casier. Aux toilettes. Dans le couloir.

J'emprunte le chemin qui contourne le parking. Je traverse la pelouse au pied du bâtiment principal et franchis les doubles portes vitrées de la grande entrée. Sensation étrange, presque triste, que de parcourir les couloirs déserts. La solitude résonne à chacun de mes pas.

Derrière la vitrine à trophées s'étendent les casiers, cinq blocs alignés, et de chaque côté du couloir une série de portes menant aux toilettes ou aux salles de cours. Quelques retardataires sont en train de récupérer leurs affaires.

Je me dirige vers mon casier et appuie mon front contre le froid métal de la porte. Je me concentre sur ma nuque, mes épaules, pour tâcher de détendre mes muscles. Je me concentre sur ma respiration pour en ralentir le rythme. Puis je tourne le gros bouton du cadran sur le chiffre cinq. Un autre cran à gauche, sur le quatre, et à droite toute jusqu'au numéro vingt-trois.

Combien de fois me suis-je tenu ici en songeant que je n'aurais jamais ma chance avec Hannah Baker ?

Je n'avais pas la moindre idée de ce qu'elle pensait de moi. Pas la moindre idée de qui elle était vraiment. Au lieu de ça, je croyais tout ce que disaient les autres. Et j'avais peur de ce qu'ils diraient de moi s'ils savaient que je m'intéressais à elle.

Je tourne le bouton, efface la combinaison.

Cinq.

Quatre.

Vingt-trois.

Combien de fois, après la soirée, suis-je resté planté là, Hannah encore vivante, à me dire que j'avais grillé toutes mes chances avec elle ? Persuadé d'avoir dit ou fait quelque chose de travers ? Trop trouillard pour aller lui parler. Trop trouillard pour seulement essayer.

Sauf qu'à sa mort, mes chances se sont anéanties pour de bon.

Tout a commencé il y a quelques semaines, quand quelqu'un a déposé un plan à travers les fentes de mon casier.

Je me demande ce que contient le casier d'Hannah, à présent. L'a-t-on vidé ? Le concierge a-t-il tout mis dans une boîte, rangée dans un placard de la réserve en attendant d'être remise à ses parents ? Ou bien son casier est-il resté tel quel, exactement comme elle l'a laissé ?

Le front toujours pressé contre le métal, je tourne la tête juste assez pour balayer le couloir du regard, en direction d'une salle à la porte toujours ouverte le matin en première heure. La classe de Mr Porter.

C'est là, sur le seuil, que j'ai vu Hannah Baker pour la dernière fois.

Je ferme les yeux.

Qui vais-je croiser, aujourd'hui ? En plus de moi-même, huit personnes de ce lycée ont déjà écouté les cassettes. Huit personnes, aujourd'hui, guettent l'effet qu'elles ont produit sur moi. Et pendant près d'une semaine, à mesure que les cassettes passeront d'un destinataire à l'autre, je ferai exactement pareil.

Quelque part, assourdie par les murs d'une salle de classe, s'élève une voix familière. Je rouvre lentement les yeux. Une voix qui n'aura plus jamais un timbre amical à mes oreilles.

– J'aurais besoin d'un volontaire pour porter ceci au secrétariat.

L'écho résonne insidieusement le long du couloir jusqu'à moi. Les muscles de mes épaules se raidissent, s'alourdissent, et j'écrase mon poing contre la paroi de mon casier.

Une chaise racle le sol, quelqu'un marche vers la sortie. Je sens mes genoux prêts à flancher, attendant l'instant fatidique où le volontaire m'apercevra et me demandera ce que je fais là.

Au loin, dans le couloir, quelqu'un referme une porte de casier.

Sur le seuil de la salle de classe apparaît alors Steve Oliver, qui m'adresse aussitôt un signe de tête en souriant. Au même moment, la fille qui vient de refermer son casier tourne à l'angle et manque de lui rentrer dedans.

– Désolée, murmure-t-elle avant de le contourner.

Steve la toise en silence, sans même s'arrêter, et continue à marcher vers moi.

– OK, Clay ! s'esclaffe-t-il. On est à la bourre, hein ?

Derrière lui, dans le couloir, la fille se retourne. C'est Skye.

Ma nuque est imbibée de sueur, tout à coup. Skye me dévisage, soutient mon regard sur un ou deux pas, avant de me tourner le dos et de poursuivre son chemin.

Steve s'approche, mais je ne le regarde pas. Je lui fais signe de se pousser.

– On se verra plus tard.

Hier soir, dans le bus, j'ai quitté Skye sans lui parler. Je voulais le faire, j'ai même essayé, mais je l'ai laissée fuir la conversation. Au fil des ans, Skye a appris l'art de l'esquive systématique. Avec tout le monde.

Je m'écarte de mon casier et la regarde partir dans le couloir.

J'ai envie de lui dire quelque chose, de l'appeler, mais ma gorge est nouée.

Une partie de moi voudrait l'ignorer. Tourner les talons et penser à autre chose, n'importe quoi, jusqu'au début du prochain cours.

Or Skye longe exactement la portion de couloir où j'ai vu Hannah disparaître il y a deux semaines. Ce jour-là, au même endroit, Hannah s'est évanouie au milieu de la foule, ne laissant derrière elle qu'une poignée de cassettes en guise d'adieu. Mais j'entends encore résonner les pas de Skye Miller, de plus en plus faibles à mesure qu'elle s'éloigne.

Et je m'élance derrière elle.

En passant devant la salle de Mr Porter, j'embrasse d'un seul coup d'œil bien plus que je ne m'y attendais. La place vide vers le milieu de la pièce. Vacante depuis deux semaines, et pour le restant de l'année. Une autre chaise vide, la mienne, celle-là inoccupée pour la journée. Plusieurs visages se tournent vers moi. Me reconnaissent, mais ne voient rien. Et Mr Porter, face à la classe, s'apprête lui aussi à tourner la tête dans ma direction.

Un trop-plein d'émotions me submerge. Douleur. Colère. Tristesse et pitié. Mais surtout, contre toute attente : de l'espoir.

Je continue à marcher.

Les pas de Skye résonnent plus fort à présent. Et plus je me rapproche, plus j'accélère, plus je me sens léger. Ma gorge commence à se libérer.

À un mètre d'elle, je prononce son nom.

– Skye.

13 sources d'inspiration

JoanMarie,
pour m'avoir dit « oui »
et, quand j'ai failli tout laisser tomber
par peur de ne jamais vendre un seul livre :
« Mais si. »

Robin Mellow & Eve Porinchak
« Le chemin jusqu'à la publication est comme un churro :
long et bosselé, mais délicieux. »
Délicieux grâce à vous deux.
(Disco Mermaids !)

Mes parents et Nate
pour avoir toujours encouragé mes efforts artistiques...
même les plus ridicules.

Laura Rennert
pour avoir déclaré : « Je peux vendre ce livre. »

Kristen Pettit
pour avoir demandé : « Puis-je acheter ce livre ? »
Tes conseils avisés ont porté ce roman à un tout autre niveau.

S.L.O.W. for Children
(mon groupe de critiques)
pour leurs critiques... constructives.

Lin Oliver et Stephen Mooser chez SCBWI
pour leurs années de soutien et d'encouragements professionnels
(sans oublier la bourse Work-In-Progress, bien agréable aussi).

Roxyanne Young chez SmartWriters.com
pour avoir cru dans ce livre dès le premier jour
(sans oublier la nomination au Grand Prize, bien agréable aussi).

Kathleen Duey
pour avoir été mon mentor
pendant les toutes premières étapes de cette aventure.

Chris Crutcher
pour avoir écrit *Stotan !*, mon premier roman pour adolescents
en tant que lecteur, et m'avoir encouragé à finir ceci –
mon premier roman pour adolescents en tant qu'auteur.

Kate O'Sullivan
dont l'enthousiasme pour ce livre n'a cessé d'animer le mien.

Les bibliothécaires et libraires de Sheridan, Wyoming
et San Luis Obispo, Californie
amis, et néanmoins collègues.

Nancy Hurd
pour qui j'ai écrit mon tout premier livre... il y a treize ans.

« Merci. »

D'autres titres Albin Michel :

Retrouvez-nous sur :

AMJ_romans   amjromans

Logo Litt' : Isabelle Southgate

Composition Nord Compo
Impression en mars 2017
Éditions Albin Michel
22, rue Huyghens 75014 Paris
ISBN : 978-2-226-39931-1
ISSN : 2430-6290
N° d'édition : 17979/06.
Dépôt légal : avril 2017
Loi n° 49-956 du 16 juillet 1949 sur les publications destinées à la jeunesse.
Imprimé au Canada chez Friesens.